明成祖坐像：原藏故宮

袁督師廟： 在北京左安門內龍潭，門外對聯係康有為撰並書：「其身世繫中夏存亡，千秋享廟，死重泰山，當時乃蒙難。聞鞞鼓思東遼將帥，一夫當關，隱若敵國，何處更得先生。」

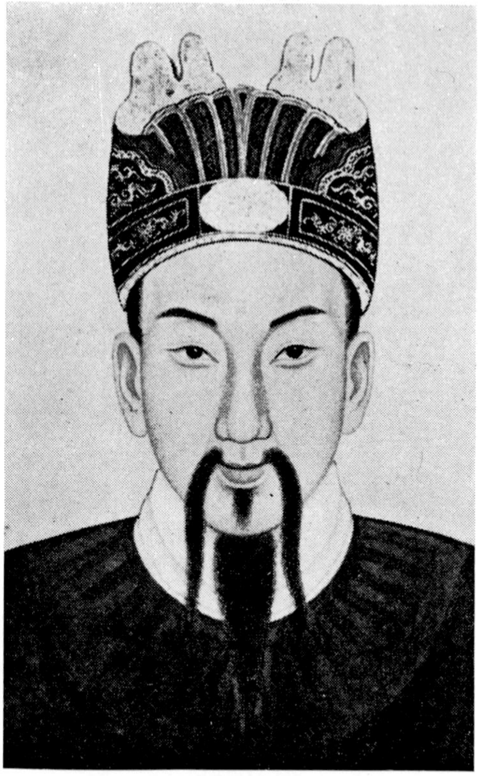

袁崇煥像

袁崇煥墓：在北京廣渠門內，墓碑立於清道光十一年，中華民國五年及一九五二年重修。

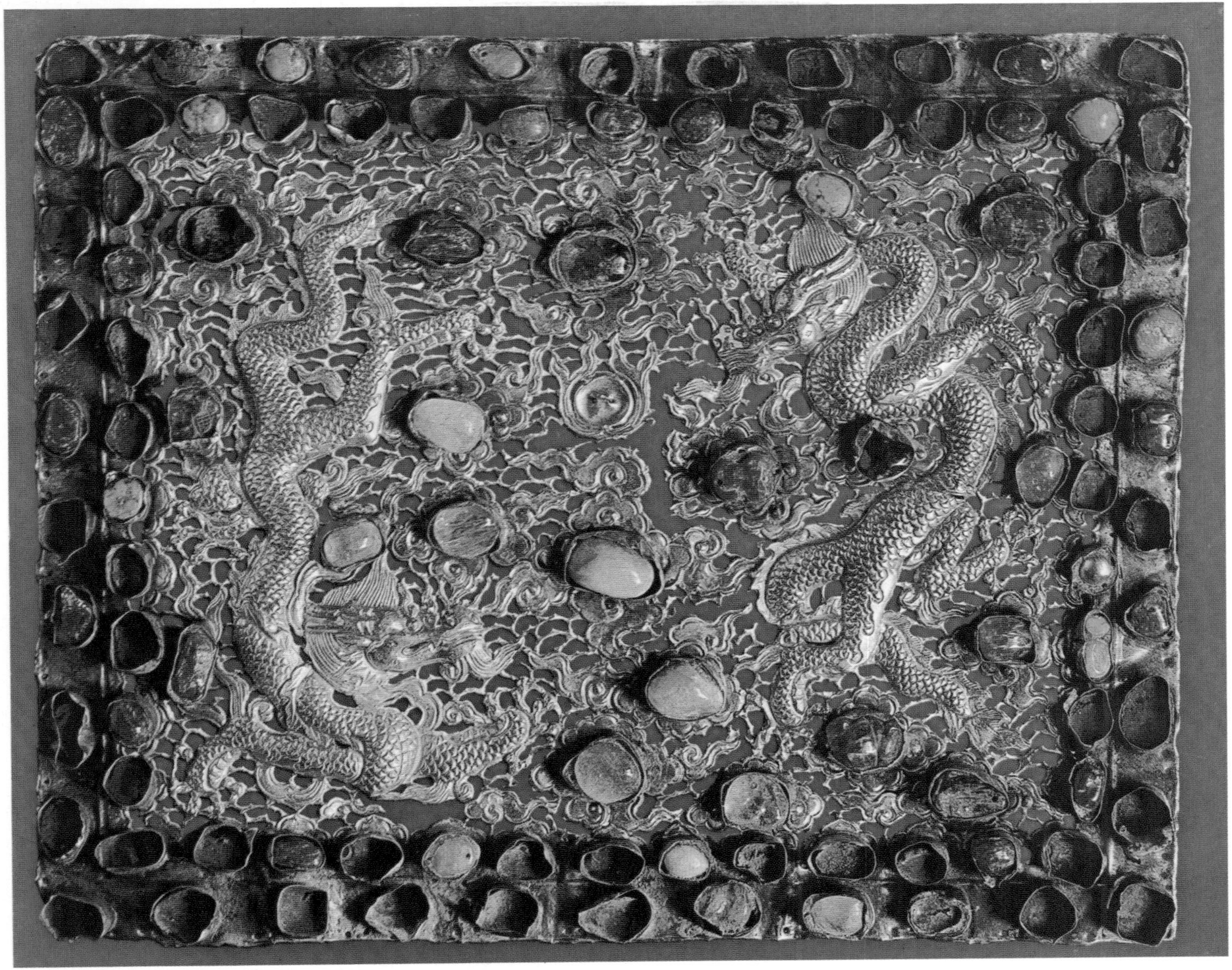

明朝皇帝龍袍前胸及後背所釘金龍板：金龍有五爪，中間一顆大珍珠及鑲嵌的大部分寶石已失落。現藏倫敦大英博物院。

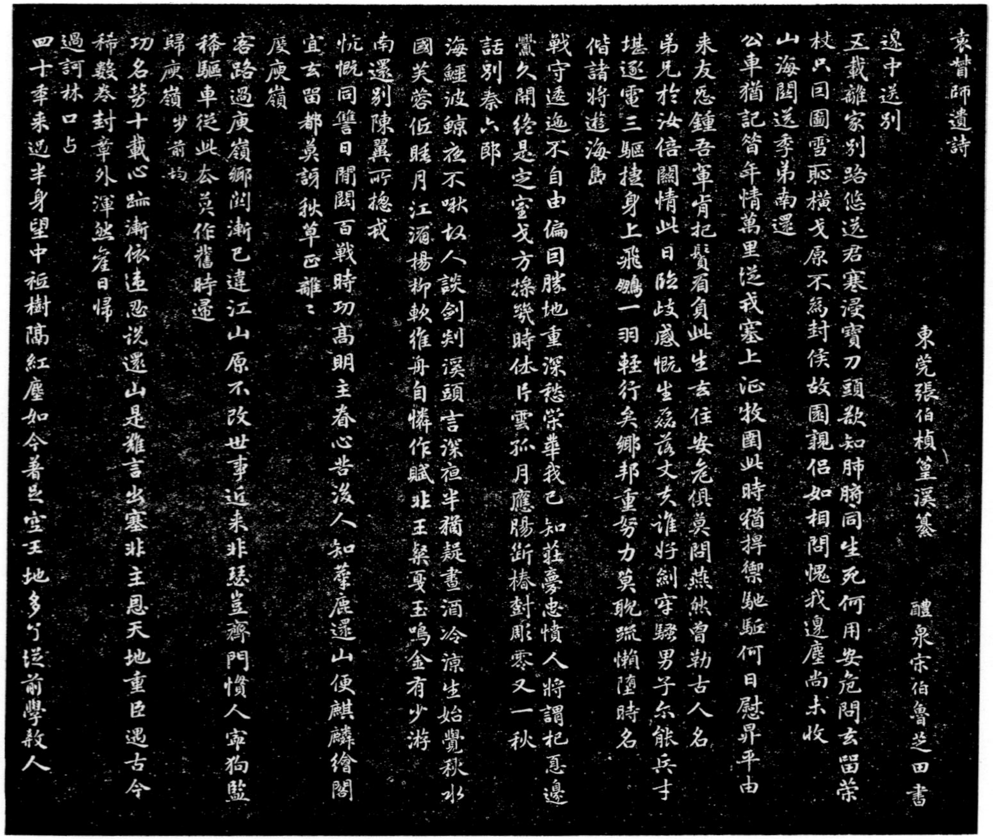

袁督師遺詩石刻：在袁督師廟內。

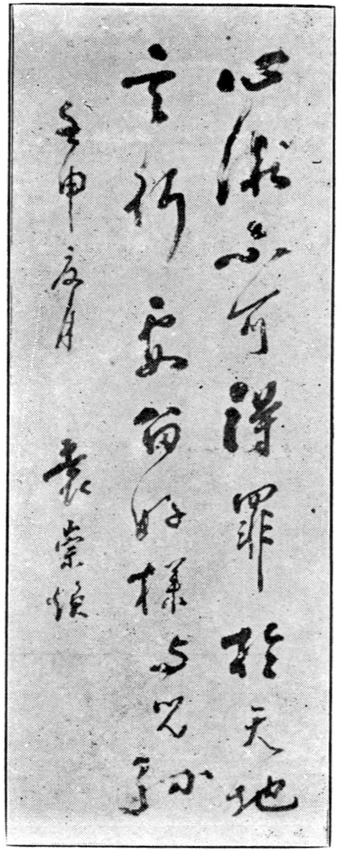

袁崇煥的書法：「心術不可得罪於天地　言行要留好樣與兒孫。」

明軍大帳圖：明軍於萬曆年間出師朝鮮，協抗日本進犯。圖示明軍統帥為文官，武官旁坐。該圖為長卷之一部分，原件現在美國舊金山，私人收藏。

明軍出師圖：明軍出發征剿倭寇，該圖為「倭寇圖卷」之一部分。

明軍海軍：明軍援助朝鮮抗日的海軍，長卷的一部分。

山海關的關門

大字版

碧血劍

金庸

①金劍鐵盒

大字版金庸作品集⑤

碧血劍 (1)金劍鐵盒 「公元2003年金庸新修版」

The Blue Blood Sword, Vol. 1

作　　者／金　庸

封面設計／唐壽南　內頁插畫／姜雲行

發 行 人／王 榮 文

出版・發行／遠流出版事業股份有限公司

臺北市中山北路一段11號13樓

電話／2571-0297　**傳真**／2571-0197　**郵撥**／0189456-1

□2003年1月16日　初版一刷

□2022年3月16日　二版三刷

大字版　每冊 *380* 元（本作品全四冊，共1520元）

〔另有典藏版共36冊（不分售），平裝版共36冊，新修版共36冊，新修文庫版共72冊〕

ISBN　978-957-32-8516-8（**套：大字版**）

ISBN　978-957-32-8512-0（**第一冊：大字版**）

Printed in Taiwan

YLib 遠流博識網

http://www.ylib.com　E-mail:ylib@ylib.com

「金庸作品集」新序

金庸

小說是寫給人看的。小說的內容是人。

小說寫一個人、幾個人、一羣人、或成千成萬人的性格和感情。他們的性格和感情從橫面的環境中反映出來，從縱面的遭遇中反映出來，從人與人之間的交往與關係中反映出來。長篇小說中似乎只有《魯濱遜飄流記》，才只寫一個人，寫他與自然之間的關係，但寫到後來，終於也出現了一個僕人「星期五」。只寫一個人的短篇小說多些，尤其是近代與現代的新小說，寫一個人在與環境的接觸中表現他外在的世界、內心的世界，尤其是內心世界。有些小說寫動物、神仙、鬼怪、妖魔，但也把他們當作人來寫。

西洋傳統的小說理論分別從環境、人物、情節三個方面去分析一篇作品。由於小說作者不同的個性與才能，往往有不同的偏重。

基本上，武俠小說與別的小說一樣，也是寫人，只不過環境是古代的，主要人物是有武功的，情節偏重於激烈的鬬爭。任何小説都有它所特別側重的一面。愛情小説寫男女之間與性有關的感情，寫實小説描繪一個特定時代的環境與人物，《三國演義》與《水滸》一類小説叙述大羣人物的鬬爭經歷，現代小説的重點往往放在人物的心理過程上。

小説是藝術的一種，藝術的基本內容是人的感情和生命，主要形式是美，廣義的、美學上的美。在小説，那是語言文筆之美、安排結構之美，關鍵在於怎樣將人物的內心世界通過某種形式而表現出來。甚麼形式都可以，或者是作者主觀的剖析，或者是客觀的叙述故事，從人物的行動和言語中客觀的表達。

讀者閱讀一部小説，是將小説的內容與自己的心理狀態結合起來。同樣一部小説，有的人感到強烈的震動，有的人卻覺得無聊厭倦。讀者的個性與感情，與小説中所表現的個性與感情相接觸，產生了「化學反應」。

武俠小説只是表現人情的一種特定形式。作曲家或演奏家要表現一種情緒，用鋼琴、小提琴、交響樂、或歌唱的形式都可以，畫家可以選擇油畫、水彩、水墨、或版畫的形式。問題不在採取甚麼形式，而是表現的手法好不好，能不能和讀者、聽者、觀賞者的心靈相溝通，能不能使他的心產生共鳴。小説是藝術形式之一，有好的藝術，也有不好的藝術。

好或者不好，在藝術上是屬於美的範疇，不屬於眞或善的範疇。判斷美的標準是美，是感情，不是科學上的眞或不眞（武功在生理上或科學上是否可能），道德上的善或不善，也不是經濟上的值錢不值錢，政治上對統治者的有利或有害。當然，任何藝術作品都會發生社會影響，自也可以用社會影響的價值去估量，不過那是另一種評價。

在中世紀的歐洲，基督教的勢力及於一切，所以我們到歐美的博物院去參觀，見到所有中世紀的繪畫都以聖經故事爲題材，表現女性的人體之美，也必須通過聖母的形象。直到文藝復興之後，凡人的形象才在繪畫和文學中表現出來，所謂文藝復興，是在文藝上復興希臘、羅馬時代對「人」的描寫，而不再集中於描寫神與聖人。

中國人的文藝觀，長期以來是「文以載道」，那和中世紀歐洲黑暗時代的文藝思想是一致的，用「善或不善」的標準來衡量文藝。《詩經》中的情歌，要牽強附會地解釋爲諷刺君主或歌頌后妃。陶淵明的〈閒情賦〉，司馬光、歐陽修、晏殊的相思愛戀之詞，或者惋惜地評之爲白璧之玷，或者好意地解釋爲另有所指。他們不相信文藝所表現的是感情，認爲文字的唯一功能只是爲政治或社會價值服務。

我寫武俠小說，只是塑造一些人物，描寫他們在特定的武俠環境（中國古代的、沒有法治的、以武力來解決爭端的不合理社會）中的遭遇。當時的社會和現代社會已大不相同，人的性格和感情卻沒有多大變化。古代人的悲歡離合、喜怒哀樂，仍能在現代讀者的心靈中引起相應的情緒。讀者們當然可以覺得表現的手法拙劣，技巧不夠成熟，描寫殊不深刻，以美學觀點來看是低級的藝術作品。無論如何，我不想載甚麼道。我在寫武俠小說的同時，也寫政治評論，也寫與歷史、哲學、宗教有關的文字，那與武俠小說完全不同。涉及思想的文字，是訴諸讀者理智的，對這些文字，才有是非、眞假的判斷，讀者或許同意，或許只部份同意，或許完全反對。

對於小說，我希望讀者們只說喜歡或不喜歡，只說受到感動或覺得厭煩。我最高興的是讀者喜愛或憎恨我小說中的某些人物，如果有了那種感情，表示我小說中的人物已和讀者的心靈發生聯繫了。小說作者最大的企求，莫過於創造一些人物，使得他們在讀者心中變成活生生的、有血有肉的人。藝術是創造，音樂創造美的聲音，繪畫創造美的視覺形象，小說是想創造人物、創造故事，以及人的內心世界。假使只求如實反映外在世界，那麼有了錄音機、照相機，何必再要音樂、繪畫？有了報紙、歷史書、記錄電視片、社會調查統計、醫生的病歷紀錄、黨部與警察局的人事檔案，何必再要小說？

武俠小說雖說是通俗作品，以大衆化、娛樂性強爲重點，但對廣大讀者終究是會發生影響的。我希望傳達的主旨，是：愛護尊重自己的國家民族，也尊重別人的國家民族；和平友好，互相幫助；重視正義和是非，反對損人利己；注重信義，歌頌純眞的愛情和友誼；歌頌奮不顧身的爲了正義而奮鬥；輕視爭權奪利、自私可鄙的思想和行爲。武俠小說並不單是讓讀者在閱讀時做「白日夢」而沉緬在偉大成功的幻想之中，而希望讀者們在幻想之時，想像自己是個好人，要努力做各種各樣的好事，想像自己要愛國家、愛社會、幫助別人得到幸福，由於做了好事、作出積極貢獻，得到所愛之人的欣賞和傾心。

武俠小說並不是現實主義的作品。有不少批評家認定，文學上只可肯定現實主義一個流派，除此之外，全應否定。這等於是說：少林派武功好得很，除此之外，甚麼武當派、崆峒派、太極拳、八卦掌、彈腿、白鶴派、空手道、跆拳道、柔道、西洋拳、泰拳等等全部應當廢除取消。我們主張多元主義，既尊重少林武功是武學中的泰山北斗，而覺得別的小門派也不妨並存，它們或許並不比少林派更好，但各有各的想法和創造。愛好廣東菜的人，不必主張禁止京菜、川菜、魯菜、徽菜、湘菜、維揚菜、杭州菜、法國菜、意大利菜等等派別，所謂「蘿蔔青菜，各有所愛」是也。不必把武俠小說提得高過其應有之份，也不必一筆抹殺。甚麼東西都恰如其份，也就是了。

撰寫這套總數三十六冊的《作品集》，是從一九五五年到七二年，前後約十三、四年，包括十二部長篇小說，兩篇中篇小說，一篇短篇小說，一篇歷史人物評傳，以及若干篇歷史考據文字。出版的過程很奇怪，不論在香港、台灣、海外地區，還是中國大陸，都是先出各種各樣翻版盜印本，然後再出版經我校訂、授權的正版本。在中國大陸，在「三聯版」出版之前，只有天津百花文藝出版社一家，是經我授權而出版了《書劍恩仇錄》。他們校印認真，依足合同支付版稅。我依足法例繳付所得稅，餘數捐給了幾家文化機構及支助圍棋活動。這是一個愉快的經驗。除此之外，完全是未經授權的，直到正式授權給北京三聯書店出版。「三聯版」的版權合同到二〇〇一年年底期滿，以後中國內地的版本由另一家出版社出版，主因是地區鄰近，業務上便於溝通合作。

翻版本不付版稅，還在其次。許多版本粗製濫造，錯訛百出。還有人借用「金庸」之名，撰寫及出版武俠小說。寫得好的，我不敢掠美；至於充滿無聊打鬥、色情描寫之作，可不免令人不快了。也有些出版社翻印香港、台灣其他作家的作品而用我筆名出版發行。我收到過無數讀者的來信揭露，大表憤慨。也有人未經我授權而自行點評，除馮其庸、嚴家炎、陳墨三位先生功力深厚、兼又認眞其事，我深爲拜嘉之外，其餘的點評大都與作者原意相去甚遠。好在現已停止出版，出版者正式道歉，糾紛已告結束。

有些翻版本中，還說我和古龍、倪匡合出了一個上聯「冰比冰水冰」徵對，眞正是大開玩笑了。漢語的對聯有一定規律，上聯的末一字通常是仄聲，以便下聯以平聲結尾，但「冰」字屬蒸韻，是平聲。我們不會出這樣的上聯徵對。大陸地區有許許多多讀者寄了下聯給我，大家浪費時間心力。

爲了使得讀者易於分辨，我把我十四部長、中篇小說書名的第一個字湊成一副對聯：「飛雪連天射白鹿，笑書神俠倚碧鴛」。（短篇《越女劍》不包括在內，偏偏我的圍棋老師陳祖德先生說他最喜愛這篇《越女劍》。）我寫第一部小說時，根本不知道會不會再寫第二部；寫第二部時，也完全沒有想到第三部小說會用甚麼題材，更加不知道會用甚麼書名。所以這副對聯當然說不上工整，「飛雪」不能對「笑書」，「連天」不能對「神俠」，「白」與「碧」都是仄聲。但如出一個上聯徵對，用字完全自由，總會選幾個比較有意思而合規律的字。

有不少讀者來信提出一個同樣的問題：「你所寫的小說之中，你認爲哪一部最好？最喜歡哪一部？」這個問題答不了。我在創作這些小說時有一個願望：「不要重複已經寫過的人物、情節、感情，甚至是細節。」限於才能，這願望不見得能達到，然而總是朝著這方向努力，大致來說，這十五部小說是各不相同的，分別注入了我當時的感情和思想，主要是感情。我喜愛每部小說中的正面人物，為了他們的遭遇而快樂或惆悵、悲傷，有時會非常悲傷。至於寫作技巧，後期比較有些進步。但技巧並非最重要，所重視的是個性和感情。

這些小說在香港、台灣、中國內地、新加坡曾拍攝為電影和電視連續集，有的還拍了三、四個不同版本，此外有話劇、京劇、粵劇、音樂劇等。跟著來的是第二個問題：「你認為哪一部電影或電視劇改編演出得最成功？劇中的男女主角哪一個最符合原著中的人物？」電影和電視的表現形式和小說根本不同，很難拿來比較。電視的篇幅長，較易發揮；電影則受到更大限制。再者，閱讀小說有一個作者和讀者共同使人物形象化的過程，許多人讀同一部小說，腦中所出現的男女主角卻未必相同，因為在書中的文字之外，又加入了讀者自己的經歷、個性、情感和喜憎。你會在心中把書中的男女主角和自己或自己的情人融而為一，而每個不同讀者、他的情人肯定和你的不同。電影和電視卻把人物的形象固定了，觀眾沒有自由想像的餘地。我不能說那一部最好，但可以說：把原作改得面目全非的最壞、最自以為是，瞧不起原作者和廣大讀者。

武俠小說繼承中國古典小說的長期傳統。中國最早的武俠小說，應該是唐人傳奇的《虬髯客傳》、《紅線》、《聶隱娘》、《崑崙奴》等精彩的文學作品。其後是《水滸傳》、《三俠五義》、《兒女英雄傳》等等。現代比較認眞的武俠小說，更加重視正義、氣節、捨己為人、鋤強扶弱、民族精神、中國傳統的倫理觀念。讀者不必過份推究其中某些誇張的武功描寫，有些事實上不可能，只不過是中國武俠小說的傳統。聶隱娘縮小身體潛入別人的肚腸，然後從他口中躍出，誰也不會相信是眞事，然而聶隱娘的故事，千餘年來一直爲人所喜愛。

我初期所寫的小說，漢人皇朝的正統觀念很強。到了後期，中華民族各族一視同仁的觀念成爲基調，那是我的歷史觀比較有了些進步之故。這在《天龍八部》、《白馬嘯西風》、《鹿鼎記》中特別明顯。韋小寶的父親可能是漢、滿、蒙、回、藏任何一族之人。即使在第一部小說《書劍恩仇錄》中，主角陳家洛後來也對回教增加了認識和好感。每一個種族、每一門宗教、某一項職業中都有好人壞人。有壞的皇帝，也有好皇帝；有很壞的大官，也有眞正愛護百姓的好官。書中漢人、滿人、契丹人、蒙古人、西藏人……都有好人壞人。和尚、道士、喇嘛、書生、武士之中，也有各種各樣的個性和品格。有些讀者喜歡把人一分爲二，好壞分明，同時由個體推論到整個羣體，那決不是作者的本意。

歷史上的事件和人物，要放在當時的歷史環境中去看。宋遼之際、元明之際、明清之際，漢族和契丹、蒙古、滿族等民族有激烈鬭爭；蒙古、滿人利用宗教作爲政治工具。小說所想描述的，是當時人的觀念和心態，不能用後世或現代人的觀念去衡量。我寫小說，旨在刻畫個性，抒寫人性中的喜愁悲歡。小說並不影射甚麼，如果有所斥責，那是人性中卑污陰暗的品質。政治觀點、社會上的流行理念時時變遷，人性卻變動極少。

在劉再復先生與他千金劉劍梅合寫的「父女兩地書」（共悟人間）中，劍梅小姐提到她曾和李陀先生的一次談話，李先生說，寫小說也跟彈鋼琴一樣，沒有任何捷徑可言，是一級一級往上提高的，要經過每日的苦練和積累，讀書不夠多就不行。我很同意這個觀點。我每日讀書至少四五小時，從不間斷，在報社退休後連續在中外大學中努力進修。這些年來，學問、知識、見解雖有長進，才氣卻長不了，因此，這些小說雖然改了三次，相信很多人看了還是要嘆氣。正如一個鋼琴家每天練琴二十小時，如果天份不夠，永遠做不了蕭邦、李斯特、拉赫曼尼諾夫、巴德魯斯基，連魯賓斯坦、霍洛維茲、阿胥肯那吉、劉詩昆、傅聰也做不成。

這次第三次修改，改正了許多錯字訛字、以及漏失之處，多數由於得到了讀者們的指正。有幾段較長的補正改寫，是吸收了評論者與研討會中討論的結果。仍有許多明顯的缺點無法補救，限於作者的才力，那是無可如何的了。讀者們對書中仍然存在的失誤和不足之處，希望寫信告訴我。我把每一位讀者都當成是朋友，朋友們的指教和關懷，自然永遠是歡迎的。

二〇〇二年四月　於香港

目錄

張朝唐與楊鵬舉見殿中塑著一座神像，頭戴金盔，身穿緋袍，左手捧著一柄寶劍，右手手執令旗。那神像臉容清癯，三綹長鬚，狀貌威嚴，身子稍側，目視遠方，眉梢眼角之間，似乎帶有憂思。

第一回　危邦行蜀道　亂世壞長城

大明成祖皇帝永樂六年八月乙未，西南海外浡泥國國王麻那惹加那乃，率同妃子、弟、妹、世子、及陪臣來朝，進貢龍腦（樟腦中之精美者）、鶴頂、玳瑁、犀角、金銀寶器等諸般物事。成祖皇帝大悅，嘉勞良久，賜宴奉天門。

那浡泥國即今婆羅洲北部的婆羅乃，又稱文萊（浡泥、婆羅乃、文萊、以及英語 Brunei 均係同一地名之音譯），雖和中土相隔海程萬里，但向來仰慕中華。宋朝太平興國二年，其王向打（即蘇丹，中國史書上譯音為「向打」）曾遣使來朝，進貢龍腦、象牙、檀香等物，其後朝貢不絕。

麻那惹加那乃國王眼見天朝上國民豐物阜，文治教化、衣冠器具，無不令他歡喜讚歎，明帝又相待甚厚，竟然留戀不去。到該年十一月，一來年老畏寒，二來水土不服，患病不治。成祖深為悼惜，為之輟朝三日，賜葬南京安德門外（今南京中華門外聚寶山麓，有王墓遺址，俗呼馬回回墳），又命世子遐旺襲封浡泥國王，遣使者護送歸國，並賞賜大量金銀、器皿、錦綺、紗羅等物。此後洪熙、正德、嘉靖年間，該國君王均有朝貢。中國人去到浡泥國的，有些還做了大官，被封為「那督」。

到得萬歷年間，浡泥國內忽起內亂，《明史，浡泥傳》載稱：「其王卒，無嗣。族人爭立，國中殺戮幾盡，乃立其女為王。漳州人張姓者，初為其國那督，華言尊官也，因亂出奔，女王立，迎還之。其女出入王宮，得心疾，妄言父有反謀。女主懼，遣人按問其家，那督自殺。國人為訟冤。女主悔，絞殺其女，授其子官。」

這位張那督的女兒為何神經錯亂，向女王誣告父親造反，以致釀成這個悲劇，想必另有曲折內情，史書並未詳載，後人不得而知。福建漳州張氏在浡泥國累世受封那督，親民善理，頗有權勢，為其國人所敬。

華人在彼邦經商務農，數亦不少，披荆斬棘，甚有功績，和當地土人相處融洽。費信《星槎勝覽》一書中記云：「浡泥國……其國之民崇佛像，好齋沐。凡見唐人至其國，甚有愛敬。有醉者，則扶歸家寢宿，以禮待之若故舊。」有詩為證，詩曰：

「浡泥滄海外，立國自何年？夏冷冬生熱，山盤地自偏。
積修崇佛教，扶醉待賓賢。取信通商舶，遺風事可傳。」

浡泥國那督張氏數傳後是爲張信，膝下惟有一子。張信不忘故國，爲兒子取名朝唐。到張朝唐十二歲那一年，福建有一士人屢試不第，棄儒經商，隨鄉人來到浡泥國。這人不善經營，本錢蝕得乾乾淨淨，無顏回鄉，就此流落異邦。有人薦他去見張信，想要謀個生計。張信和他一談之下，心下大喜，便即聘爲西賓，教兒子讀書。

張朝唐開蒙雖遲，但天資聰穎，十年之間，四書五經俱已熟習。那老師力勸張信遣子回中土應試，若能考得個秀才、舉人，有了中華的功名，回到浡泥來大有光采。張信也盼兒子回鄉去觀光上國風物，於是重重酬謝了老師，打點金銀行李，再派僮兒張康跟隨，命張朝唐隨同老師回漳州原籍應試。

其時正是崇禎六年，逆奄魏忠賢雖已伏誅，但在天啓朝七年之間禍國殃民，殺害忠良，明朝元氣大傷，兼之連年水旱成災，流寇四起。張朝唐等三人從廈門上岸，僱船西上漳州。不料只行出數十里，四鄉忽然大亂，一羣盜賊湧上船來，不由分說，便將那教書先生殺了。張朝唐主僕幸好識得水性，跳水逃命，才免了一刀之厄。

兩人在鄉間躲了三日，聽得四鄉饑民聚衆要攻漳州、廈門。這一來，只將張朝唐嚇得滿腔雄心，登化烏有，眼見危邦不可居，還是急速回家的爲是。其時廈門已不能再去，主僕兩人一商量，決定從陸路西赴廣州，再乘海船出洋。兩人買了兩匹坐騎，膽戰心驚，沿路打聽，向廣東而去。

幸喜一路無事，經南靖、平和，來到三河壩，已是廣東省境，再過梅州、水口，向西迤邐行來。張朝唐素聞廣東是富庶之地，但沿途所見，盡是饑民，心想中華地大物博，百姓人人生死繫於一線，浡泥只是海外小邦，男女老幼卻安居樂業，無憂無慮，不由得嘆息，心想中國山川雄奇，眼見者百未得一，但如此朝不保夕，還是去浡泥椰子樹下唱歌睡覺，安樂得多了。

這一日行經鴻圖嶂，山道崎嶇，天色向晚，兩人焦急起來，催馬急奔。一口氣奔出十多里地，到了一個小市鎮上，主僕兩人大喜，想找個客店借宿，那知市鎮上靜悄悄的一個人影也無。張康下馬，走到一家掛著「粵東客棧」招牌的客店之外，高聲叫道：「喂，店家，店家！」店房靠山，山谷響應，只聽得「喂，店家，店家」的回聲，店裏卻毫無動靜。正在這時，一陣北風吹來，獵獵作響，兩人都感毛骨悚然。

張朝唐拔出佩劍，闖進店去，只見院子內地下倒著兩具屍首，流了一大灘黑血，蒼蠅繞著屍首亂飛。腐臭撲鼻，看來兩人已死去多日。張康驚恐大叫，轉身逃出。

張朝唐四下瞧去，到處箱籠散亂，門窗殘破，似經盜匪洗劫。張康見主人不出來，一步一頓的又回進店。張朝唐道：「到別處看看。」又去了三家店鋪，家家都是如此。有的女屍身子赤裸，顯是曾遭強暴而後遭害。一座市鎮之中，到處陰風慘慘，屍臭陣陣。兩人不敢停留，忙上馬向西。

主僕兩人行了十幾里，天色全黑，又餓又怕，正狼狽間，張康忽道：「公子，你瞧！」張朝唐順著他手指看去，只見遠處有一點火光，喜道：「咱們借宿去。」

兩人離開大道，向著火光走去，越走道路越窄。張朝唐忽道：「倘若那是賊窟，豈不是自投死路？」張康嚇了一跳，道：「那麼別去吧。」張朝唐眼見四下烏雲欲合，頗有雨意，說道：「先悄悄過去瞧一瞧。」下了馬，把馬縛在路邊樹上，躡足向火光處走去。行到臨近，見是兩間茅屋，張朝唐想到窗口往裏窺探，忽然一隻狗大聲吠叫，撲將過來。張朝唐揮動佩劍，那狗才不敢走近，不停吠叫。

柴扉開處，一個老婆婆走了出來，手舉油燈，顫巍巍的詢問。張朝唐道：「我們是過路客人，想在府上借宿一晚。」老婆婆微一遲疑，道：「請進來吧。」張朝唐走進茅屋，見屋裏只一張土床，桌椅俱無。床上躺著一個老頭，不斷咳嗽。張朝唐命張康去把馬牽來。張康想起剛才見到的死人慘狀，畏畏縮縮的不敢出去。那老頭兒挨下床來，陪著他去牽了馬來繫在屋邊。老婆婆拿出幾個玉米餅來饗客，燒了壺熱水給他們喝。

張朝唐吃了一個玉米餅，問道：「前面鎮上殺了不少人，是甚麼匪幫幹的？」老頭兒嘆了口氣，道：「甚麼匪幫？土匪有這麼狠嗎？那是官兵幹的好事。」張朝唐大吃一驚，道：「官兵？官兵怎麼會如此無法無天、奸淫擄掠？他們長官不理嗎？」

老頭兒冷笑一聲，說道：「你這位小相公看來是第一次出門，甚麼世情也不懂的了。長官？長官帶頭幹呀，好的東西他先拿，好看的娘們他先要。」張朝唐道：「老百姓怎不向官府去告？」老頭兒道：「告有甚麼用？你一告，十之八九還得賠上自己性命。」張朝唐道：「那怎樣說？」老頭兒道：「那還不是官官相護！別說官老爺不會准你狀子，還把你一頓板子收了監。你沒錢孝敬，就別想出來啦。」

張朝唐不住搖頭，又問：「官兵到山裏來幹麼？」老頭兒道：「說是來剿匪殺賊，其實山裏的盜賊，十個中倒有八個是給官府逼得沒生路才幹的。官兵下鄉來捉不到強盜，擄掠一陣，再亂殺些老百姓，提了首級上去報功，發了財，還好升官。」那老頭兒說得咬牙切齒，又不停咳嗽。老婆婆不住向他打手勢，叫他停口，怕張朝唐識得官家，多言惹禍。

張朝唐聽得悶悶不樂，想不到世局敗壞如此，心想：「爹爹常說，中華是文物禮義之邦，王道教化，路不拾遺，夜不閉戶，人人講信修睦，仁義和愛。今日眼見，卻大不盡然，還遠不如浡泥國蠻夷之地。」感嘆了一會，在一張板凳上睡了。

剛矇矓合眼，忽聽得門外犬吠之聲大作，跟著有人怒喝叫罵，蓬蓬蓬的猛力打門。老婆婆下床來要去開門，老頭兒搖手止住，輕聲對張朝唐道：「相公，你到後面躲一躲。」張朝唐和張康走到屋後，聞到一陣新鮮的稻草氣息，想是堆積柴草的所在，兩人縮身在稻草堆中。只聽得格啦啦一陣響，屋門推倒，一人粗聲喝道：「幹麼不開門？」也不等回答，啪的一聲，有人給打了記耳光。

老婆婆道：「上差老爺，我……我們老夫妻年老胡塗，耳朵不好，沒聽見。」不料又是一記耳光，那人罵道：「沒聽見就該打。快殺鷄，做四個人的飯。」老頭兒道：「我們人都快餓死啦，那有甚麼鷄？」只聽蓬的一聲，似乎老頭兒給推倒在地，老婆婆哭叫起來。

又聽另一個聲音道：「老王，算了吧，今日跑了整整一天，只收到三兩七錢稅銀，大家心裏不痛快，你拿他出氣也沒用。」那老王道：「這種人，你不用強還行？這幾兩銀子，不是我打斷那鄉下佬的狗腿，這些土老兒們肯乖乖拿出來嗎？」另一個嘶啞的聲音道：「這些鄉下佬也眞是的，窮得米缸裏數來數去也只得十幾粒米，再逼實在也逼不出甚麼來啦，只是大老爺又得罵咱們兄弟沒用……」

正說話間，忽然張朝唐的馬嘶叫起來。幾名公差一驚，出門查看，見到兩匹馬，議論起來，說乘馬之人定在屋中借宿，看來倒有筆油水，當即興興頭頭的進屋來尋。

張朝唐大驚，一扯張康的手，悄悄從後門溜出。兩人一腳高一腳低，在山裏亂走，見無人追來，才放了心，幸喜所帶的銀兩張康都揹在背上。

兩人在樹叢中躲了一宵，等天色大亮，才慢慢摸上大道。主僕兩人行出十多里，商量到前面市鎮再買代步腳力。張康不住痛罵公差害人。正罵得痛快，忽然斜刺小路裏走來四名公差，手中拿著鍊條鐵尺，後面兩人各牽一匹馬，正是他們的坐騎。

張朝唐和張康面面相覷，這時要避開已然不及，只得裝作若無其事，繼續走路。

那四名公差不住向他們打量，一名滿臉橫肉的公差斜眼問道：「喂，朋友，幹甚麼的？」張朝唐一聽口音，正是昨晚打人的那個老王。張康走上一步，道：「那是我們公子爺，要上廣州去讀書。」

老王一把揪住，挾手奪過他背上包裹，打了開來，見累累的盡是黃金白銀，不由得驚喜交集，喝道：「甚麼公子爺？瞧你兩個不是好東西！這些金銀那裏來的？定是偷來騙來的，好，現今拿到賊贓啦，跟我見大老爺去。」他見這兩人年幼好欺，想把他們嚇跑。那知張康道：「我們公子爺是外國大官，知府大人見了他也必定客客氣氣。見你們大老爺去，那再好也沒有啦！」搶過包裹，忙負在背上。

一名中年公差聽了這話，眉頭一皺，心想這事只怕還有後患，一不做二不休，索性殺了這兩個雛兒，發筆橫財再說，突然抽刀向張康劈去。張康大駭，急忙縮頭，那刀從頭頂掠過。他挺身擋住公差，叫道：「公子快逃。」張朝唐轉身就奔。

那公差反手又是一刀，這次張康有了防備，側身閃過，仍然沒給砍中。主僕兩人沒命價奔逃。四名公差手持兵刃，吆喝著追來。

張朝唐平時養尊處優，加上心中一嚇，那裏還跑得快，眼見就要給公差追上，忽然迎面一騎馬奔馳而來。那中年公差見有人來，高聲叫道：「反了，反了，大膽盜賊，竟敢拒捕？」另外幾名公差也大叫：「捉強盜，捉強盜。」他們誣陷張朝唐主僕是盜匪，心想殺了人誰敢前來過問。

迎面那乘馬漸漸奔近。馬上乘客眼見前面兩人奔逃，後面四名公差大呼追逐，只道眞是捉拿強人，催馬馳來，奔到張朝唐主僕之前，俯身伸臂，一手一個，拉住兩人後領，提了起來。四名公差也已氣喘吁吁的趕到。

馬上乘者把張朝唐主僕二人往地下一擲，笑道：「強盜捉住了。」跳下馬來。這人身材魁梧，聲音洪亮，滿臉濃鬚，約莫四十來歲年紀。

四名公差見他身手矯捷，氣力甚大，當下含笑稱謝，將張朝唐主僕拉起。那乘馬客見張朝唐一身儒服，張康青衣小帽，是個書僮，那裏像是強盜，不禁一怔。張康叫了起來：「英雄救命！他們要謀財害命。」那人喝問：「你們幹甚麼的？」張康叫道：「這是我家公子，去廣州趕考……」話未說完，已給一名公差按住了嘴。

那中年公差向乘馬客道：「老兄，你走你的道吧，莫管我們衙門的公事。」乘馬客道：「你放開手，讓他說。」張朝唐道：「在下一介書生，手無縛鷄之力，豈是強人……」一名公差喝道：「還要多嘴？」反手一記巴掌打去。

乘馬客馬鞭揮出，鞭上革繩捲住公差手腕，這一掌便沒打著。乘馬客問道：「到底怎麼回事？」張康道：「我家公子要去廣州考秀才，遇上這四人。他們見到我們的銀子，就想殺人。」說到這裏，跪下叫道：「英雄救命！」

乘馬客問公差道：「這話可眞？」衆公差冷笑不答。那老王站在他背後，乘他不覺，突然舉刀摟頭砍落。乘馬客聽得腦後風生，更不回頭，身子向左微挫，右足「烏龍掃地」，橫掃而出，正中老王足脛，將他踢出數步。餘下三名公差大叫：「眞強盜來啦！」兩個舉起鐵尺，一個揮動鐵鏈，向乘馬客圍攻過來。

張朝唐見他手無寸鐵，不禁暗暗擔憂。乘馬客挺然不懼，左躲右閃，三名公差的兵刃始終傷他不著。那老王站起身來，掄刀上前夾攻。乘馬客大喝一聲，老王吃了一驚，一刀沒砍準，乘馬客劈面一拳，打得他鼻血直流。老王只顧護痛，雙手掩面，噹啷一聲，手中單刀跌落。乘馬客搶過單刀，回手揮出，砍中一名手持鐵尺的公差右肩。他兵刃在手，如虎添翼，刀光閃處，手持鐵鏈的公差左腿中刀，跌倒在地。賸下一名公差不敢再戰，不顧同伴死活，和老王兩人撒腿就逃。乘馬客哈哈大笑，將單刀往地下一擲，躍上馬背。

張朝唐忙上前道謝，請問姓名。乘馬客見兩名公差躺在地上哼哼唧唧的叫痛，向他怒目而視，說道：「這裏不是說話之所，咱們上馬再談。」張康牽過馬來，三人並轡而行。張朝唐說了家世姓名。乘馬客道：「原來是張公子。在下姓楊，名鵬舉，江湖上人稱摩雲金翅，是武會鏢局的鏢頭。」張朝唐道：「今日若非閣下相救，小弟主僕兩人準沒命了。」楊鵬舉道：「這一帶亂得著實厲害，兵匪難分，公子還是及早回去外國的爲是。在下也正要去廣州，公子若不嫌棄，咱們便可結伴而行。」

張朝唐大喜，一再稱謝。這幾日來他嚇得心神不定，現今得和一位鏢師同行，適才又見到他武功了得，登時大感心安。

三人行了二十幾里路，尋不到打尖的店家。楊鵬舉身上帶著乾糧，取出來分給兩人吃了。張康找到個破瓦罐，撿了些乾柴，想燒些熱水來喝，忽聽得身後有人大叫：「強盜在這裏了！」張康一驚手抖，將瓦罐中的水都潑在柴上。

楊鵬舉回過頭來，見剛才逃走的公差老王一馬當先，領了十多名軍士，騎馬趕來。楊鵬舉叫道：「快上馬。」三人急忙上馬。楊鵬舉讓二人先走，抽出掛在馬鞍旁的鋼刀，在後掩護。衆軍士高叫：「捉強盜哪！」縱馬追來。

楊鵬舉等逃出一程，見追兵漸近，軍士紛紛放箭。楊鵬舉揮刀撥打，忽見前面有條岔路，叫道：「走小路！」張朝唐縱馬向小路馳去，張康和楊鵬舉跟隨在後，追兵毫不放鬆。那公差老王大嚷：「追啊，抓到了強盜，大夥兒分他金銀。」

楊鵬舉索性勒轉馬來，大喝一聲，揮刀砍去。老王嚇得倒退，其餘軍士卻挺槍攢刺。楊鵬舉敵不過人多，混戰中腿上中了一槍，雖只皮肉輕傷，卻已不敢戀戰，雙腿一夾，提韁縱馬向前急衝，揮刀將一名軍士左臂砍斷。其餘軍士嚇得紛紛後退，楊鵬舉回馬順小路疾馳。衆軍士見他逃跑，膽氣又壯，吶喊追來。不一刻楊鵬舉已追上張氏主僕，道路漸窄，衆軍士畏懼楊鵬舉勇猛，不敢十分逼近。

三人縱馬奔跑一陣，山道彎曲，追兵呼叫聲雖清晰可聞，人影卻已不見。急馳中前面突然出現三條小岔路，楊鵬舉低喝：「下馬！」三人把馬牽到樹叢中躲了起來，片刻間追兵也已趕到。那老王略一遲疑，領著軍士向一條岔路趕了下去。

楊鵬舉道：「他們追了一陣不見，必定回頭。咱們快走。」撕下衣襟裹好腿傷，三人上馬向另一條岔路馳去。

過不多久，後面追兵聲又隱隱傳來，楊鵬舉甚是惶急，見前面有三間瓦屋，屋前有個農夫正在鋤地，便下馬走前，說道：「大哥，後面有官兵要害我們，請你找個地方給躲一躲。」那農夫只管鋤地，便似沒聽到他說話。張朝唐也下馬央告。

那農夫抬頭，向他們仔細打量。這時前面樹叢中傳來牛蹄踐土之聲，一個牧童騎在牛背上轉了出來。那牧童十歲上下年紀，頭頂用紅繩紮了個小辮子，臉色黝黑，笑嘻嘻地，一雙大眼炯炯有神。那農夫對牧童道：「你把馬帶到山裏放草，天黑了再回來吧。」

小牧童望了張朝唐三人一眼，應道：「好！」牽了三匹馬便走。

楊鵬舉不知那農夫是甚麼用意，可是他言語神情之中，似有一股威勢，竟不敢出言阻止牧童牽馬。這時追兵聲更加近了，張朝唐急的連說：「怎麼辦，怎麼辦？」

那農夫道：「跟我來。」帶領三人走進屋內。廳堂上木桌板凳，牆上掛著簑衣犁頭，收拾潔淨，不似尋常農家。那農夫直入後進，三人跟了進去，走過天井，來到一間臥房。那農夫撩起帳子，露出牆來。伸手在牆上一推，一塊大石翻了進去，牆上現出一個洞來。那農夫道：「進去吧！」

三人依言入內，原來是個寬敞的山洞。這屋倚山而建，剛造在山洞之前，如不把房屋拆去，誰也猜不到有此藏身之所。三人躲好，那農夫關上密門，自行出去鋤地。不一刻，公差老王已率領軍士追到。老王向農夫大聲吆喝：「喂，有三個人騎馬從這邊過去嗎？」那農夫向小路的一邊指了一指，道：「早過去啦！」

公差軍士奔出了七八里地，不見張朝唐等蹤跡，掉轉馬頭，又來詢問。那農夫裝聾作啞，話也說不大清楚。一名軍士罵道：「他媽的，多問這傻瓜有屁用？走吧！」一行人又向另一條岔路追了下去。

張朝唐和楊鵬舉、張康三人躲在山洞之內，隱隱聽得馬匹奔馳之聲，過了一會，聲音聽不見了，那農夫始終不來開門。楊鵬舉焦躁起來，使力拉門，拉了半天，石門紋絲不動。三人只得坐在地上打盹。楊鵬舉創口作痛，不住咒罵公差軍士。

也不知過了幾個時辰，石門忽然軋軋作響的開了，透進光來。那農夫手持燭台，說道：「請出來吃飯吧。」

楊鵬舉首先跳起，走了出去，張氏主僕隨後走到廳上。只見板桌上擺了熱騰騰的飯菜，大盆青菜豆腐之外，居然還有兩隻肥鷄。楊鵬舉和張氏主僕都暗暗歡喜。

廳上除了日間所見的農夫和牧童，還有三人，都作農夫打扮。張朝唐和楊鵬舉拱手相謝，道了自己姓名，又請問對方姓名。

一個面目清癯、五十來歲的農夫道：「小人姓應。」指著日間指引他們躲藏的人道：「這位姓朱。」一個身材極高的瘦子自稱姓倪，一個肥肥矮矮的則說姓羅。張朝唐道：「我還道各位是一家人，原來都不是同姓。」那姓應的道：「我們都是好朋友。」

張朝唐見他們說話不多，神色凜然，舉止端嚴，絕不似尋常農夫。那姓朱和姓倪的尤具威猛之氣，姓應的則氣度高雅，似是位飽讀詩書的士人，幾人說的都是北方官話。張朝唐試探了幾句，姓應的唯唯否否，並不接口。

飯罷，姓應的問起官兵追逐原因，張朝唐原原本本說了。他口才便給，描述途中所見慘況，以及公差欺壓百姓、誣良爲盜的種種可惡情狀，說來有聲有色。那姓倪的氣得猛力在桌上一拍，鬚眉俱張，開口欲罵。姓應的使個眼色，他就不言語了。

張朝唐又說到楊鵬舉如何出手相援，將他大大的恭維了一陣。楊鵬舉甚是得意，說道：「這算得甚麼，想當年在江西我獨力殺死鄱陽三兇，那才教露臉呢。」便縱談當時情勢如何危急、自己如何英勇、如何敗中取勝，說得口沫橫飛。他越說越得意，將十多年來在江湖上的遭遇大吹特吹，加油添醬，說得自己英雄蓋世，當世無敵。他不住口談論江湖事蹟。張朝唐聞所未聞，甚感興味，張康小孩脾氣，更連連驚嘆詢問。

楊鵬舉後來說到了武技，舉手抬足，一面講一面比劃。幾個農夫卻似乎聽得意興索然，姓羅的胖子打了個呵欠道：「不早啦，大家睡吧！」

小牧童過去關上了門，姓朱的從暗處提出一塊大石，放在門後。楊鵬舉一見之下，不由得倒抽一口涼氣，暗道：「這人好大力氣，這塊石頭少說也有三百來斤，他居然毫不費力的提來提去。」姓應的見他面色有異，說道：「山裏老虎多，有時半夜裏撞進門來，因此要用石頭堵住門戶。」

當晚張朝唐和楊鵬舉、張康三人同處一室。張康著枕之後立即酣睡。張朝唐想起此行風波萬里，徒然擔驚受怕，不知此去廣州，是否尚有凶險，思潮起伏，一時難以入睡。過了一會，忽聽得書聲朗朗，那小牧童讀起書來。

張朝唐側耳細聽，書聲中說的似是兵陣戰鬥之事，不禁好奇心起，披衣下床，走到廳上。只見桌上燭光明亮，小牧童正自讀書。姓應的坐在一旁教導，見他出來，只向他點了點頭，又低下頭來，指著書本講解。

張朝唐走近前去，見桌上還放了幾本書，拿起一看，書面上寫著「紀效新書」四字，原來是本朝戚繼光將軍所著的兵法。戚繼光之名，張朝唐在浡泥國也有所聞，知是擊破倭寇的名將，後來鎮守薊州，強敵不敢犯邊，用兵如神，威震四海。

張朝唐向姓應的道：「各位決計不是平常人，卻不知何以隱居在此，可能見告麼？」姓應的道：「我們是尋常老百姓，種田打獵，讀書識字，那是最平常不過的。公子為何覺得奇怪？難道只有官家子弟才可讀書嗎？」張朝唐心想：「原來中土尋常農夫，也有如此學養，果非蠻邦之人可比。」心下佩服，說了聲「打擾」，又回房去睡。

矇矇矓矓的睡了一回，忽覺有人相推，驚醒坐起，只聽楊鵬舉低聲道：「這裏只怕是盜窟，咱們快走吧！」張朝唐大吃一驚，低問：「怎麼樣？」

楊鵬舉點燃燭火，走到一隻木箱邊，掀起箱蓋道：「你看。」

張朝唐一看，只見滿箱盡是金銀珠寶，一驚之下，做聲不得。

楊鵬舉把燭台交他拿著，搬開木箱，下面又有一隻木箱，伸手便去扭箱上銅鎖。張朝唐道：「別看旁人隱私，只怕惹出禍來。」楊鵬舉道：「這裏氣息古怪。」張朝唐忙問：「甚麼氣息？」楊鵬舉道：「血腥氣。」張朝唐便不敢言語了。

楊鵬舉輕輕扭斷了鎖，靜聽房外並無動靜，揭開箱蓋，移近燭台一照，兩人登時嚇得目瞪口呆。箱中赫然是兩顆首級，一顆砍下時日已久，血跡已然變黑，但未腐爛。另一顆卻是新斬下的。兩顆首級都用石灰、藥料醃著，是以鬚眉俱全，面目宛然。楊鵬舉饒是久歷江湖，也不由得手腳發軟，張朝唐那裏還說得出話來。

楊鵬舉輕輕把箱子還原放好，說道：「快走！」到炕上推醒了張康，摸到廳上。三人躡足走到門邊，楊鵬舉摸到大石，暗暗叫苦，竭盡全力，又怎搬它得動？剛只推開尺許，忽然火光閃亮，那姓朱的拿著燭台走了出來。

楊鵬舉手按刀柄，明知不敵，身處此境，也只有硬起頭皮一拚。那知姓朱的並不理會，說道：「要走了嗎？」伸手將大石提在一邊，打開大門。

楊鵬舉和張朝唐不敢多言，喃喃謝了幾句，低頭出門，上馬向西疾馳。

奔了十幾里地，料想已脫險境，正感寬慰，忽然後面馬蹄聲響，有人厲聲叫道：「喂，站住，站住！」三人那裏敢停，縱馬急行。

突然黑影一晃，一人從馬旁掠過，搶在前面，手一舉，楊鵬舉坐騎受驚，長嘶一聲，人立起來。楊鵬舉揮刀向那人當頭砍去。那人空手拆了數招，忽地高躍，伸左拳向楊鵬舉右太陽穴打落。楊鵬舉單刀「橫架金樑」，向他手臂疾砍。豈知那人這拳乃是虛招，半路上變拳為掌，身未落地，已勾住楊鵬舉手腕，喝聲：「下來！」將他拖下馬來，順手奪過了他手中鋼刀，擲在地下。

星光熹微中看那人時，正是那姓朱農夫。

那人冷冷的道：「回去！」回過身來，騎上馬當先就走，也不理會三人是否隨後跟來。楊鵬舉知道反抗固然無益，逃也逃不了，只得乖乖的上馬，三人跟著他回去。

一進門，廳上燭火明亮，那小牧童和其餘三人坐著相候，神色肅然，一語不發。

楊鵬舉自忖不免一死，索性硬氣一點，昂然道：「楊大爺今日落在你們手中，要殺就殺，不必多說。」

姓朱的道：「應大哥，你說怎麼辦？」姓應的沉吟不語。姓倪的道：「張公子主僕放走，把姓楊的宰了。」姓應的道：「這姓楊的幹保鏢生涯，做有錢人走狗，能是甚麼好人！但他昨天見義勇爲，總算做了好事，就饒他一命。羅兄弟，把他招子廢了。」

姓羅的站起身來，楊鵬舉慘然變色。

張朝唐不懂江湖上的說話，不知「把招子廢了」便是剜去眼睛之意，但見了各人神情，想來定是要傷害楊鵬舉，正想開口求情，那小牧童道：「應叔叔，我瞧他怪可憐的，就饒了他吧。」姓應的與衆人對望了一眼，頓了一頓，對楊鵬舉道：「有人給你求情，也罷，你能不能立個誓，今晚所見之事，決不洩漏一言半語？」

楊鵬舉大喜，忙道：「今晚之事，在下實非有意窺探，但既見到了，自怪楊某有眼無珠，不識各位英雄好漢。各位的事在下立誓守口如瓶，將來如違此誓，天誅地滅，死得慘不堪言。」姓應的道：「好，我們信得過你是條漢子，你去吧。」楊鵬舉一拱手，轉身要走。姓倪的突然站起來，厲聲喝道：「就這樣走麼？」

楊鵬舉一楞，懂了他意思，慘然苦笑，說道：「好，請借把刀給我。」姓朱的從桌下抽出一把利刃，輕輕倒擲過去。楊鵬舉伸手接住，走近幾步，左手平放桌上，颼的一刀，砍下兩根手指，笑道：「光棍一人作事一身當，這事跟張公子全沒干係……」

衆人見他手上血流如注，居然還硬挺住，也佩服他的氣概。姓倪的大拇指一挺，道：「好，今晚的事就這般了結。」轉身入內，拿出刀傷藥和白布來，給他止血，縛了傷口。楊鵬舉不願再行停留，轉身對張朝唐道：「咱們走吧。」

張朝唐見他臉色慘白，自是痛極，想叫他在此休息一下，可是又說不出口。

姓應的道：「張公子來自萬里之外，我們驚嚇了遠客，很是過意不去，別讓你回到外國，說我們中土人士都是窮凶極惡之輩。這位楊朋友也很夠光棍。我送你這個東西吧。」說著從袋裏掏出一塊東西，交給張朝唐。

張朝唐接過一看，輕飄飄的是塊竹牌，上面烙了「山宗」兩字，牌背烙了些花紋，看不出有甚麼用處。

姓應的道：「眼前天下大亂，你一個文弱書生不宜在外面亂走，我勸你趕快回家。這幾天在路上要是遇上甚麼危難，拿出這塊竹牌來，或許有點兒用處。過得幾年……

唉，或者是十年，二十幾年，你聽得中土太平了，這才再來吧！亂世功名，得之無益，反足惹禍。」

張朝唐再看竹牌，實不見有何奇特之處，不信它有何神秘法力，想是吉祥之物，隨口謝了一聲，交給張康收入衣囊中。三人告辭出來，騎上馬緩緩而行。回到適才和那姓朱的交手所在，見鋼刀兀自在地，閃閃發光，楊鵬舉拾了起來，心想：「我自誇英雄了得，碰在人家手裏，屁也不值！」

天明時，到了一個小市鎮上，張朝唐找了客店，讓楊鵬舉安睡了一天一晚。次晨才再趕路。行到中午時分，打過尖，上馬又行了二十多里路，忽然蹄聲響處，一騎馬迎面奔來，掠過身旁，向三人望了一眼，絕塵而去。行了五六里路，後面馬蹄聲又起，仍是那騎馬追了上來。這次楊鵬舉和張朝唐都看得清楚了，馬上那人青巾包頭，眉目之間英悍之氣畢露，從三人身旁掠過，疾馳而前。

張朝唐道：「這人倒也古怪，怎麼去了又回來。」楊鵬舉道：「張公子，待會你自行逃命罷，不用等我。」張朝唐驚道：「怎麼？又有強盜麼？」楊鵬舉道：「走不上五里，必有事故，不過咱們後無退路，也只有向前闖了。」

三人惴惴不安，慢慢向前挨去，只走了兩里多路，只聽得噓哩哩一聲，一枝響箭射上天空，三乘馬自路旁林中竄出，攔在當路。

楊鵬舉催馬上前，抱拳說道：「在下武會鏢局姓楊，路經貴地，並非保鏢，沒向各位當家投帖拜謁。這位張相公來自外國，他是讀書人，請各位高抬貴手，讓一條道。」他在江湖上本來略有名頭，手上武藝也自不弱，不過剛斷了手指，又想這一帶道上的朋友多半與姓應姓朱的是一夥，是以措詞謙恭，好言相求。

三乘中當中一人雙手空空，笑道：「我們少了盤纏，要借一百兩銀子。」他說的是浙南土話，楊鵬舉和張朝唐愕然相對，不知他說些甚麼。

剛才騎馬來回相探的那人喝道：「借一百兩銀子，懂了沒有？」楊鵬舉見他們如此無禮，不禁大怒，喝道：「要借銀子，須憑本事！」當先那人喝道：「好！這本事值不值一百兩銀子？」從背上取下彈弓，叭叭叭，三粒彈子打上天空，等彈子勢完落下，又是連珠三彈，六顆彈子在空中分成三對，互相撞得粉碎，變成碎泥紛紛下墮。

楊鵬舉見到這神彈絕技，剛只一呆，突覺左腕劇痛，單刀噹的一聲落在地下，才知已給他彈子打中手腕。

對面第三人手持軟鞭，縱馬過來，一招「枯藤纏樹」，向他腰間盤打而至。楊鵬舉勒馬避開。那人軟鞭鞭頭乘勢在地下捲起單刀，抄在手中，長笑一聲，縱馬疾馳，掠過張康身邊時，白光閃動，鋼刀兩揮，已割斷他背上包裹兩端布條。他毫不停留，催馬向前。包裹正從張康背上滑落，打彈子那人恰好馳到，手臂探出，不待包裹落地，已俯身提起，掂了掂重量，笑道：「多謝了。」轉眼間三人已向來路跑得無影無蹤。

楊鵬舉只是嘆氣，無話可說。張康急道：「我們的盤費銀兩都在包裹，這……這……怎麼回家呢？」楊鵬舉道：「留下你這條小命，已算不錯的啦，走著瞧吧。」三人垂頭喪氣的又行。走不到一頓飯時分，忽然身後蹄聲雜沓，回頭望時，只見塵頭起處，那三人又追了轉來。楊鵬舉和張朝唐都倒抽一口涼氣，心想：「搶了金銀也就罷了，難道還非要了性命不可？」

那三人馳到跟前，一齊滾鞍下馬，當先一人抱拳說道：「原來是自己人，得罪，得罪。我們不知，多有冒犯，請勿見怪。」另一人雙手托住包裹，交給張康。張康卻不敢接，眼望主人。張朝唐點點頭，張康這才接過。

當先那人道：「剛才聽得這位言道，一位是楊鏢頭，一位是張公子，都是貴姓麼？」張朝唐道：「正是！」說了兩人的姓名來歷。

三人聽了，均有詫異之色，互相望了一眼。當先那人說道：「在下姓黃，這兩位是親兄弟，姓劉。張公子，你早拿出竹牌來就好了，免得我們無禮。」張朝唐聽了這話，才知道這塊竹牌果真效力不小，心神不定之際，也不知說甚麼話好。

那姓黃的又道：「兩位一定也是去聖峯嶂了，咱們一路走吧。」

張朝唐和楊鵬舉都料想他們是一幫聲勢浩大的盜夥，遠避之惟恐不及，怎敢再去招惹？張朝唐道：「我和這位朋友要趕赴廣州，聖峯嶂是不去了。」

姓黃的臉帶怒色道：「再過三天就是八月十六，我們千里迢迢的趕來粵東，你們到了這裏，怎不上山？」上山做甚麼，八月十六是甚麼日子，張朝唐和楊鵬舉兩人全不知情，可是又不敢直認。張朝唐硬了頭皮，說道：「兄弟家有急事，須得馬上回去。」

姓黃的怒道：「上山也耽擱不了你兩天。督師的忌辰，你們過山不拜，算得甚麼山宗的朋友？」張朝唐更加摸不著頭腦，不知「督師忌辰」和「山宗」是甚麼東西。

楊鵬舉畢竟閱歷多，情知聖峯嶂是非去不可的了，雖有凶險，也只有聽天由命，而且瞧他們神色語氣，也似並無惡意，便道：「三位既如此美意，我和張公子同上山去便是。」說著向張朝唐使個眼色，示意不可違拗。

姓黃的霽然色喜，笑道：「本來嘛，我想你們也不會這般不講義氣。」

六人結伴同行，一路打尖住店，都由那姓黃的出頭，他只做幾個手勢，說了幾句古裏古怪的話，沿途飯館客店便都不收錢，而且招待得加意的周到客氣。

走了兩天，前面一座高山聳立入雲，姓黃的說道便是聖峯嶂。只見沿途勁裝結束之人絡繹不絕，都是向聖峯嶂而去，肥瘦高矮，各色各樣的人都有，神色舉止，顯得都是武人。這些人與姓黃的以及劉氏兄弟大半熟識，見了面就執手道故。

張楊兩人抱定宗旨決不再窺探別人隱私，見他們談話，就站得遠遠的，楊鵬舉聽這些人招呼的聲音南腔北調，遼東河朔、兩湖川陝各地都有。瞧各人行裝打扮，大都來自遠地，人人風塵僕僕。張楊兩人暗暗納罕，又感慄慄危懼。

楊鵬舉心想：「看來這些人是各地山寨的大盜，多半要聚衆造反。我是身家清白的良民，跟衆反賊混在一起，走又走不脫，眞是倒楣之極了。」

這天晚上，張朝唐等歇在聖峯嶂山腳下的一所店房裏，待次日一早上山。衆人正要吃晚飯，忽然一人奔進店來，叫道：「孫相公到啦！」此言一出，店中客人十之八九都立即站起，湧出店去。楊鵬舉一扯張朝唐的衣袖，說道：「瞧瞧去。」

走出店房，只見衆人夾道垂手肅立，似在等甚麼人。過了一陣，西面山道上傳來一陣馬蹄聲，衆人都提高了腳跟張望，只見一個四十來歲的書生騎在馬上，緩緩而來。他見衆人站在道旁迎接，催馬快行，馳到跟前，跳下馬來。

那書生一路過來，和衆人逐一點頭招呼。他走到張朝唐跟前，見他也是書生打扮，微微一愕，雙手一拱，問道：「這位是誰？」張朝唐道：「在下姓張，請教閣下尊姓大名。」那書生道：「在下姓孫，名仲壽。」張朝唐拱手說道：「久仰，久仰。」孫仲壽微微一笑，進店房去了。

晚飯過後，楊鵬舉低聲對張朝唐道：「這姓孫的書生相公看來很有權勢。張公子，你去跟他說說，請他放咱們走。大家是讀書人，話總容易說的通。」

張朝唐心想不錯，踱到孫仲壽門口，咳嗽一聲，舉手敲門。只聽到房裏有誦讀詩文之聲，他敲了幾下，讀書聲就停了。房門打開，孫仲壽迎了出來，說道：「客店寂寞，張兄來談談，最好不過。」張朝唐一揖進去，見桌上放著一本攤開手抄書本，一瞥之下，見寫著「遼東」、「寧遠」、「臣」、「皇上」等等字樣，似是一篇奏章。張朝唐只怕又觸人所忌，不敢多看，便坐了下來。

孫仲壽先請問他家世淵源，張朝唐據實說了。孫仲壽說道：「張兄這番可來得不巧了。中華朝政糜爛，不知何日方得清明。以兄弟之見，張兄還是暫回浡泥，俟中華聖天子在位，再來應試的爲是。」張朝唐稱是，說道正要歸去。接著把自己如何躲避官差、楊鵬舉如何相救、如何得到竹牌等事說了一遍，只是夜中見到箱內人頭一事略去不提。

孫仲壽道：「我們在此相遇，可算有緣。明日張兄隨小弟上山。也好知道我中土的一件千古奇冤。只要不向外人洩露此行所見所聞，小弟擔保張兄決無災害。」張朝唐謝了，卻不敢多問。

孫仲壽問起浡泥國人的風土人情，聽張朝唐所述，皆是聞所未聞，喟然說道：「不知幾時我中華百姓才得如浡泥國一般，安居樂業，不憂溫飽，共享太平之福？」

兩人直談到二更天時，張朝唐才告別回房。楊鵬舉已等得十分心焦，聽他轉告了孫仲壽之言，才放下了心。

次日正是中秋佳節，張朝唐、楊鵬舉和張康隨著大衆一早上山。中午時分，半山裏有十多人擔著飯菜等候，都是素菜，衆人吃了，休息一陣，繼續再行。此後一路都有人把守，盤查甚嚴。查到張楊三人時，孫仲壽點一點頭，把守的人便不問了。張朝唐暗叫：「好險！要是昨晚沒跟他這一夕談話，今日是死是活，實所難料。」

傍晚時分，已到山頂，數百名漢子排隊相迎。

山上疏疏落落有數十間房屋，最大的一座似是所寺廟。這些屋宇模樣也甚平常，並無碉堡望樓等守禦設施，不像是盜幫山寨。

楊鵬舉在山上見了衆人的勢派，料想山上建構必定雄偉威武，壁壘森嚴，那知渾不是這麼回事，暗暗稱奇。他在江湖上混了十多年，見聞算得廣博，這一次卻半點摸不著頭腦。更有一椿奇事，這些人萬里來會，瞧各人神情親密，都是知交好友，但相見時卻殊無歡愉之意，並不大聲談笑，每人神色間都顯悲戚憤慨。

張楊三人給引進一間小房，一會兒送進飯菜。四盤都是素菜。張朝唐和楊鵬舉悄悄議論，猜不透這些人到底在幹甚麼，對孫仲壽所說「千古奇冤」云云，更難明所指。

次日張楊二人起身後，用過早點，在山邊漫步，見到處都是長大漢子。有的頭上疤痕累累，有的斷手折足，個個是身經百戰、飽歷風霜的模樣。張楊兩人怕生事惹禍，走了一會便即回房，不再出去。這天整日吃的仍是素菜。楊鵬舉肚裏暗罵：「他媽的賊強盜死了老祖宗，叫老子吃這般嘴裏淡出鳥來的青菜豆腐。」

傍晚時分，忽聽得鐘聲鏜鏜。不久一名漢子走進房來，說道：「孫相公請兩位到殿上觀禮。」張楊二人跟他出去。張康也想跟去，那人道：「小兄弟，你早些睡吧。」

張楊二人隨著他繞過幾間瓦屋，來到寺廟之前。張朝唐抬頭看時，見一塊橫匾上寫著「忠烈祠」三個大字，心想：「原來是座祠堂，不知供的是誰？」隨著那漢子穿過前堂和院子，見兩旁陳列著兵器架子，架上刀槍斧鉞、叉矛戟鞭，十八般兵刃一應俱全，都擦得雪亮耀眼。

來到大殿，但見殿上黑壓壓的坐滿了人，總有兩三千之衆。張楊二人暗暗心驚，不料想這荒山之上，竟聚集了這許多人。

張朝唐抬頭看時，見殿中塑著一座神像，本朝文官裝束，但頭戴金盔，身穿緋袍，外加黃色罩甲，左手捧著一柄寶劍，右手手執令旗。那神像臉容清癯，三綹長鬚，狀貌威嚴，身子稍側，目視遠方，眉梢眼角之間，似乎帶有憂思。神像兩側供著兩排靈位。張朝唐隔得遠了，看不清楚神主上所書的名諱。大殿四壁掛滿了旌旗、盔甲、兵刃、馬具之類，旌旗或黃或白、或紅或藍，也有黃色鑲紅邊的，有的是白色鑲紅邊。

張朝唐滿腹狐疑，但見滿殿人衆容色悲戚，肅靜無聲。忽然神像旁一個身材瘦長的漢子站了起來，點燭執香，高聲叫道：「致祭。」殿上登時黑壓壓的跪得滿地，張朝唐和楊鵬舉也只得跟著跪下。

孫仲壽越衆而前，捧住祭文朗誦起來。楊鵬舉不懂祭文中文謅謅的說些甚麼，張朝唐卻愈聽愈驚。

只聽得祭文文意甚是憤慨激昂，既把滿清韃子罵了個狗血淋頭，而對當今崇禎皇帝竟也絲毫不留情面，說他「昏庸無道，不辨忠奸」、「剛愎自用，傷我元戎」、「自壞神州萬里長城，甘爲炎黃苗裔罪人」。對當今皇上如此肆口痛詆，豈不是公然要造反了嗎？張朝唐聽得驚疑不定。那知祭文後面愈來愈兇，竟把崇禎皇帝的列祖列宗也罵了個痛快，甚麼「功勛蓋世則魏公遭毒，底定中土而青田受酖」，那是說明太祖殺害徐達、劉基等功臣之事；後來又罵神宗亂徵礦稅，荼毒百姓；熹宗任用奄璫，朝中清流君子，不是殺頭，便是入獄，如熊廷弼等守土抗敵大臣，都慘遭殺害。

這篇祭文理直氣壯，一字一句都打入張朝唐心坎裏去，他雖遠在外國，但中土大事，也曾知聞。祭文後半段是「我督師威震寧遠，殲彼巨酋」等一大段頌揚武功的文字，更後來又再痛罵崇禎殺害忠良。

張朝唐聽到這裏，才知道這神像原來是連破清兵、擊敗清太祖努爾哈赤、使清人聞名喪膽的薊遼督師袁崇煥。他抬頭再看，見那神像栩栩如生，雙目遠矚，似是痛惜異族入侵，佔我河山，傷我黎民，恨不能復生而督師遼東，以禦外侮。

這時祭文行將讀完，張朝唐卻聽得更加心驚，原來祭文最後一段是與祭各人的誓言，立誓：「並誅明帝清酋，以雪此千古奇冤，而慰我督師在天之靈。」祭文讀畢，贊禮的人唱道：「對督師神像暨列位殉難將軍神主叩首。」眾人俯身叩頭。

一個幼童全身縞素，站在前列，轉身伏在地下向眾人還禮。張朝唐和楊鵬舉又吃了一驚，原來這幼童便是那天農舍中所遇的小小牧童。

眾人叩拜已畢，站起身來，都是淚痕滿面，悲憤難禁。孫仲壽對張朝唐道：「張兄大才，小弟這篇祭文有何不妥之處，請予刪削。」張朝唐連稱：「不敢。」孫仲壽命人拿過文房四寶來，說道：「小弟邀張兄上山，便是要借重海外才子大手筆，於我袁督師的勳業更增光華。也好教世人知道，袁督師蒙冤遭難，普天共憤，中外同悲，並非只是我們舊部的一番私心。」

張朝唐心想，你叫我上山，原來為此，不由得好生為難，袁崇煥為朝廷處死，是因崇禎胡塗昏庸，不明忠奸是非，聽信奸臣和太監的挑撥，天下都知冤枉，自己在浡泥之時，也曾聽得幾個廣東商人痛哭流涕的說起過。但既由皇帝下旨而明正典刑，再說冤枉，便是誹謗今上。皇帝倘若知道了，一紙詔書來到浡泥國，連父親都不免大受牽累。

可是孫仲壽既這麼說，在勢不能拒絕，情急之下，靈機忽動，想起在浡泥國時所看過的兩部小說，一部是《三國演義》，一部是《精忠岳傳》。他讀書有限，不能如孫仲壽那麼駢四驪六的大做文章，當下微一沉吟，振筆直書：「黃龍未搗，武穆蒙冤。漢祚待復，諸葛星殞。嗚呼痛哉，伏維尚饗。」他說的是古人，萬一這篇短短的祭文落入皇帝手中，也不能據此而定罪名。

孫仲壽本想他是一個海外士人，沒甚麼學問，也寫不出甚麼好句子來，只盼他稱讚幾句袁督師的功績，也就是了，待見他寫下了這六句，十分高興。張朝唐把袁崇煥比之於諸葛亮和岳飛，自是推崇備至，無以復加。諸葛亮名垂古今，人人崇仰。清人為金人後裔，皆為女真族，自稱後金，滿清初立國時，國號便仍稱為「金」。岳飛與袁崇煥皆抗金有功而死於昏君奸臣之手，兩人才略遭遇，頗有相同之處，倒不是胡亂瞎比的。

孫仲壽把這幾句話向眾人解釋了，大家轟然致謝，對張楊兩人神態登時便親熱得多，不再以外人相待了。孫仲壽道：「張兄文筆不凡，武穆諸葛這兩句話，榮寵九泉。小弟待會叫他們刻在祠堂旁邊的石上，要令後人得知，我們袁督師英名遠播，連萬里之外的異邦士民也盡皆仰慕。」張朝唐作揖遜謝。

各人叩拜已畢，各就原位坐下。那贊禮的人又喊了起來：「某某營某將軍」、「某某鎮某總兵」，喊了一個武將官銜，便有一人站起來大聲說話。張朝唐聽了官銜和言中之意，得知這些人都是袁崇煥的舊部，他被害之後，各人憤而離軍，散處四方，今日是袁督師遭難的三週年忌辰，是以在他故鄉廣東東莞附近的聖峯嶂相聚，祭奠舊帥。聽他們話中之意，似乎尚有甚麼重大圖謀。

當贊禮人叫到「薊鎭副總兵朱安國」時，一人站了起來，張朝唐和楊鵬舉都心頭一震，原來這人便是引導他們躲入密室的那個農夫。楊鵬舉心想：「原來他是抗淸的薊遼大將，那麼我敗在他手裏，也不枉了。」

只聽他朗聲說道：「袁公子這三年來身子壯健，武藝大有進步，書也讀了不少，我和倪、羅兩位兄弟的武功已盡數傳給了他，請各位另推明師。」孫仲壽道：「咱們兄弟中，還有誰武功高得過你們三位的，朱將軍不必太謙。」朱安國道：「袁公子學武聰明得很。我們三個已掏完了袋底身家，眞的沒貨色啦，的確要另請名師，以免耽誤他功夫。」孫仲壽道：「好吧，這事待會再議。誅奸的事怎麼了？」

那個先前會過的姓倪的農夫站起身來，說道：「那姓范的奸賊是羅參將前個月趕到浙江誅滅的。姓史的奸賊，十天前給我在潮州追到。兩人的首級在此。」說罷從地上提起布囊，取出兩個人頭來。

衆人有的轟然叫好，有的切齒痛罵。孫仲壽接過人頭，供在神像桌上。

張朝唐這才明白，他們半夜裏在箱中發現的人頭，原來是袁黨的仇人，那定是與陷害袁崇煥一案有關的奸人了。這時不斷有人出來呈獻首級，一時間神像前的供桌上擺了十多個人頭。聽這些人的稟報，人頭中有一個是當朝姓高的御史，他是魏忠賢的黨羽，曾誣奏袁崇煥通敵賣國。另一個是參將謝尙政，本是袁崇煥的同鄉死黨，袁崇煥對他一向提攜，但他爲圖升官，竟誣告恩人造反，衆人對他憤恨尤深。

各人稟告完畢，孫仲壽說道：「小奸誅了不少，大仇卻尙未得報，韃子皇太極和昏君崇禎仍然在位。如何爲督師公報仇雪恨，各位有甚麼高見？」一個矮子站了起來，說道：「孫相公！」孫仲壽道：「趙參將有甚麼話請說。」那矮子說道：「依我說……」剛說了三個字，門外一名漢子匆匆進來稟道：「山西三十六營王將軍派了人來求見。」衆人一聽，都轟叫起來。孫仲壽道：「趙參將，咱們先迎接三十六營的使者。」趙參將道：「對。」首先搶出，衆人都站起身來。

大門開處，兩條大漢手執火把，往旁邊一站，走進三個人來。楊鵬舉已久聞三十六營的名頭，知道山西二十餘萬起義民軍結成同盟，稱爲「三十六營」，以「紫金梁」王自用爲盟主，這幾年來殺官造反，聲勢極大，三十六營之中以闖王高迎祥最爲出名，他麾下外甥李自成稱爲闖將，英雄了得，威震晉陝。

只見當先一人四十來歲年紀，滿臉麻皮，頭髮蓬鬆，身穿粗布衫褲，膝蓋手肘處都已擦壞，到處打滿補釘，腳下赤足穿草鞋，腿上滿是泥污，純是個莊稼漢模樣。他身後跟著兩人，一個三十多歲，皮膚白淨；另一個廿多歲，身材魁梧，面容黝黑，也是農夫模樣。這三人看上去忠厚老實，怎知他們竟是橫行秦晉的「流寇」。

當先那人走進大殿，先不說話，往神像前一站。那白臉漢子從背後包袱中取出香燭，在神像前點上，三人拜倒在地，磕起頭來。那小牧童在供桌前跪下磕頭還禮。

三人拜畢，臉有麻子的漢子朗聲說道：「我們王將軍知道袁督師在關外打韃子，立了大功，很是佩服。袁督師爲昏君冤枉害死，天下老百姓都氣憤得很。王將軍、高闖王、李闖將派我們來代他向督師的神位磕頭。現今官逼民反，我們爲了要吃飯，只好抗糧殺官。求袁大元帥英魂保佑，我們打到北京，捉住昏君奸臣，一個個殺了，給大元帥和天下的老百姓報仇。」說完又拜了幾拜。衆人見王自用的使者尊重他們督師，都心存好感，聽了他這番話，雖然語氣粗陋，卻是至誠之言。

孫仲壽上前作揖，說道：「多謝，多謝。請教高姓大名。」那漢子說道：「我叫田見秀。王將軍得知今日是袁大元帥忌辰，因此派我前來在靈前拜祭，並和各位相見。」孫仲壽道：「多承王將軍厚意盛情，在下姓孫名仲壽。」那白淨面皮的人道：「啊，相公是孫祖壽將軍的弟弟。孫將軍和韃子拚戰陣亡，我們一向是很敬仰的。」

孫祖壽是抗淸大將，在邊關多立功勳，於淸兵入侵時隨袁崇煥捍衛京師。袁崇煥下獄後，孫祖壽憤而出戰，在北京永定門外和大將滿桂同時戰死，名揚天下。孫仲壽文武全才，向爲兄長的左右手，在此役中力戰得脫，憤恨崇禎冤殺忠臣，和袁崇煥的舊部散在江湖，撫育幼主，密謀復仇。他精明多智，隱爲袁黨的首領。

孫祖壽慷慨重義，忠勇廉潔，《明史》上記載了兩個故事：

孫祖壽鎮守固關抵抗女眞時，出戰受傷，瀕於不起。他妻子張氏割下手臂上的肉，煮了湯給他喝，同時絕食七日七夜，祈禱上天，願以身代。後來孫祖壽痊愈而張氏卻死了。孫祖壽感念妻恩，終身不近婦人。

他身爲大將時，有一名部將路過他昌平故鄉，送了五百兩銀子到他家裏。在當時原甚尋常，但他兒子堅決不受。後來他兒子來到軍中，他大爲嘉獎，請兒子喝酒，說：「不受贈金，深得我心。倘若你受了，這一次非軍法從事不可。」《明史》稱讚他「其秉義執節如此。」

孫仲壽爲人處事頗有兄風，是以爲衆所欽佩。

袁承志使開火叉，安小慧舞動長劍，與那大漢鬥了起來。那大漢雖然刀沉力猛，一時之間卻也奈何不得兩個小孩，不由得心下焦躁。

第二回　恩仇同患難　死生見交情

眾人正要敘話，田見秀的黑臉從人忽然從後座上直縱出去，站在門口。眾人出其不意，不知發生何事，都站了起來。只見那黑臉少年指著人羣中兩個中年漢子喝道：「你們是曹太監的手下，到這裏來幹甚麼？」

此言一出，眾人都大吃一驚，均知崇禎皇帝誅滅魏忠賢和客氏之後，宮中朝中奄豎逆黨雖一掃而空，然而皇帝生性多疑，又秉承自太祖、成祖以來的習氣，對大臣多所猜忌，所任用的仍是他從信王府帶來的太監，其中最得寵的是曹化淳。此人統率皇帝的御用探子「東廠」和錦衣衛衛士，即所謂「廠衛」，刺探朝中大臣和各地將帥的隱私，文武大臣往往不明不白爲皇帝下旨誅殺，或任意逮捕，不必有罪名便關入天牢，所謂「下詔獄」，都是由於曹化淳的密報。曹太監的名頭，當時一提起來，當眞人人談虎色變。

那兩人一個滿腮黃鬚，四十上下年紀，另一個卻面白無鬚，矮矮胖胖。那矮胖子面色倏變，隨即鎮定，笑道：「你是說我嗎？開甚麼玩笑？」黑臉少年道：「哼，開玩笑！你們兩個鬼鬼祟祟在客店裏商量，要混進山宗來，又說已稟告了曹太監，要派兵來一網打盡，這些話都給我聽見啦！」

黃鬚人拔出鋼刀，作勢便要撲上廝拚。那白臉胖子卻哈哈一笑，說道：「王自用想收併山宗的朋友，成爲第三十七營，居心險惡，那一個不知道了？你想來造謠生事，挑撥離間，那可不成。」他說話聲又細又尖，儼然太監聲口，可是這幾句話卻也生了效。袁黨中便有多人側目斜視，對王自用的使者起了疑心。

田見秀雖出身農家，但久經戰陣，百鍊成鋼，見了袁黨諸人的神色，知道此人的言語已打動衆心，便即喝道：「閣下是誰？是山宗的朋友麼？」這句話問中了要害，那人登時語塞，只是冷笑。

孫仲壽喝問：「朋友是袁督師舊部麼？我怎地沒見過？你是那一位總兵手下？」

那白臉人知道事敗，向黃鬚人使個眼色，兩人陡地躍起，雙雙落在門口。黃鬚人揮刀向黑臉少年砍去。那白臉人看似半男半女，行動卻甚迅捷，腕底翻處，已抽出判官雙筆，向黑臉少年胸口點到。

黑臉少年因是前來拜祭，爲示尊崇，又免對方起疑，上山來身上不帶兵刃。衆人見他雙手空空，驟遭夾擊，便有七八人要搶上救援。不料那少年武功了得，左手如風，施展擒拿手法，便抓黃鬚客的手腕，同時右手駢起食中兩指，搶先點向白臉人的雙目。這兩招遲發先至，立時逼得兩名敵人都退開了兩步。

袁黨衆人見他只一招之間便反守爲攻，暗暗喝采，俱各止步。那兩人見衝不出門去，知道身處虎穴，情勢凶險之極，剛向內退得兩步，便又搶上。黑臉少年使開雙掌，在單刀雙筆之間穿梭來去，攻多守少。那兩人幾次搶到門邊，都讓他逼了回來。

三人在大殿中騰挪來去，鬥到酣處，黃鬚人突然驚叫一聲，單刀脫手向人叢中飛去。朱安國躍起伸手抄出，接在手中。就在此時，黑臉少年踏進一步，左腿起處，飛腳把黃鬚人踢倒。他左腿尚未收回，右腿乘勢又起，白臉人一驚，只想逼開敵人，奪門逃走下山，奮起平生之力，雙筆一先一後反點敵胸。黑臉少年右手陡出，抓住左筆筆端，使力扭轉，已把判官筆搶過。這時對方右筆跟著點到，他順手將筆梢砸去。雙筆相交，噹的一聲，火星交迸，白臉人虎口震裂，右筆跟著脫手。

黑臉少年一聲長笑，右手抓住他胸口，一把提起，左手扯住他的褲腰，雙手分處，嗤的一聲，白臉人一條褲子已扯將下來，裸出下身。衆人愕然之下，黑臉少年笑道：「你是不是太監，大家瞧瞧！」衆人目光全都集到那白臉人的下身，果見他是淨了身的。鬨笑聲中，衆人圍了攏來，見這黑臉少年出手奇快，武功高明，都甚欽佩。

這時早有人擁上去將白臉人和黃鬚人按住。孫仲壽喝問：「曹太監派你們來幹甚麼？還有多少同黨？怎麼混進來的？」兩人默不作聲。孫仲壽使個眼色，羅參將提起單刀，呼呼兩刀割下兩人首級，放在神像前供桌上。

孫仲壽拱手向田見秀道：「若不是三位發現奸賊，我們大禍臨頭還不知道。」田見秀道：「那也是碰巧。我們在道上遇見這兩個傢伙，見他們神色古怪，身手又甚靈便，晚上便到客店去查探，僥倖查明了他們的底細。」

孫仲壽向田見秀的兩位從人道：「請教兩位尊姓大名。」兩人報了姓名，膚色白淨的叫劉芳亮，黑臉少年名叫崔秋山。朱安國過去拉住崔秋山的手，說了許多讚佩的話。

田見秀和孫仲壽及袁黨中幾個首腦人物到後堂密談。田見秀說道，王將軍盼望大家攜手造反，共同結盟，他們三人是闖將李自成的麾下，闖將是闖王高迎祥的外甥，是三十六營中聲勢最盛的一支。袁黨的人均感躊躇。衆人雖然憎恨崇禎皇帝，決意暗中行刺，殺官誅奸之事也已作了不少，但人人本來都是大明命官，要他們造反，卻是不願，只求刺死崇禎後，另立宗室明君。何況王自用總是「流寇」，雖然名頭極大，但打家劫舍，流竄擄掠，幹的是強盜勾當，大家心中一直也不大瞧得起。而且三十六營遠在晉陝，也支援不到。袁黨衆人離軍之後，爲了生計，有時也難免做幾樁沒本錢買賣，卻從來不公然自居盜賊。雙方身分不同，議論良久難決。

最後孫仲壽道：「咱們的事已給曹太監知道，如不和王將軍合盟以舉大事，不但刺殺崇禎爲袁督師報仇之事難以成功，只怕曹太監還要派人到處截殺。咱們勢孤力弱，難免遭了毒手。田兄，咱們這樣說定成不成？我們山宗幫王將軍打官兵，王將軍大事成功之後，須得竭力去打建州韃子。咱們話可說明在先，日後王將軍要做皇帝，我們山宗朋友卻不奉命，須得由太祖皇帝子孫姓朱的來做。」

田見秀道：「王將軍和高闖王、李闖將軍都給官府逼迫不過，爲了活命，這才造反，自己決計不想做皇帝，這件事兄弟拍胸擔保。人家叫我們流寇，其實我們只是種田的莊稼漢子，只盼有口飯吃，頭上這顆腦袋保得牢，也就是了。我們東奔西逃，那是無可奈何。憑我們這樣的料子，也做不來皇帝大官。至於打建州韃子嘛，李將軍的心意跟各位一模一樣，平時說起，李將軍對韃子實是恨到骨頭裏去。我們唯闖將李大哥之命是從。李大哥眞是大大的英雄豪傑，爲人仁義，那定是信得過的。」三十六營的盟主雖是王自用，但聽他們言下之意，似對李自成更爲信服。

孫仲壽道：「那再好也沒有了。」袁黨衆人更無異言，於是結盟之議便成定局。

裏面在商議結盟大計，殿上朱安國和倪浩拉著崔秋山的手，走到個僻靜角落裏。朱安國道：「崔大哥，咱們雖是初會，可是一見如故，你別當我們是外人。」崔秋山道：「兩位大哥以前打韃子、保江山，兄弟一向是很欽佩的。今日能見到山宗這許多英雄朋友，兄弟實在高興得很。」倪浩道：「我冒昧請問，崔大哥的師承是那一位前輩英雄？」崔秋山道：「兄弟的受業恩師，是山西大同府一聲雷白野白老爺子。他老人家已去世多年了。」朱安國和倪浩互望了一眼，均感疑惑。倪浩說道：「一聲雷白老前輩的大名，我們是久仰的了。不過有一句話崔大哥請勿見怪。白老前輩武功雖高，但似乎還不及崔大哥。」崔秋山默然不語。朱安國道：「雖然青出於藍，徒弟高過師父的事也是常見，但剛才我看崔大哥打倒兩個奸細的身法手法，卻似另有眞傳。」

崔秋山微一遲疑，道：「兩位是好朋友，本來不敢相瞞。我師父逝世之後，我機緣巧合，遇著一位世外高人。他老人家點撥了我一點武藝，但要我立誓不許說他名號，因此要請兩位大哥原諒。」倪朱兩人見他說得誠懇，忙道：「崔大哥快別這麼說，我們有一事相求，因此才大膽請問。」崔秋山道：「兩位有甚麼事，便請直言。大家是自己人，何必客氣？」朱安國道：「崔大哥請等一等，我們去找兩位朋友商量幾句。」

朱倪二人把那姓應和姓羅的拉在一邊。朱安國道：「這個崔兄弟武藝高強，咱們這裏沒一個及得上。聽他說話，性格也甚豪爽。」倪浩道：「就是說到師承時有點呑呑吐吐。」於是覆述了崔秋山的話。

那姓應的名叫應松，是袁崇煥帳下謀士，當年寧遠築城，曾出不少力量。姓羅的名大千，是著名砲手，寧遠一戰，他點燃紅夷大砲，轟死淸兵無數，因功升到參將。應松道：「咱們不妨直言相求，瞧他怎麼說？」朱安國道：「這事當先問過孫相公。」應松道：「不錯。」

轉到後殿，見孫仲壽和田見秀正談得投契，於是把孫仲壽請出來商量。朱安國等所擅長的是行軍打仗，衝鋒陷陣，長槍硬弩，十盪十決，那是勇不可當，但武學中的拳腳器械功夫，卻均自知不及崔秋山。

孫仲壽道：「應師爺，這件事關係幼主的終身，你先探探那姓崔的口氣。」應松點頭答應，與朱安國、倪浩、羅大千三人同去見崔秋山。

應松道：「我們有一件事，只有崔大哥幫得這個忙，因此上……」

崔秋山見他們欲言又止，一副好生爲難的神氣，便道：「兄弟是粗人，各位有甚麼吩咐，只要兄弟做得到的，無不從命。」

應松道：「崔兄很爽快，那麼我們直說了。袁督師被害之後，留下一位公子，那時還只七歲。我們跟昏君派來逮捕督師家屬的錦衣衛打了三場，死了七個兄弟，才保全袁督師這點骨血。」崔秋山嗯了一聲。應松道：「這位幼主名叫袁承志，由我們四人教他識字練武。他聰明得很，一教就會，但再跟著我們，練下去進境一定不大。我們身在草莽，防身武功要緊過行軍打仗的本事。」

崔秋山已明白他們意思，說：「各位要他跟我學武？」朱安國道：「剛才見崔大哥出手殺賊，武功勝過我們十倍，要是崔大哥肯收這個徒弟，栽培他成材，袁督師在天之靈，定也感激不盡。」說罷四人都作下揖去。

崔秋山還禮後沉吟道：「承各位瞧得起，兄弟原不該推辭，不過兄弟現下是在闖將李大哥軍中，來去無定，常跟官軍接仗，也不知能活到那一天。要袁公子跟我在隊伍裏，一則怕我沒空教他，二則委實也太危險。」應松等均想這確是實情，好生失望。

應松把袁承志叫了過來，和崔秋山見面。崔秋山見他靈動活潑，面貌黝黑，全無半分富貴公子嬌生慣養的情狀，很是喜歡。問他所學的武藝，袁承志答了，問道：「崔叔叔，你剛才抓住那兩個壞人，使的是甚麼功夫？」崔秋山道：「那叫做伏虎掌法。」袁承志道：「這樣快，我看都看不清楚。」崔秋山笑道：「你想不想學？」袁承志忙道：「崔叔叔，請你教我。」

崔秋山向應松笑道：「我跟田將軍說，在這裏多耽幾天，就把這路掌法傳給他吧！」袁承志和應朱倪三人俱各大喜，連聲稱謝。

次日一早，孫仲壽和張朝唐、楊鵬舉等三人告別，說道：「咱們相逢一場，總算有緣。這裏的事只要洩漏半句，後果如何，也不必兄弟多說。」張楊兩人喏喏連聲。孫仲壽對二人各贈了五十兩銀子盤費，派了兩位兄弟送下山去。

張朝唐和楊鵬舉逕赴廣州，途中更無他故。楊鵬舉遭此挫折，心灰意懶，知道江湖上山外有山，人上有人，自己憑這點微末功夫，居然能挨到今日，算得是僥倖之極，此番若非袁承志這小小孩童一言相救，已變成沒眼睛的廢人，想想暗自心驚，當即向鏢局辭了工，便欲回家務農。張朝唐感他救命之恩，見他心情鬱鬱，便邀他同去浡泥國遊覽散心。楊鵬舉眼見左右無事，自己又無家累，當即答允。

三人在廣州僱了海舶，前往浡泥。楊鵬舉住了月餘，見當地太平安樂，眞如世外桃源一般，竟然不興歸意，便在張朝唐之父張信的那督府中擔任個小小職司。每日當差一兩個時辰，餘下來喝酒賭錢，甚是逍遙快樂。

田見秀和孫仲壽等說妥結盟之事，衆人在袁崇煥神像前立下重誓，山宗朋友和闖將相結爲友，決不相負。田見秀正要和袁黨著意結納，聽說崔秋山要教袁承志武藝，甚是歡喜，當下和劉芳亮先下山去。

袁黨各路好漢，有的逕去投王自用；有的各歸故鄉，籌備舉事；也有的言明不願造反作亂，但決不洩露機密，也決不跟衆兄弟作對爲敵。人各有志，旁人也不勉強。

孫仲壽、朱安國、倪浩、應松等留在山上，詳商袁承志日後的出處。

袁承志自崔秋山答應教他伏虎掌後，歡喜得一夜沒睡好覺。翌日大家忙著結盟，沒功夫理會這事。下午衆人紛紛下山，臨行時每人都和幼主作別，又忙碌了半天。

到得晚上，孫仲壽和應松命人點了紅燭，設了交椅，請崔秋山坐在上面，要袁承志行拜師之禮。崔秋山道：「袁家小兄弟我一見就很喜歡，他愛我這套伏虎掌，我就破費幾天功夫，傳授個大概。但他能不能在這幾天之內學會，學了之後能不能用，可得瞧他的悟性和以後的練習了。這只是朋友之間的切磋，師徒的名份是無論如何談不上的。」應松道：「只要教得一招兩式，就是終身爲師。崔大哥何必太謙？」崔秋山一定不肯，大家也只得罷了。

衆人知道武林中的規矩，傳藝時別人不便旁觀，道了勞後，便告辭出來。

崔秋山等衆人出去，正色說道：「承志，這套伏虎掌法，是一位前輩高人傳給我的。我不能盡數領會其中的精奧，功夫也著實還差得遠，但在江湖上對付尋常敵人，也已足夠。他老人家傳授這套掌法之時，曾叫我立誓，學會之後，決不能用來欺壓良善，傷害無辜。」袁承志一聽，已明其意，當即跪下，說道：「弟子袁承志，學會了伏虎掌法之後，決不敢欺壓良善，傷害無辜，否則，否則……」他不知立誓的規矩，道：「否則就給崔叔叔打死。」

崔秋山一笑，道：「很好。」忽然身子一晃，人已不見。承志急轉身時，崔秋山已繞到他身後，在他肩頭一拍，笑道：「你抓住我。」

袁承志經過朱安國和倪浩、羅大千三位師父的指點，武功已稍有根基，立即矮身，左手虛晃，右手圈轉，竟不回身，聽風辨形，便向崔秋山腿上抓去。

崔秋山喜道：「這招不錯！」話聲方畢，手掌輕輕在他肩頭一拍，人影又已不見。承志凝神靜氣，一對小掌伸了開來，居然也護住身上各處要害，眼見崔秋山身法奇快，再也抓他不住，當下不再跟他兜圈子捉迷藏，一步一步退向牆壁，突然轉身，靠著牆壁，笑道：「崔叔叔，我見到你啦！」

崔秋山不能再繞到他身後，停住腳步，笑道：「好，好，你很聰明，伏虎掌一定學得成。」於是一招一式的從頭教他。

這路掌法共一百單八式，每式各有變化，奇正相生相剋。承志默默記憶，學了幾遍，已把招式記得大致無誤。崔秋山連比帶說，再把每一招每一變的用法細加傳授。承志武功本有根柢，悟性又強，崔秋山一說，便能領會。一個教得起勁，一個學得用心，直至深夜。

第二天一早，崔秋山在山邊散步，見承志正在練拳，施展伏虎掌一百單八招的變化，於那勾、撇、捺、劈、撕、打、崩、吐八大要訣，居然也能明其大旨，知其精要。崔秋山很是歡喜，當他練到入神之時突然躍前，抬腿向他背心踢去。

承志忽聽背後風聲響動，側身避過，回手便拉敵人右腿，一眼瞥見是崔秋山，急忙縮手，驚叫：「崔叔叔！」崔秋山笑道：「別停手，打下去。」劈面一掌。

承志知他是和自己拆招，當下踏步避過，小拳攢擊崔秋山腰胯，正是伏虎掌第八十九招「深入虎穴」。崔秋山讚道：「不錯，就是這樣。」口中指點，手下不停，和他對拆起來，見承志出招有誤，便即糾正。兩人拳來足往，把伏虎掌一百單八式翻來覆去的拆解。承志見這套掌法變化多端，崔秋山運用時愈出愈奇，歡喜無限，用心記憶。拆解良久，崔秋山見他頭上出汗，知道累了，便停住手，要他坐下休息，一面比劃講解。講了一個多時辰，又叫他站起來過招。

兩人自清晨直至深夜，除了吃飯之外，不停的拆練掌法。如此練了七日，到了第八天晚上，崔秋山道：「我所會的已全部傳了給你，你要好好記住。日後是否有成，全憑你自己練習了。臨敵時局面千變萬化，七分靠功夫，三分靠機靈，一味蠻打，決難取勝。」承志點頭受教。崔秋山道：「明天我就要回到李將軍那裏，今後盼你好好用功。傳我掌法的那位高人教我，武學高低的關鍵，是在頭腦而不在手腳，因此多想比多練更要緊。可惜我的腦筋實在不大靈光，難有太大進境，盼你日後練得能勝過了我。」

袁承志和崔秋山相處雖只八九天，但他把伏虎掌法傾囊以授，教誨之勤，顯見眷愛之深，聽說明天就要分手，不覺眼眶紅了，便要掉下淚來。崔秋山見他對自己甚是依戀，也不由得感動，輕輕撫摸他頭，說道：「似你這般聰明資質，武林中實在少見，可惜我們沒機緣長久相聚。」袁承志道：「崔叔叔，我跟你到李將軍那裏。」崔秋山笑道：「你這樣小，那怎麼成？我們跟著李將軍，時時刻刻都在拚命，飽一頓飢一頓的，今天不知明天的事。」

正說話間，忽聽得屋外有野獸一聲怪叫，承志奇道：「那是甚麼？不是老虎，也不是狼。」崔秋山道：「是豹子。」靈機一動，道：「咱們去把豹子捉來，我有用處。」承志大為興奮，忙問：「甚麼用處？」崔秋山笑而不答，匆匆走了出去。承志忙跟出去，見他不帶兵刃，又問：「崔叔叔，你用甚麼兵器打豹子？」

崔秋山不從正門出去，走到內進孫仲壽房外，叫道：「朱大哥、倪大哥都在麼？」朱安國等在房內聚談，聽得叫聲，開門出來。崔秋山笑道：「請各位幫手，把外面那豹子逼進屋來，我有用處。」倪浩是殺虎能手，連說：「好，好。」拿了獵虎叉，搶先出門。崔秋山叫道：「倪大哥，別傷那畜生。」倪浩遙遙答應，不一會，呼喝聲已起。崔秋山和朱安國、羅大千三人也縱出門去。袁承志拿了短鐵槍想跟出去。孫仲壽道：「承志，別出去，咱們在這裏看。」袁承志無奈，只得和孫仲壽、應松三人憑在窗口觀看。

只見三人拿了火把，分站東西北三方。倪浩使開獵虎叉，在山邊和一頭軀體巨大的金錢豹正自翻翻滾滾的拚鬥。他一柄叉護住全身，不讓豹子撲近，卻也不出叉戳刺。豹子見到火光，驚恐想逃，卻給朱、崔、羅三人阻住去路。豹子見崔秋山手中沒兵器，大吼著向他撲來。崔秋山閃身避開利爪，右掌在豹子額頭一擊，豹子登時翻了個觔斗，轉身向南。南面房門大開，豹子不肯進屋，東西亂竄，但給衆人逼住了，無路可走。崔秋山縱身而前，在豹子後臀上猛力一腳。豹子負痛，吼叫一聲，直竄進屋。

那時應松已把各處門戶緊閉，僅留出西邊偏殿的門戶。豹子見兩人手持火把追來，東爬西搔，胡胡吼叫，奔進西殿。羅大千關上殿門，一頭大豹已關在殿內。

衆人都很高興，望著崔秋山，不知他要豹何用。崔秋山笑道：「承志，你進去打豹！」此言一出，衆人都吃了一驚。孫仲壽道：「這怕不大妥當吧？」崔秋山道：「我在旁邊瞧著，這畜生傷不了他。」承志道：「好！」挺了短槍，就去開門。崔秋山道：「放下槍，空手進去！」

袁承志一怔，隨即會意是要他以剛學會的伏虎掌打豹，不禁膽怯。崔秋山道：「你怕了麼？」承志更不遲疑，拔開殿門上木塞，推門進去，只聽「胡」的一聲巨吼，一團黑影迎面撲來。他右腿後挫，讓開來勢，反手出掌，打在豹子耳上，使的正是伏虎掌法中的「羅漢傳經」。這掌雖然打中，可是手小無力，豹子不以爲意，回頭便咬。袁承志竄到豹子背後，拉住豹尾急扯。

這時崔秋山已在旁衛護，惟恐豹子猛惡，承志制牠不住，但見他所學伏虎掌法已使得頗熟，豹子三撲三抓，始終沒碰到他衣衫，反中了他一掌一腳，心下暗喜。

孫仲壽等見承志空手鬥豹，雖說崔秋山在旁照料，畢竟關心，各人拿了火把，站在殿角旁觀。朱安國和倪浩手扣暗器，以便緊急時射豹救人。火光中承志騰挪起伏，身法靈活，初時還東逃西竄，不敢和豹子接近，後來見所學掌法施展開來妙用甚多，閃避攻擊，得心應手，不由得越打越精神。

他見手掌打上豹身並無用處，突然變招，改打為拉，每一掌擊到，回手便扯下一把毛來。豹子受痛，吼叫連連，對他的小掌也有了忌憚，見他手掌伸過來時，不住吼叫退避，露齒抵抗。但承志手法甚快，豹子每每閃避不及，一時殿中豹毛四處飛揚，一頭好好的金錢豹子，給他東一塊西一塊的扯去了不少錦毛。衆人都笑了起來。

豹毛雖給他扯去，但空手終究制牠不住，酣鬥中他突使一招「菩薩低眉」，矮身正面向豹子衝去。豹子受驚，退了兩步，隨即飛身前撲，一刹那間，承志已在豹子腹下。

倪浩大驚，雙鏢飛出。那豹伸右腳撥落雙鏢。這時承志卻已不見。衆人凝目看時，只見他躲在豹子腹底，一雙腿勾住豹背，腦袋頂住豹子下頦，叫牠咬不著抓不到。豹子猛跳猛竄，翻身打滾，承志始終不放。他知時刻久了，自己力氣不足，只要一鬆手腳，不免傷於豹子爪牙，忙叫：「崔叔叔，快來！」

崔秋山道：「取牠眼睛！」一言提醒，承志右臂穿出，兩根手指插向豹子右眼，豹子痛得狂叫，竄跳更猛。崔秋山踏上幾步，蓬蓬連環兩掌，將豹子打得頭昏腦脹，翻倒在地，隨即一把抱起承志，笑道：「不壞，不壞，眞難爲你了。」

孫仲壽等人俱已驚得滿頭大汗，均想：「崔秋山爲人雖然不錯，但在李自成手下，每日裏幹的盡是亡命生涯，大膽妄爲。他不知袁公子這條命可有多尊貴。」又想：「袁公子經他教了八天，武藝果然大有長進。」崔秋山打開殿門，在豹子後臀上踢了一腳，笑道：「放你走吧！」那豹子直竄出去，忽然外面有人驚叫起來。

衆人只道豹子奔到外面傷了人，忙出去看時，這一驚非同小可。只見滿山都是點點火光，火光照耀下刀槍閃閃發亮，原來官兵大集，圍攻聖峯嶂來了。看這聲勢，要脫逃實非容易。在山下守望的黨人想來均已被害，是以事前毫無警報，而敵兵突然來臨。

孫仲壽等身經百戰，雖然心驚，卻不慌亂，均想：「可惜山上的弟兄都已散去了，否則當年在寧遠大戰，十幾萬韃子精兵，也給我們打得落荒而逃，又怎怕你們這些廣東官兵？」其時遼朔兵精，甲於天下，袁崇煥的舊部向來不把南方官兵放在眼裏。

孫仲壽當即發令：「羅將軍，你率領煮飯、打掃、守祠的衆兄弟到東邊山頭放火吶喊，作爲疑兵。」羅大千應令去了。孫仲壽又道：「朱將軍、倪將軍，你們兩位到前山去，每人各射十箭，教官兵不敢過份逼近，射後立刻回來。」朱倪二人應令去了。

孫仲壽道：「崔大哥，有一件重任要交託給你。」崔秋山道：「要我保護承志？」

孫仲壽道：「正是。」說著和應松兩人拜了下去。崔秋山吃了一驚，連忙還禮，說道：「兩位有何吩咐，自當遵從，休得如此。」

只聽得喊聲大作，又隱隱有金鼓之聲，聽聲音是山上發出，原來羅大千已把祠中的大鼓大鐘抬出來狂敲猛打，擾亂敵兵。孫仲壽道：「袁督師只有這點骨血，請崔大哥護送他脫險。」崔秋山道：「我必盡力。」

這時朱安國和倪浩已射完箭回來。孫仲壽道：「我和朱將軍一路，會齊羅將軍後，從東邊衝下，應先生和倪將軍一路，從西邊衝下。我們先衝，把敵兵主力引住。崔大哥和承志再從後山衝下，大家日後在李闖將軍那裏會齊。」衆人齊聲答應。

承志得應松等數載教養，這時分別，心下甚是難過，跪下去拜了幾拜，說道：「孫叔叔、應叔叔、朱叔叔、倪叔叔，我，我……」喉中哽住了說不下去。孫仲壽道：「你跟著崔叔叔去，要好好聽他的話。」承志點頭答應。

只聽得山腰裏官兵發喊，向山上衝來，應松道：「我們走吧。崔大哥，你稍待片刻再走。」衆人各舉兵刃，向下衝去。

倪浩見崔秋山沒帶兵器，把虎叉向他擲去，說道：「崔大哥，接住。」崔秋山道：「還是倪兄自己用吧！」接住虎叉想擲還給他。倪浩已去得遠了，於是右手持叉，左手拉著袁承志向山後走去。只見後山山坡上也滿是火把，密密層層的不知有多少官兵。山下箭如飛蝗，亂射上來，崔秋山退回祠中，跑到廚下，揭了兩個鍋蓋，一大一小，自己拿了大的，把小鍋蓋遞給承志，說道：「這是盾牌，走吧！」兩人展開輕身功夫，向黑暗中竄去。

不一會，官兵已發現兩人蹤跡，吶喊聲中追來，數十枝箭同時射到。

崔秋山擋在承志身後，揮動鍋蓋，一一擋開來箭，只聽得登登登之聲不絕，不少箭枝射上鍋蓋。兩人直闖下山。衆官兵上來攔阻，崔秋山使開獵虎叉，叉刺桿打，霎時傷了十多名官兵，承志的短鐵槍雖難以傷人，卻也儘可護身。官兵見是個幼童，也不怎麼理會。片刻間兩人已奔到山腰。

剛喘得一口氣，忽聽喊聲大作，一股官兵斜刺裏衝到，當先一名千戶手持大刀，惡狠狠的砍來。崔秋山舉叉架開，覺他膂力頗大，一叉「毒龍出洞」，直刺過去。那千戶舉刀格開，叫道：「弟兄們上啊！」崔秋山不願戀戰，舉鍋蓋向那千戶一晃。那千戶向右閃避，崔秋山大喝一聲，手起叉落，從他脅下插了進去，待拔出叉來，轉頭卻不見了承志，不禁大驚，只見左邊一羣人圍著吆喝。

他大踏步趕過去，挺叉亂戳，官兵紛紛閃避，奔到近處，果見承志給圍在垓心，手中短鐵槍已遭打落，正展開伏虎掌法和三名官兵對敵，畢竟年幼力弱，掌法又是初學，左支右絀，情勢危急。崔秋山更不打話，唰唰兩叉，刺倒兩名官兵，左手拉了承志便走。官兵大叫追來，崔秋山陡然回頭，唰唰兩叉，又刺倒了追得最近的兩名官兵，再踏上一步，叉桿下抄，挑起一名官兵，直摜在山石之上。那兵登即跌死。

衆官兵見他勇悍，嚇得止步不追。崔秋山把承志挾在脅下，展開輕功提縱術，直向黑暗無人處竄去，不一會便和衆官兵離得遠了。

崔秋山放下承志，問道：「沒受傷吧？」承志舉手往臉上抹汗，只覺黏膩膩的，月光下一看，滿手是血，看崔秋山時，臉上、手上、衣上，盡是血跡斑斑，說道：「崔叔叔，血……血……」崔秋山道：「不要緊，是敵人的血，你身上有那裏痛麼？」承志道：「沒有。」崔秋山道：「好，咱們再走！」

兩人矮了身子，在樹叢中向下趲行，走了小半個時辰，樹叢將完，崔秋山探頭前望，見山下火把明亮，數百名官兵守著，悄聲道：「不能下去，後退。」兩人回身走了數百步，見有個山洞，洞前生著一排矮樹，便鑽進洞去。

承志畢竟年幼，雖身在險地，疲累之餘，躺下不久便睡著了。崔秋山把他輕輕抱起，倚在自己懷裏，側耳靜聽。只聽呼喊聲連續不斷，過了一會，眼見山頂黑煙冒起，紅光沖天，想是袁崇煥的祠堂給官兵燒了。又過半個多時辰，聽得山上吹起號角，崔秋山跟官兵大小打過數十仗，知是收隊下山的號令。不一會，大隊人馬之聲經身旁過去，絡繹不絕，原來這山洞就在官兵下山道路之旁。

再過一會，忽聽外面樹叢中有人坐了下來，崔秋山右手提起鋼叉，左手放在承志嘴邊，防他在夢中發出聲響，凝神靜聽。只聽一人喝道：「那姓袁的逆賊留下一個兒子，到那裏去了？」這句話聲音很響，登時把承志吵醒。崔秋山左手輕輕按住他嘴。

聽得那人喝道：「你說不說？不說我先砍斷你一條腿。」一個聲音罵道：「你砍就砍！我們在邊庭上一刀一槍打韃子，豈能怕你？」聽口音正是應松的聲音。承志悄聲道：「應叔叔！」那人又罵：「你眞的不說？」應松呸的一聲，似乎一口唾沫吐向他的臉上，接著一聲慘叫，似乎已給他一刀砍傷。

承志再也忍耐不住，用力掙脫了崔秋山拉住他的手，大叫一聲：「應叔叔！」直竄出去。火光中見一人正提刀向摔跌在地的應松砍落，他和身縱上，施展伏虎掌中的左擊右擒之法，一拳正中那人右眼。那人只覺眼中金星直冒，手腕一痛，手中刀已給奪去。承志順手揮刀，砍中他肩頭，雖然力弱，沒把一條肩膀卸下，也已痛得他怪聲大叫。衆官兵出其不意，都吃了一驚，登時逃散，待得看清楚只是個幼童，當即回轉身來，刀槍並舉，眼見就要把他砍成碎塊。

突然火光中一柄鋼叉飛出，各官兵虎口劇震，兵刃紛紛離手。崔秋山一把抓住承志後心，直縱出去。衆官兵放箭時，兩人早已直奔下山。

崔秋山這一露形，奉太監曹化淳之命前來搜捕的東廠番子之中，便有四名好手跟蹤下來。但見他脅下挾著個幼童，但仍縱跳如飛，迅捷異常，一名番子取出一枝甩手箭，使足手勁，擲了出去。

崔秋山聽得腦後生風，立即矮身，那枝箭從頭頂飛了過去，就這麼停得一停，另一人已扣住三枝鋼鏢，連珠發出。崔秋山把承志往地下放落，左手迴抄，接住兩枝鋼鏢，避開了第三枝，正待發回，敵人的袖箭、飛蝗石已紛紛打來。崔秋山手接叉撥，閃避暗器，拉著承志向山下逃去。

四名番子見崔秋山武功精強，不敢再追，站定了破口大罵，紛發暗器，居高臨下，勢頭甚勁。

崔秋山黑暗中聽得颼颼之聲不絕，忙把承志拉在胸前，竄高伏低的閃避，畢竟手中抱了人，縱跳不便，避開了右邊打來的三枚菩提子，只覺左腿一痛，已中了一枚短箭。傷處剛痛過，立即發癢，心中大驚，知道箭上有毒，不敢停留，急向山下奔逃，但這一來，毒發更快，再跑得幾步，左腿痲痺，一個踉蹌，跌倒在地。承志大驚，急叫：「崔叔叔。」四名番子見他跌倒，高呼大叫，隨後趕來。

崔秋山道：「承志，快走，快走，我擋住他們。」袁承志雙掌一錯，躍到崔秋山身後，只待擋敵。崔秋山心想：「憑你這點功夫，居然想保護我。」但心中也自感動。

轉眼間敵人追到，兩個使刀的奔在最前。使鬼頭刀的人想生擒活捉，翻轉刀背，向承志足踝上擊來。承志躍起避過。

崔秋山撐起右腿，半跪在地，在地下抓起一塊石頭向使雙刀的頭上擲去。那人待要避讓，已然不及，石塊正中他額頭，登時暈倒。使鬼頭刀的人一呆，崔秋山和身撲上，十指緊緊鉗住他喉嚨，那人揮刀向崔秋山臂上砍來，崔秋山手上加勁，那人這一刀雖然砍中，卻已無力，片刻間便即氣絕而死。其餘兩人見敵人兇悍，嚇得魂飛魄散，連忙逃回。崔秋山臂上流血，幸好傷勢不重，但左腿已全無知覺。

他咬緊牙關，拾起刀撐在地下，左手握住，站了起來。這時敵人雖已逃走，但不久定然召援再來，當地決計不能多留，只得左腿虛懸，向山下走去。袁承志站在他右邊，讓他右手搭在自己肩上，一蹺一拐的向前趕路。

走了一陣，崔秋山左腿毒性向上延伸，牽動左手也漸漸無力，只得以右手支撐。袁承志只覺肩頭越來越重，但他一聲不哼，奮力扶持著崔秋山前行。

又走一陣，兩人實已筋疲力盡。袁承志見山邊有間農舍，說道：「崔叔叔，前面有人家，咱們進去躲一躲。你再熬一下吧！」崔秋山點點頭，勉力拖著半邊身子向前挨去，到得門邊，全身脫力，摔倒在地。

袁承志大驚，俯身連叫：「崔叔叔！」農舍門呀的一聲開了，出來個中年婦人。袁承志道：「大娘，我們遇到官兵。我叔叔受了傷，求求你讓我們借宿一晚。」

那農婦叫出一個十六七歲的少年，命他幫著把崔秋山扶進去，拼起三條長凳，讓他躺下。崔秋山中毒不淺，虧得武功精湛，心智倒沒昏亂，叫承志把油燈移近左腿處察看。兩人都嚇了一跳，原來那左腿已腫大了幾乎一半，紫中帶黑，甚是怕人。

崔秋山請那農家少年裹好他臂上傷口，再用布條在自己左腿腿根處用力纏緊，以防毒氣攻心，然後抓住箭羽，用力拔出，跟著流出來的都是黑血。崔秋山俯身要去吮吸毒血，但腿子腫大，嘴巴夠不到。承志俯下身去，把傷口中的黑血一口口的吸了出來，吐在地下，吸了三四十口之後，血色才漸變紅。崔秋山歎了口氣道：「這毒藥總算還不是最厲害的那種。你快漱口。」那農婦在旁瞧著，不住唸佛。

次日午後，那少年報說官兵已經退盡。崔秋山腿腫漸消，但全身發燒，胡言亂語起來。承志沒了主意，只急得要哭。

那農婦道：「這位小官，我瞧你叔叔的毒氣還沒去盡，總得到鎮上請大夫瞧瞧才好。」袁承志道：「是，是，可是怎麼去？」那農婦心腸甚好，借了輛牛車，命少年送了他們到鎮上。那少年把他們送入客店之後，逕自去了。崔袁兩人出來時身上都沒帶錢，袁承志不知如何是好，望著床上昏迷不醒的崔秋山發愁。店伴來問吃甚麼東西，承志答不上來，只好推說不餓，一個人坐著想哭。

過了良久，崔秋山終於醒來，袁承志忙問他怎麼辦。崔秋山道：「你身上帶著甚麼值錢的東西沒有？」袁承志道：「這項圈成嗎？」說著從衣內貼肉處除了下來。崔秋山一看，見項圈是金的，鑲著八顆小珍珠，項圈鎖片上刻著「富貴恆昌」四個大字，還有兩行小字，一行是「袁公子承志週歲之慶」，一行是「小將趙率教敬贈」，才知是承志做週歲時，他父親部下大將趙率教所贈。

趙率教和祖大壽、何可綱、滿桂三人是袁崇煥部下的四大名將。當年寧錦大捷，趙率教率部殺傷清兵甚衆，官封左都督、平遼將軍。崇禎二年十月，清兵繞過山海關，由大安口入寇京師，袁崇煥率四將千里回援，反爲崇禎見疑而下獄。趙率教和滿桂出戰，先後陣亡。祖大壽與何可綱憤而率部自行離去，後來袁崇煥在獄中寫信去勸，祖何二將才再歸朝抗敵，守衛京師。

趙率教是袁崇煥部下名將，天下知聞，但這時崔秋山迷迷糊糊，未能細想，便道：「叫店伴陪你到當舖去，把項圈當了吧，將來咱們再來贖回。」袁承志說：「好，我就去。」於是請店伴同去鎮上的當舖。

當舖朝奉拿到項圈，一看之下，吃了一驚，問道：「小朋友，這項圈你從那裏來的？」袁承志道：「是我自己的。」那朝奉臉色登時變了，向袁承志上上下下打量良久，說道：「你等一下。」拿了項圈到裏面去，半天不出來。袁承志和那店伴等的著急，又過了好一會，那朝奉才出來，說道：「當二十兩。」袁承志也不懂規矩，還是那店伴代他多爭了二兩銀子。袁承志拿了銀子和當票，順道要店伴陪去請了大夫，這才回店，那知身後已暗暗跟了兩名公差。

袁承志回到店房，見崔秋山已沉沉睡熟，額上仍然火燙，大夫還沒到來。他心中焦急，走到店門外面張望，忽見七八名公差手持鐵鍊鐵尺，搶進店來。一人說道：「就是這孩子！」爲首的公差喝道：「喂，孩子，你姓袁嗎？」

袁承志嚇了一跳，道：「我不是。」那公差哈哈一笑，從懷中掏出那個金項圈來，說道：「這項圈你那裏偷來的？」承志急道：「不是偷的，是我自己的。」那公差笑道：「袁崇煥是你甚麼人？」承志不敢回答，奔進店房，猛力去推崔秋山，只聽得外面公差喊了起來：「聖峯嶂的奸黨躲在這裏，莫讓逃了。」崔秋山霍地坐起，要待掙下地來，卻那裏能夠？腳剛著地，便即跌倒。

衆公差湧到店房門口，承志不及去扶崔秋山，縱出門來，雙掌一錯，擋在門口，當時心中只一個念頭：「決不能讓他們捉了崔叔叔去。」

門外是個大院子，客店中夥計客人聽說捉拿犯人，都擁到院子裏來瞧熱鬧，見七八名公差對著一個十歲左右的孩子發威，均覺奇怪。

只見一名公差抖動鐵鍊，往承志頭上套去。承志退後一步，仍攔在門外，不讓公差進門。那公差抖鐵鍊套人，本是吃了十多年衙門飯的拿手本事，手到擒來，百不失一，豈知一個小小孩童居然身手敏捷，這一下竟沒套住，老羞成怒，伸右手來揪他頭上的小辮子。承志見這許多公差聲勢洶洶，本已嚇得要哭，但見對方伸手抓到，自然而然的使出伏虎掌法中的「橫拖單鞭」，在他手腕上一拉。那公差腳步踉蹌，險些跌倒，怒火更熾，飛腿猛踢，罵道：「小雜種，老子今日要你好看。」

承志蹲下身來，雙手托住他大腿和後臀，借力乘勢，向外推送，那公差肥肥一個身軀登時凌空飛出，砰的一聲，結結實實的摔落。承志本來也沒這麼大氣力，全是乘著那公差腳踢之勢，斜引旁轉，將他狠狠摔了一交。這一招仍是伏虎掌法。

旁觀衆人齊聲叫好。他們本來憤恨大人欺侮小孩，何況官府公差橫行霸道，素爲衆百姓所側目切齒，這時見公差落敗，更敗得如此狼狽，不由得大聲喝采。

其餘的公差也都一楞，暗想這孩子倒有點邪門，互使眼色，手舉單刀鐵尺，齊踴而上。旁觀衆人見他們動了傢伙，俱都害怕，紛紛退避。承志雖學了數年武藝，畢竟年幼，又敵不過對方人多，無可奈何之中，只有奮力抵擋。不久肩頭便吃鐵尺重重打中了一下，忍不住便哭出聲來。

正在危急之際，忽然左邊廂房中奔出一條大漢，飛身縱起，落在承志面前，伸出雙手亂抓亂拿，也不知他使了甚麼手法，頃刻之間，已把衆公差的兵刃全都奪下。幾名公差退得稍遲，吃他幾拳打得眼青口腫。這大漢啊啊大叫，聲音古怪。

一名公差喝道：「我們捉拿要犯，你是甚麼人？快快滾開。」那大漢全不理會，身子一晃，已欺到他身前，右手抓住他胸口，往外擲出。那公差猶如斷線鳶子一般，悠悠晃晃的飛出，砰蓬一聲，摔得半死。其餘的公差再也不敢停留，一鬨出外。

那大漢走到承志跟前，雙手比劃，口中啞啞作聲，原來是個啞巴，似在問他來歷。承志不知如何告訴他才好，甚是焦急。

那大漢忽然左掌向上，右掌向地，從伏虎掌的起手式開始，練了起來，打到第十招「避撲擊虛」便收了手。袁承志會意，從第十一招「橫踹虎腰」起始，接下去練了四招。那啞巴一笑，點點頭，伸臂將他抱起，神態甚是親熱。

袁承志指指店房，示意裏面有人。那啞巴抱著他進房，見崔秋山坐在地下，臉色猶如死灰，吃了一驚，放下承志，走上前去。崔秋山卻認得他，做做手勢，指指自己的腿。那啞巴點頭，左手牽著承志，右手抱起了崔秋山，大踏步走出客店。崔秋山是條一百幾十斤重的大漢，但啞巴如抱小孩，毫不費力，步履如飛的出去。

兩名公差躲在路旁，見那啞巴向西走去，遠遠跟隨，想是要知道他落腳之所，再邀人大舉拿捕。

這時崔秋山又昏了過去，人事不知。啞巴聽不到身後聲息，袁承志拉拉啞巴的手，嘴巴向後一努。啞巴回過頭來，見到了公差，卻似視而不見，續向前行。

走出兩三里路，四下荒僻無人，啞巴忽把崔秋山往地下一放，縱身欺近。兩公差轉身想逃，那裏來得及，早給他一手一個，揪住後心，直向山谷中摔了下去，長聲慘呼下，先後跌死。

啞巴摔死公差，抱起崔秋山，健步如飛的向前疾走。這一來承志可跟不上了，他勉力對付，兩條小腿拚命搬動，但只跑了里許，已氣喘連連。啞巴一笑，俯身把他抱在手中，他雙手分抱兩人，反而跑得更快，跑了一會，折而向左，朝山上奔去。

翻過兩個山頭，只見山腰中有三間茅屋，啞巴逕向茅屋跑去。快要到時，屋前一人迎了過來，走到臨近，是個二十多歲的少婦。她向啞巴點了點頭，見到崔袁兩人，似感訝異，和啞巴打了幾個手勢，領著他們進屋。

那少婦叫道：「小慧，快拿茶壺茶碗來。」一個女孩的聲音在隔房應了一聲，提了一把粗茶壺和幾隻碗過來，怔怔的望著崔袁兩人，一對圓圓的眼珠骨溜溜的轉動。

那少婦粗衣布裙，長身玉立，面目姣好，那女孩也甚靈秀。

那少婦向袁承志道：「這孩子，你叫甚麼名字？怎麼遇上他的？」袁承志知她是啞巴的朋友，於是毫不隱瞞的簡略說了。

那少婦聽得崔秋山中毒受傷，忙拿出藥箱，從瓶中倒出些白色和紅色的藥粉，混在一起，調了水給崔秋山喝了，又取出一把小刀，將他腿上腐肉刮去，敷上些黃色的藥末，過了一陣，用清水洗去，再敷藥末。這般敷洗了三次，崔秋山哼出聲來。那少婦向承志一笑，說道：「不妨事了。」打手勢叫啞巴把崔秋山抱入內堂休息。

那少婦收拾藥箱，對承志道：「我姓安，你叫我安嬸嬸好啦。這是我女兒，她叫小慧，你就躭在我這裏。」袁承志點點頭。安大娘隨即下廚做麵。承志吃過後，疲累了一天一夜，再也支持不住，便伏在桌上睡著了。

次晨醒來時發覺已睡在床上。小慧帶他去洗臉。承志道：「我去瞧瞧崔叔叔，他傷勢好些麼？」小慧道：「啞巴伯伯早揹了他去啦！」承志驚道：「當眞？」小慧點點頭。承志奔到內室，果然不見崔秋山和啞巴的蹤影。他茫然無主，哇的一聲哭了出來。小慧忙道：「別哭，別哭！」承志那裏肯聽？小慧叫道：「媽媽，媽媽，快來！」安大娘聞聲趕來。小慧道：「他見崔叔叔他們走了，哭起來啦！」

安大娘柔聲說道：「好孩子，你崔叔叔受了傷，很厲害，是不是？」承志點點頭。安大娘又道：「我只能暫行救他，讓他傷口的毒氣不行開來。不過不能當眞治好，因此啞巴伯伯揹他去請另外一個人醫治。等他醫好之後，就會來瞧你的。」承志慢慢止了哭泣。安大娘道：「他就會好的。快洗臉，洗了臉咱們吃飯。」

吃過早飯後，安大娘要他把過去的事再詳詳細細說一遍，聽得不住歎息。就這樣，承志便在安大娘家中住了下來。

安大娘叫他把所學武功練了一遍，看後點點頭說：「也眞難爲你了。」此後安大娘每日叫他自行練武，不管練得好不好，卻從不加指點，在他練的時候也極少在旁觀看。小慧本來常跟他在一起，在他練武之時，卻總讓媽媽叫了開去。

承志從小沒了父母，應松、朱安國等人雖對他照顧周到，但這些叱咤風雲的大將，照料孩子總不在行。現下安大娘對他如慈母般照料，親切周到，又有小慧作伴，這時候所過的，可說是他近年來最溫馨的日子了。只是每日裏記掛崔叔叔何時回來。

如此過了十多天，這一日安大娘到鎭上去買油鹽等物，還要剪些粗布，給承志縫一套衫褲。那日他在聖峯嶂遇難，連滾帶爬，衣服給山石樹枝撕得甚是破爛。安大娘雖早給他縫補好了，但滿身補釘，總不好看。安大娘叮囑兩個孩子在家裏玩，別去山裏，怕遇上狼。兩個孩子答應了。

安大娘走後，兩個孩子果然聽話不出，在屋裏講了幾個故事，又捉了半天迷藏，後來拿些小碗小筷，假裝煮飯。小慧道：「你在這裏殺鷄，我去買肉。」所謂殺鷄，是把蘿蔔切成一塊一塊，而買肉則是在門口撿野栗子。

小慧去了一會，好久不見回來，袁承志大叫：「小慧，小慧。」不見答應，想起安大娘的話，怕眞遇上了狼，忙在灶下拿了一根火叉，衝出門去。

剛出大門，一驚非小，只見小慧給一個武官挾在脅下，正要下山，小慧大聲叫喊掙扎。承志大喊一聲，挺叉向那武官背後刺去。那武官大漢猝不及防，總算承志人矮，沒刺到背心，後臀卻已重重的吃了一叉，只是火叉頭鈍，刺不入肉。大漢大怒，放下小慧，拔出單刀，轉身砍來。承志曾跟倪浩學過槍法，將火叉照著「岳家神槍」槍法使了開來，竟有攻有守，和那大漢對打。

那大漢力大刀勁。承志仗著身法靈便，居然也對付著拆了十來招。那大漢見戰不下一個小孩，心中焦躁，雙腿略蹲，刀法忽變。那大漢起初出招，倒有一大半都砍空了，只因承志身矮，大漢砍向對方上身的刀招，全都砍空了，他覺察之後，便改使地堂刀法，只是覺得對付一個小小孩童，不必小題大做，是以並不躺下地來。

這一來承志登感吃力，正危急間，忽見安小慧拿了一柄長劍，挺劍向大漢身上刺去。大漢罵道：「呸！你這小妞也來找死。」單刀橫砍，想震去她手中長劍。小慧身手靈活，長劍圈轉，回劍刺向大漢後胯，同時承志也已挺火叉刺去。那大漢一時竟給兩個小孩鬧了個手忙腳亂，連聲呼叱叫罵。

袁承志起初見小慧過來幫手，擔心她受傷，但三招兩式之後，見她身手便捷，劍法使得也頗純熟，他小孩好勝，不甘落後，一柄火叉使得更加緊了。

那大漢見兩個小孩的槍法和劍法竟都頭頭是道，然而力氣太小，總歸無用，於是封緊門戶，又笑又罵的一味游鬥。耗了一陣，兩個小孩果然支持不來了。

那大漢提起單刀，對準小慧長劍猛力劈去，小慧避讓不及，長劍給單刀碰上，拿揑不住，登時脫手飛出。承志大駭，火叉在大漢面前作勢虛晃。大漢舉刀架開，飛腳踢倒小慧。袁承志不顧性命的舉叉力攻，但心中慌亂，火叉已使得不成章法。

大漢哈哈大笑，上步揮刀當頭砍下。承志橫叉招架，大漢左手已拉住叉頭，用力旁扭。承志只覺虎口劇痛，火叉脫手。那大漢不去理他，隨手把火叉擲落，奔到小慧身旁，右手抄出，已抱住她腰，向前奔去。

袁承志手上雖痛，但見小慧被擒，拾起火叉隨後趕來。大漢罵道：「你這小鬼，不要性命了？」左手抱住小慧，右手挺刀回身便砍，拆得五六招，袁承志左肩給單刀削去一片衣服，皮肉也已受傷，鮮血直冒。大漢笑道：「小鬼，你還敢來麼？」

袁承志竟不畏縮，叫道：「你放下小慧，我就不追你。」拿了火叉，緊追不捨。那大漢怒從心起，惡念頓生，想道：「今日不結果這小鬼，看來他要糾纏不休。」大喝一聲，回身挺刀狠砍，數合拆過，右腳橫掃，踢倒承志，再不容情，舉刀砍落。

小慧大驚，雙手拉住大漢手臂，狠狠在他手腕上咬落。大漢吃痛，哇哇怒吼，承志乘機滾開。大漢反手打了小慧個耳光，又舉刀向承志砍來。承志側身急避，吃他刀尖在額上帶過，左眉上登時劃了道口子，鮮血直流。

大漢料想他再也不敢追來，提了小慧就走。那知承志猶如瘋了一般，緊緊抱住大漢左腳，百忙中還使出伏虎掌法，一招「倒扭金鐘」，將他左腿扭轉。承志秉承著父親那股寧死不屈的倔強性子，雖情勢危急，仍不讓小慧給敵人擒去。

那大漢又痛又氣，右腿起處，把他踢了個觔斗，舉刀正要砍下，忽聽背後有人喝斥，跟著後腦上咚的一聲，一陣疼痛，後頸中跟著濕淋淋、黏膩膩地，不知是不是給人打得後腦杓子流血，驚惶中回過頭來，只見安大娘雙手揚起，站在數丈之外。

那大漢知她厲害，捨了承志，抱住小慧要走。安大娘右手連揚，三枚鷄蛋接連向他面門打去。大漢東躲西閃，避開了兩枚，第三枚再也閃避不開，撲的一聲，正中鼻樑，滿臉子都是蛋黃蛋白。安大娘從籃中一掏，摸到最後一枚鷄蛋，又是一下打在他左目之上。她手勁不弱，雖是枚鷄蛋，卻也打得他頭暈眼花。

那大漢罵道：「他奶奶的，你不炒鷄蛋請老子吃，卻用鷄蛋打老子！」拋下小慧，左手在眼上抹了幾下，舉刀向安大娘殺來。安大娘手中沒兵刃，只得連連閃避。

承志見她危急，挺叉又向大漢後心刺去，他見來了幫手，精神大振，一柄火叉挑刺遮攔，「岳家神槍」的槍法居然使得有三分影子。

安大娘緩出了手，靈機一動，從籃中取出買來給承志做衣衫的一疋布，迎風抖開，拋入身後小溪，跟著撿起三塊石子向大漢打去。那大漢既要閃避石子，又要招架承志的火叉，連退了三步。

安大娘拿起浸濕的布疋，喝道：「胡老三，你乘我不在家，上門來欺侮小孩子，算是那一門子的好漢？」呼喝聲中，濕布已向大漢迎面打去。她的內力雖還不足以當眞束濕成棍，把濕布當作棍子使，但長布浸水，揮出來卻也頗有力道。胡老三皺起眉頭，抬腿把袁承志踹倒，與安大娘鬥了起來。袁承志爬起身來，挺火叉再鬥。

安大娘的武功本就在胡老三之上，此時心中憤恨，一疋濕布揮出來更加有力。胡老三背上連給布端打中，水珠四濺，只覺背心隱隱發痛，出手稍慢，單刀突爲濕布裹住。安大娘用力迴扯，胡老三單刀脫手。

他縱出兩步，獰笑道：「我是受你老公之託，來接他女兒回去。陰魂不散，總有一天再找上你。小潑婦，我們錦衣衛的人你也敢得罪，當眞不怕王法麼？」安大娘秀眉直豎，揮濕布橫掃過去。胡老三早防到她這著，話剛說完，已轉身躍出，遠遠的戟指罵道：「他媽的，今天你請我吃生鷄蛋，老子下次捉了你關入天牢，請你屁股吃筍炒肉，十根竹籤插進你的指甲縫，那時你才知道滋味！今日瞧在你老公份上，且饒你一遭。」罵了幾句，向山下疾奔而去。安大娘也不追趕，回頭來看小慧與承志。

小慧並沒受傷，只嚇得怔怔的傻了一般，隔了一會，才撲在母親懷裏哭了出來。承志卻滿臉滿身都是鮮血。安大娘忙給他洗抹乾淨，取出刀傷藥給他裹好，幸而兩處刀傷口子都不深，流血雖多，並無大礙。安大娘把他抱到床上睡了，小慧才一五一十地把他剛才捨命相救的情形說了。

安大娘望著承志，心想：「瞧不出他小小年紀，居然有此俠義心腸。咱們在這裏是不能躭了，倒要好好成全他一番。」對小慧道：「你也去睡，今天晚上咱們就得走。」小慧隨著她母親東遷西搬慣了的，也不以爲奇。安大娘收拾了一下隨身物件，打了兩個包裹。三人吃過晚飯後，秉燭而坐。她並不閂門，似乎另有所待。

袁承志見她秀眉緊蹙，支頤出神，一會兒眼眶紅了，便似要掉下淚來，心想：「那胡老三說，安嬸嬸的丈夫派他來接小慧回去，不知爲了甚麼。她丈夫欺侮安嬸嬸，等我長大了，練好了武藝，定要打她丈夫一頓，給安嬸嬸出氣。只是小慧見我打她爹爹，不知會不會不高興。」又想：「那胡老三說他是錦衣衛的，哼，錦衣衛的人壞死了，我媽媽便是給他們捉去害死的。終有一天，我要大殺錦衣衛的人，給媽媽報仇。」

袁崇煥爲崇禎處死後，兄弟妻子都爲皇帝下旨充軍三千里。錦衣衛到袁家拿人，袁崇煥的舊部先已得訊，趕去將承志救了出來，袁夫人卻未能救出。當年錦衣衛抄家拿人、如虎似狼的兇狠模樣，已深印在承志小小的腦海之中。

重寶秘術 付與有緣 入我門來 遇禍莫怨

只見石壁上刻滿了密密層層的人形，似乎都是武功的招數。石壁上露出一個劍柄，袁承志伸手去拔，稍有鬆動，便不敢拔了。

第三回　經年親劍鋏　長日對楸枰

二更時分，門外輕輕傳來腳步聲，一人飄然進來，便是那個啞巴。他身材魁梧壯實，行路卻輕飄飄的，落地僅有微聲。

袁承志見到啞巴，心中大喜，撲上去拉住了他，連問：「崔叔叔呢？他好麼？」竟忘了他是啞的。啞巴裂開了嘴只傻笑，顯然再見到袁承志也很高興，過了一會，才向安大娘指手劃腳的作了一陣手勢。

安大娘向袁承志道：「崔叔叔沒事，你放心。」和啞巴打了一陣手勢，啞巴不住點頭乾笑，雙手連連鼓掌，拍拍聲響。袁承志卻不知他對甚麼事如此衷心贊成。

安大娘拉著袁承志，走到內室，並排坐在床沿上，說道：「承志，我一見你就很喜歡，就當你是我的親兒子一般。今日你不顧性命的相救小慧，我更加永遠忘不了你。今晚我要到一個很遠的地方去。你跟著啞伯伯去。」袁承志道：「安嬸嬸，我要跟你一起去。」安大娘微笑道：「我也捨不得你啊。我要啞伯伯帶你到一個人那裏。他曾教過你崔叔叔武功。你崔叔叔只跟他學了兩個月武藝，就這般了得。這位老前輩的武功天下無雙，我要你去跟他學。」袁承志聽得悠然神往。

安大娘道：「他平生只收過兩個眞正的徒弟，那都是許多年前的事了，只怕他未必肯再收徒弟。不過你資質好，心地善良，我想他一定喜歡。啞伯伯是他僕人，我請他帶你去求他。你好好去吧。要是他眞的不肯收你，啞伯伯會把你送回到我這裏。」承志點頭答應，心想那人如不肯收我，倒也很好。

安大娘又叮囑道：「這位老前輩脾氣很古怪，你不聽話，他固然不喜歡，太聽話了，他又嫌你太蠢，沒自己主意，只好碰你的緣法吧。」從腕上脫下一隻金絲鐲子，給他戴在腕上，輕輕一揑，金絲鐲子便即收小，不再落下，笑道：「等你武功學好，成爲大孩子時，別忘記安嬸嬸和小慧妹子！」

承志道：「我永遠不會忘記。要是那位老前輩肯收我，安嬸嬸你有空時，就帶小慧妹妹來瞧瞧我。」安大娘眼圈紅了，說道：「好的，我會時時記著你。」

安大娘寫了封信，交給啞巴轉呈他主人。四人出門，分道而別。

袁承志與安大娘及小慧雖然相處並無多日，但母女二人待他極爲親切，日間一戰，更是共經生死患難，分別時均感戀戀不捨。

啞巴知承志受了傷，流血甚多，身子衰弱，於是把他抱在手裏，邁開大步，行走若飛。這般曉行夜宿，不斷向北行了一個多月。袁承志傷處也已好了，只是左眉上留下個小小疤痕。每日傍晚，啞巴也不在客店投宿，隨便找個岩洞或是破廟歇了。在客店打尖時，都是承志出口要食物。啞巴對吃甚麼並無主見，拿來就吃，一頓至少要吃兩斤麵。袁承志打手勢問他到甚麼地方，他總是向西北而指。

又行多日，深入羣山，愈走愈高，到後來已無道路可循。啞巴手足並用，攀藤附葛，儘往高山上爬去，過了一峯又一峯，山旁盡是萬丈深谷。袁承志攬住他頭頸，雙手拚命摟緊，唯恐一失手便粉身碎骨。如此攀登了一天，上了一座高峯的絕頂，峯頂是塊大平地，四周古松聳立，穿過松林，眼前出現五六間石屋。

啞巴臉露笑容，拉著袁承志的手走進石屋，屋內塵封蛛結，顯是許久沒人住了。他拿了一把大掃帚，裏裏外外打掃乾淨，然後燒水煮飯。在這險峯頂上，也不知糧食和用具是如何搬運上來的。

過了三天，袁承志心急起來，做手勢問師父在甚麼地方。啞巴指指山下，袁承志示意要下去，啞巴搖頭不許。袁承志無奈，只得苦挨下去，與啞巴言語不通，險峯索居，頗苦寂寥，憶及與安大娘母女相處時的溫馨時日，恨不能揷翅飛了回去。

一天晚上，睡夢中忽覺燈光刺眼，揉揉眼睛，坐起身來，只見一個老人手執蠟燭，站在床前。那老人鬚眉俱白，但紅光滿面，笑嘻嘻的打量自己。

袁承志爬下炕來，恭恭敬敬的向他磕了四個頭，叫道：「師父，你老人家可來啦！」那老人呵呵大笑，說道：「你這娃兒，誰教你叫我師父的？你怎知我準肯收你爲徒？」

袁承志聽他語氣，知道他是肯收了，心中大喜，說道：「是安嬸嬸教我的。」那老人道：「她就是給我添麻煩。好吧，瞧你故世的父親份上，就收了你吧！」袁承志又要磕頭，那老人道：「夠了，夠了，明天再說。」

次日早晨天還沒亮，袁承志就即起身。啞巴知道老人答允收他，喜得把他拋向空中，隨手接住，連拋了四五次。

那老人聽得袁承志嘻笑之聲，踱出房來，笑道：「好啊，你小小年紀，居然已知行俠仗義，救人婦孺。可了不起哪！你有甚麼本事，倒使出來給我瞧瞧。」袁承志給他說得面紅過耳，忸怩不安。

那老人笑道：「不讓我瞧你的功夫，怎麼教你啊？」

袁承志才知師父並非開玩笑，於是把崔秋山所傳的伏虎掌法從頭至尾練了起來。

那老人一面看一面微笑，待他練完，笑道：「秋山不住誇你聰明，我先還不信，他只教了你幾天，便學到這個地步，算挺不錯了。」

袁承志聽到崔秋山的名字，便想問他安危，可是老人在說話，不敢打斷他話頭，等他停口，忙問：「崔叔叔在那裏？他好嗎？」那老人道：「他身子好了，回到李闖將軍那裏打仗去啦。」袁承志聽了，很是歡喜。

啞巴擺了張香案。那老人取出一幅畫，畫上繪的是個中年書生，空手作著個持劍姿式。那老人點了香燭，對著畫像恭恭敬敬的磕了頭，對袁承志道：「這是咱們華山派的開山祖師風祖師爺，你過來磕頭。」袁承志向畫中人瞧了兩眼，心道：「你可比我師父年輕得多啦，怎麼反而是祖師爺？」當下過去磕頭，不知該磕幾個頭，心想總是越多越好，直磕到那老人笑著叫他停止才罷。那老人笑吟吟的正要開口說話，袁承志又跪下磕頭，算是正式拜師。

那老人微笑著受了，說道：「從今而後，你是我華山派的弟子了。我多年前收過兩個徒弟，此後一直沒再遇到聰穎肯學的孩子，這些年來沒再傳人。你是我的第三個弟子，也是我的關門徒弟。你可得好好學，別給我丟人現眼。」袁承志連連點頭。

那老人道：「我姓穆，叫做穆人清，江湖上朋友叫我做神劍仙猿。你記著點，下次別讓人家問住，你師父叫甚麼呀？啊喲，對不住，這可不知道。」

袁承志哈的一聲，笑了出來，心想安大娘說他脾氣古怪，心裏一直有點害怕，那知其實他和藹可親，談吐頗為詼諧。

神劍仙猿穆人清武功之高，當世已可算得第一人，在江湖上行俠仗義，近二十年來從未遇過對手，只因所作所為大半在暗中行事，不留姓名，是以名氣卻不甚響喨。他脾氣本很孤僻，這次見袁承志孤零零一個孩子很是可憐，又得崔秋山與安大娘全力推薦，加之敬他父親袁崇煥為國殺敵，含冤而死，是位大大的忠臣，是以對他破例的青眼有加。穆人清無子無女，一劍獨行江湖，臨到老來，忽然見到一個聰明活潑的孩童，心中的歡喜，實不下於袁承志的得遇明師，不由得竟大反常態，跟他有說有笑起來。

穆人清又道：「你那兩個師兄都比你大上二三十歲。他們的徒弟都比你大得多啦。他們說不定會怪我，到這時還給他們添個娃娃師弟。嘿嘿，要是你不用功，將來給他們的徒子徒孫比下去，他們可更有道理來怪我這老胡塗啦。」

袁承志道：「弟子一定用功。」又問：「崔叔叔也是你老人家的徒弟嗎？」穆人清道：「他要跟著闖將打仗，沒時候跟我好好兒學，我只傳了他一套伏虎掌法，不能算是徒弟。再說，憑他資質，也不能做我徒弟。」指指啞巴道：「像他，天天瞧著瞧著，也學了不少招兒去啦，不過跟我兩個徒兒相比，可就天差地遠了。」袁承志見啞巴兩次手擲公差，出手似電，一直對他佩服得了不得，聽師父說自己兩位師兄比他本領還高得多，那麼只要自己用功，即使及不上師兄，至少也可趕到啞巴，心下甚喜。

穆人清道：「咱們華山派有許多規條，甚麼戒淫、戒仕、戒保鏢，現下跟你說，你也不懂。我只囑咐你三句話：要聽師父的話，不可做壞事，不得隨便殺人傷人。你可得記住了。」袁承志道：「我一定聽師父的話，也不敢做壞事，更不會隨便殺人傷人。」

穆人清道：「好，現下咱們便來練功夫。你崔叔叔因時候緊迫，把一套伏虎掌一古腦兒的傳給了你。這套掌法太過深奧繁複，你年紀太小，學了也不能好好的用。我先教你一套長拳十段錦。」

袁承志道：「這個我會，倪叔叔以前教過的。」穆人清道：「你會？學得幾路勢子，就算會了嗎？差得遠呢！你要是眞的懂了長拳十段錦的奧妙，江湖上勝得過你的人就不多了。」袁承志小臉兒脹得通紅，不敢再說。

穆人清拉開架式，將十段錦使了出來，式子拳路，便和倪浩所使的一模一樣。袁承志暗暗納罕，心想這有甚麼不同了？穆人清道：「你當師父騙你是不是？來來來，你來抓我衣服，只要碰得到我一片衣角，算你有本事。」袁承志不敢和師父賭氣，笑著不動。穆人清道：「快來，這是教你功夫啊！」

袁承志聽說是教功夫，便搶上前去，伸手去摸師父長衫後襟，眼見便可摸到，衣襟忽然一縮，就只這麼差了兩三寸。袁承志手臂又前探數寸，正要向衣襟抓去，師父忽然不見，在他頸後輕捏一把，笑道：「我在這裏。」

袁承志一個「鷂子反身」，雙手反抱，那知師父人影又已不見，急忙轉身，見師父已在兩丈之外。他甚覺有趣，心想：「非抓住你不可。」縱上前去扯他袖子。穆人淸大袖一拂，身子盪開。

承志嘻嘻哈哈的追趕，一轉身，忽見啞巴在打手勢，要他留神，承志心中一動，暗想：「師父使的果然都是十段錦身法，但他怎能如此快法？」當下一面追捉，一面注視師父身法，十段錦他練得本熟，然見師父進退趨避，靈便異常，同樣的一招一式，在他使出來，另有異常巧思。承志追趕之際，暗學訣竅，過不多時，在追趕之中竟也用上了一些師父的縱躍趨退之術，登時迅捷了許多。穆人淸暗暗點頭，深喜孺子可教。

這時承志趕得緊，穆人淸也避得快，兩人急奔疾趨，廣場上只見兩條人影，飛來舞去。承志早忘了嘻笑，全神貫注的模學身法，追捉師父。忽然穆人淸哈哈大笑，迴臂一把將他抱起，笑道：「好徒弟，乖孩子！」又道：「好啦，這些已夠你練啦。」把他放落，叫他複習幾遍，自行入內。

袁承志把這路拳法從頭至尾練了十多遍，除了牢記師父身法之外，又自行悟出了一些巧妙。只把他喜得抓耳爬腮，一夜沒好好睡，就是在夢中也是在練拳。

等到天一微亮，生怕忘了昨天所學，又到廣場上照練。越打越起勁，忽聽得背後一聲咳嗽，忙轉過身來，見師父笑吟吟的站在身後，叫了聲：「師父！」垂手站立。

穆人清道：「你自己悟出這幾招都還不錯。但這一招快是快了，下盤露出空隙。敵人如是好手，他的腳這麼一勾，你就糟糕，因此該當這樣。」連說帶比的教導。袁承志大是欽服，這一天又學了不少訣竅。

一晃三年，袁承志已十三歲了。這三年之中，穆人清又傳了他「破玉拳」和「混元掌」。「混元掌」雖是掌法，卻是修習內功之用。自來武學各派修練內功，都講究呼吸吐納，打坐練氣，華山派的內功卻別具蹊徑，自外而內，於掌法中修習內勁。這門功夫雖費時甚久，見效頗慢，但修習時既無走火入魔之虞，練成後又威力奇大。因內外同修，臨敵時一招一式之中，皆自然而有內勁相附，能於不著意間制勝克敵。待得「混元功」大成，那更是無往不利、無堅不摧了。袁承志練武時日尚淺，「混元功」自未有成，但身子已出落得壯健異常，百病不侵。穆人清有時下山，一去便兩三月、三四月不等，回山後查考武功，見他用功勤奮，進境迅速，每次均獎勉有加。

這一年端午節，吃過雄黃酒，穆人清又請出祖師爺的畫像，自己磕了頭，又命袁承志磕頭，說道：「今天教你拜祖師，你知為了甚麼？」袁承志道：「請師父示知。」

穆人清從室內捧出一隻長木匣，放在案上，木匣蓋一揭開，只見精光耀眼，匣中橫放著一柄明晃晃的三尺長劍。

袁承志驚喜交集，心中突突亂跳，顫聲道：「師父，你教我學劍。」穆人清點點頭，從匣中提起長劍，臉色一沉，說道：「你跪下，聽我說話。」袁承志依言下跪。

穆人清道：「劍爲百兵之祖，最是難學。本派劍法更博大精深，加之自歷代祖師以降，每一代都有增益。別派武功，師父常留一手看家本領，以致一代不如一代，越傳到後來精妙之著越少。本派卻非如此，選弟子之時極爲嚴格，選中之後，卻傾囊相授。單以劍法而論，每一代便都能青出於藍。你聰明勤奮，要學好劍術，不算難事，所期望於你的，是日後更要發揚光大。更須牢記：劍乃利器，以之行善，其善無窮，以之行惡，其惡亦無窮。今日我要你發個重誓，一生之中，決不可妄殺一個無辜之人。」

袁承志道：「師父教了我劍法，要是以後我劍下殺了一個好人，一定也給人殺死。」

穆人清道：「好，起來吧。」袁承志站起。

穆人清道：「我知你心地仁厚，決不會故意殺害好人。不過是非之間，有時甚難分辨，世情詭險，人心難料，好人或許是壞人，壞人說不定其實是好人。但只要你常存忠恕寬容之心，就不易誤傷了。」承志點頭答應。穆人清又道：「崇禎皇帝殺了你爹爹，在他心中，只道你爹爹是壞人，他殺得一點兒也不錯，那知卻大大的錯了。崇禎皇帝這些年來殺了不少大臣大將，有的固是壞人，好人可也給他殺了不少。他不明是非，又無絲毫寬厚之心，他這麼亂殺一通，這大明江山，怕要斷送在他手裏。」承志黯然點頭，知道師父提出崇禎殺他父親的事來，是要他將「是非難辨、不可妄殺」的教訓深記在心，再也不忘。

穆人清左手揑個劍訣，右手長劍挺出，劍走龍蛇，白光如虹，一套天下無雙的劍法展了開來。日光下長劍閃爍生輝，舞到後來，但見一團白光滾來滾去。承志跟著師父練了三年拳法，眼光與以前已大不相同，饒是如此，師父的劍法、身法還是瞧不清楚，只覺凝重處如山嶽巍峙，輕靈處若清風無跡，變幻莫測，迅捷無倫。舞到急處，穆人清大喝一聲，長劍忽地飛出，嗤的一聲，插入了山峯邊一株大松樹中，劍刃直沒至柄。

承志知道松樹質地緻密，適才見師父舞劍之時，劍身不住顫動，可見劍刃剛中帶柔，那知這一擲之下，一柄長劍的劍身全部沒入，不覺驚奇得張大了嘴，合不攏來。

忽聽身後一人大叫一聲：「好！」

承志在山上三年，除了師父的聲音之外，從來沒聽見過第二人的說話，雖然還有個啞巴，可是啞巴不會出聲。他急忙回頭，只見一個老道笑嘻嘻的走上峯來。

那道人身穿青色粗布道袍，一張臉黃瘦乾枯，頭髮稀稀落落，白多黑少，挽著個小小道髻，大聲說道：「老猴兒，這一招『天外飛龍』，世間更沒第二人使得出，老道今日大開眼界。十多年沒見你用劍，想不到更精進如此！」

穆人清哈哈大笑，說道：「妙極，妙極，甚麼風把你吹來的？一上華山，便送我一頂大大的高帽。承志，這位木桑道長，是師父的好朋友，快給道長磕頭。」

承志忙過來跪下磕頭。木桑道人笑道：「罷了！」伸手一扶，把他扯起。

凡學武之人，遇到外力時不由自主的會運功抵禦。木桑道人這麼一扯，承志這時「混元功」已有小成，雙臂順乎自然的輕輕一抵。木桑道人已試出了他功夫，對穆人清笑道：「老猴兒，這幾年見不到你，原來偷偷躲在這裏調理小猴兒徒弟。你運氣不壞呀，一隻腳已踏進了棺材，居然還找到這樣個好娃娃。」

穆人清跟他打趣慣了的，聽他稱讚自己的小徒兒，也不禁拈鬚微笑，怡然自得。

木桑道人道：「啊喲，今天沒帶見面錢，可也不好生受你這幾個頭，怎麼辦呢？」

穆人清聽他這麼一說，靈機一動，心想：「這老道武功有獨到之處，江湖上人稱『千變萬劫』。如肯傳點甚麼給承志，倒可令他得益不淺。只是這人素來不肯收徒，倒要想法子擠他一擠。」說道：「承志，道長答應給你好處，快磕頭道謝。」承志聽師父這麼說，當即又跪下磕頭。

木桑道人哈哈大笑，說道：「好好好，有其師必有其徒，師父不要臉，徒弟也沒出息。喂，娃兒，你聽我說，爲人可要正正派派，別學你師父這麼厚臉皮，聽到人家說給東西，連忙敲釘轉腳，難道我老人家還騙你孩子不成？這樣吧，今兒乘我老人家高興，把這個給了你吧。」說著從背囊中掏出一團東西來給他。

承志謝了，恭恭敬敬的雙手接過，站起身來，抖開一看，見是黑黝黝的一件背心，拿在手裏重甸甸的，非絲非革，不知是甚麼東西所製，正自疑惑，聽得穆人清道：「道兄，別開玩笑，這件寶物怎能給他？」

承志一聽，才知是件貴重寶物，雙手捧著忙即交還。木桑道人不接，說道：「呸！老道那會像你師父這麼寒酸，送出了的東西怎能收回？乖乖的給我拿去吧！」

承志不敢收，望著師父聽他示下。穆人清道：「既是這樣，那麼多謝道長吧。」承志跪下叩謝。穆人清正色道：「這是道長當年花了無數心血，拚了九死一生才得來的防身至寶，你穿上了。」承志依言把背心穿上，只覺太大了些，不甚合身。

穆人清縱到松樹之前，食中兩隻手指勾住劍柄，輕輕一提，已拔出長劍，說道：「這件背心是用烏金絲、頭髮、和金絲猿毛混同織成，任何厲害的兵刃都傷他不得。」說著隨手一劍向承志胸口刺去。

這一劍迅捷無比，承志怎能避讓，大驚之下，卻見劍尖碰到背心，便輕輕反彈出來，心中大喜，又跪下向木桑磕頭道謝。

木桑道人笑道：「你見過這件東西墨黑一團，毫不起眼，先前磕了頭，只怕很覺得有點兒冤，這一次才眞心甘情願了。」承志給他說得臉紅過耳，笑嘻嘻的不答。

說了一陣話，穆人清問道：「那人近來有消息沒有？」木桑道人本來滿臉笑容，聽他提到「那人」，不由得嘆了口氣，神色登時不愉，說道：「不瞞你說，這傢伙不知在甚麼地方混了一段日子，最近卻又在山海關內外出沒。老道不想見他，說不得，只好避他一避。來到華山，老道是逃難來啦。」穆人清道：「道兄何以長他人志氣，滅自己威風？憑著道兄這身出神入化的功夫，難道會對付他不了？」

木桑搖了搖頭，神色沮喪，道：「也不是對付他不了，只老道狠不下這個心。這些年來，我曾和他兩次相鬥。第一次我已佔了上風，最後終於念著同門情誼，先師臨終時又叮囑我好好照顧他，老道教導無方，致他誤入歧途，陷溺日深，老道心中有愧，最後這一擊便下不了手。第二次動手，他不知在何處學來了一些邪派的厲害功夫，一劍刺在我心口，幸賴這件背心護身，劍尖刺不進去。他吃了一驚，只道我練成奇妙武功，這麼一疏神，又給我制住。我好好勸了他一場，他卻只冷笑，臨別時說道：『我想明白了，原來你不過仗著寶衣護身。下次動手，我刺你頭臉，你又如何防備？』」

穆人清怒道：「這人如此狂妄。道兄念著同門情義，一再饒他性命，姓穆的跟他可沒甚麼瓜葛。道兄，你在敝處盤桓小住，我這就下山去找他。只要見到他仍在爲非作歹，老穆提了他首級來見你。」

木桑道：「多謝你好意。但我總盼他能夠悔悟，痛改前非。這幾年來，對他的邪門武功我曾細加揣摩，眞要再動手，也未必勝他不了。我躲上華山來，求個眼不見爲淨，耳不聞不煩，也就是了。他如能悔改，自是我師門之福，否則的話，讓他多行不義必自斃吧。」說著嘆了口氣，又道：「他能悔改？唉，很難，很難！」

穆人清道：「這人貪花好色，壞了不少良家婦女的名節，近來更變本加厲。這武林敗類下次落在道兄手裏，不可再重舊情。道兄清理門戶，剷除不肖，便是維護尊師的令名，報答尊師的恩德。」木桑點頭道：「穆兄說的是。唉！」說著嘆了口長氣。

袁承志聽著二人談話，似乎木桑道人有一個師兄弟品性不端，武功卻甚高強，捧著那件背心，對木桑道：「道長，你要除那惡人，還是穿了這件背心穩當些。等你除去了他，再賜給弟子吧。弟子武功沒學好，不會去跟壞人動手，這件寶貝還用不著。」

木桑拍拍他肩膊，道：「多謝你一番好心。但就算沒背心護身，諒他也殺不了我。這惡人的邪門功夫只能攻人無備，可一而不可再。小娃娃倒不用為我擔心。」

穆人清見他鬱鬱不樂，知道天下只一件事能令他萬事置諸腦後，說道：「這件事多說敗人清興。牛鼻子，你的棋藝……」木桑一聽到「棋藝」兩字，臉上肌肉一跳，登時容光煥發，斗然間宛如年輕了二十歲，只聽穆人清道：「……這些年來，可稍為長進了些沒有？」他忙道：「甚麼？老道的武功向來不及你，下棋的本事卻大可做你師父。你若不信，咱們便……」穆人清笑道：「好，我來領教領教『千變萬劫』功夫，你的吃飯傢伙帶來了嗎？」

木桑笑吟吟的從背囊中拿出一隻圍棋盤、兩包棋子，笑道：「這傢伙老道是片刻不離身的。你怕了我想避戰，推說華山上沒棋盤棋子，那可賴不掉，哈哈，哈哈！」

啞巴搬出枱椅，兩人就在樹蔭下對起局來。袁承志不懂圍棋，木桑一面下，一面給他解釋，同時不住口的吹噓自己這著如何高明，他師父如何遠遠不是敵手。穆人清只微笑沉思，任由他自吹自擂。圍棋易學難精，下法規矩，一點就會。袁承志看了一局，已明大要。他見這棋盤是精鋼所鑄，黑棋子是黑鐵，白棋子是鑌鐵外鍍白銅。兩人落子時發出錚錚之聲，甚是動聽。

這一局果然是木桑勝了兩子。老朋友倆從日中直下到天黑，一共下了三局，木桑兩勝一負，還想再下，穆人清道：「我可沒精神陪你啦！」木桑這才戀戀不捨的去睡。

一連三天，木桑總是纏著穆人清下棋。袁承志旁觀，倒也津津有味。到了第四天上，穆人清道：「今天咱們休兵一日，待我先傳授徒弟劍法再說。」

木桑心想這是正事，不便阻撓，可是只等得心癢難搔，好容易穆人清傳完劍法，他馬上一把拉住，說道：「來來來，再殺三局。」穆人清教了半天劍，已微感疲乏，但知木桑棋癮極大，如不相陪，只怕他整晚睡不安樂，於是和他到樹下對局。袁承志練了一會新學的劍法，忽聽木桑喜叫：「承志，快來看！你師父大大的糟糕！」於是奔過去觀看。穆人清棋力本來不如木桑，這時又是勉強奉陪，下得更加不順，不到中局，已處處受制，眼見一塊白子形勢十分危急，即使勉強做眼求活，四隅要點都將爲對方佔盡。他拈了一粒棋子，沉吟不語，始終放不下去。

袁承志在一旁觀看，實在忍不住了，說道：「師父，你下在這裏，木桑師伯定要去救。你再下這著，就可衝出去了。不知弟子說得對不對。」穆人清素來恬退，不似木桑自負好勝，也就照著徒兒指點，下了這著，一大片白棋果眞衝出，反而把黑子困死了一小塊。這局棋穆人淸本來大輸特輸，這麼一來一去，結果只輸五子。

木桑大讚袁承志心思靈巧，讓他九子，與他下了一局。

袁承志雖不知前人之法，然而圍棋一道，最講究悟性，常言道：「二十歲不成國手，終身無望。」意思是說下圍棋之人如不在童年技成，將來再下苦功，也終爲碌碌庸手。以蘇東坡如此聰明之人，經史文章、書畫詩詞，無一不通，無一不精，然而圍棋始終下不過尋常俗手，成爲他生平一大憾事。他曾有一句詩道：「勝固欣然敗亦喜」，後人讚他胸襟寬博，不以勝負縈懷。豈知圍棋最重得失，一子一地之爭，必須計算淸楚，毫不放鬆，才可得勝，若常存「勝固欣然敗亦喜」的心意下棋，作爲陶情冶性，消遣暢懷，固無不可，不過定是「欣然」的時候少，而「亦喜」的時候多了。

穆人淸性情淡泊，木桑和他下棋覺得搏殺不烈，不大過癮，此刻與承志對局，竟然大不相同。承志於此道頗有天份，加以童心甚盛，千方百計的要戰勝這位師伯。這一局結果雖木桑贏了，但中間險象環生，並非一帆風順的取勝。

次日一早，木桑又把承志拉去下棋，承志連勝三局，從讓九子改爲讓八子。不到一月，他記憶木桑所用的各種巧術妙著，棋力大進，木桑只能讓他三子，這才互有勝敗。

承志在圍棋上一用心，練武的時刻自然減少，學劍進展之速不如習拳掌之時。穆人清礙於老友情面，起初還不說甚麼，後來見這一老一小終日廢寢忘食的在楸枰上打交道，實在太不成話，於是暗中囑咐承志，每日只可與木桑下一局棋，其餘的時候要用來練武。承志經師父提醒，心想這許多天的確荒疏了武功，暗暗慚愧，忙趕練劍法。一連兩天，木桑叫他下棋，他總推說要練劍。木桑說道：「你來陪我下棋，下完之後，我教你一門功夫，你師父一定歡喜。」承志道：「我去問過師父。」木桑道：「好，你去問吧。」承志奔進去把木桑的話對師父說了。穆人清一聽大喜。

木桑道人外號「千變萬劫」。他年輕之時，因輕功卓絕，身法變幻無窮，江湖上送他個外號，叫做「千變萬化草上飛」。後來他躭於下棋。圍棋之道，講究「打劫」，無數變化俱從打劫而生。木桑武功甚高，自己反稱平平無奇，棋藝不過中上，卻自負得緊，竟自行改了外號，叫做「千變萬劫棋國手」。旁人礙於他面子，不便對他自改的外號全不理會，可是又知他棋藝和「國手」之境委實相去太遠，於是折衷而簡化之，稱之爲「千變萬劫」。這四字其實還是恭維他武功千變萬化，殺得敵人「萬劫不復」。但如有人當面如此解釋，木桑勢必大爲生氣，定要對方承認這外號是指他棋藝而言，跟武功全不相干，才肯罷休。

穆人淸一直佩服他武功上有獨得之秘，但他從來不肯授徒，現下他竟答應傳授承志武功，那定是實在熬不過棋癮了，忙拉了承志的手走出來，向木桑一揖，說道：「你肯成全小徒，我這裏先謝謝啦。」叫承志向木桑磕頭拜師。

袁承志跪了下去。木桑縱身而起，雙手亂搖，說道：「我不收徒弟。他要我教功夫，得憑本事來贏。」穆人淸道：「這小娃兒甚麼事能贏得了你？」

木桑道：「劍法拳術，你老穆天下無雙，我老道甘拜下風，這孩子只消能學到你功夫的兩三成，江湖上已難覓敵手。但說到輕功、暗器，只怕我老道也還有兩下子！」

穆人淸道：「誰不知道你『千變萬劫』，花樣百出！」木桑笑道：「『千變萬劫』是指老道棋藝天下無雙，跟武功決計沾不上邊，萬萬不可混爲一談。只因你自居一派宗師，事事講究冠冕堂皇、風度氣派，於輕功暗器不肯多下功夫，才讓老道能在這兩門上出出風頭。這樣罷，你讓承志每天跟我下兩盤棋，我讓他三子。我贏了，那就是陪師伯消遣，算他的孝心。要是他贏得一局，我就教他一招輕功，連贏兩局，輕功之外再教一招暗器。咱們下棋講究博采，那便是采頭了。你說這麼著公不公平？」

穆人淸心想這老道當眞滑稽，說道：「好，就這麼辦。我本來怕承志下棋躭誤了功夫，現下既有這樣的大好處，你們每天下十局八局我也不管。」木桑和承志一聽大喜，一老一小又下棋去了。

木桑這天一勝一負，棋局既終，對承志道：「今日教你一招輕身功夫，雖只一招，你用心去練，可也夠你終身受用。仔細瞧著。」話剛說畢，也不見他彎腿作勢，忽然全身拔起，已竄到了大樹之巔，一個倒翻觔斗，又站在他面前。承志看得目瞪口呆，拍掌叫好。木桑當下把這招「攀雲乘龍」的輕身功夫教了他，雖只一招，可是其中腰腿勁力，步法眼神，皆有無數奧妙。承志用心學習，一時卻也不易領會。

第二日承志連輸兩局，一無所獲，木桑大喜，自吹不已。第三天上，承志突出奇兵，把邊角全部放棄，盡佔中央腹地，居然兩局都勝。木桑不服氣，又下兩局，這次是一勝一負，結算下來，木桑該教他三招。

木桑教了他兩招輕功，見他記住了，說道：「你可知我對敵時使甚麼兵器？」承志搖搖頭。木桑道人抓起棋盤，笑道：「本來我也使劍，但近年卻已改用這傢伙。」

承志早見這棋盤是精鋼所鑄，以爲他喜愛弈道，隨身攜帶棋局，爲怕棋盤損壞，特用鋼鑄，那知竟是對敵的兵器。木桑又拈起一把棋子，笑道：「這是我的暗器！」隨手擲出，十幾顆棋子向天飛去。待棋子落下，木桑舉起棋盤一接，只聽得噹的一聲大響，十幾顆棋子同時落上棋盤。承志伸出了舌頭，半晌說不出話來。

本來十幾顆棋子拋上天空，落下時定有先後，黑鐵棋子和白鐵棋子碰到鋼棋盤，必是叮叮噹噹的一陣亂響，那知十幾顆棋子落下來竟同時碰上棋盤，然則拋擲上去時手力的均勻，實是驚人。更奇的是，十幾顆棋子落上棋盤，竟無一顆彈開落地，但見他右手微微一沉，已消了棋子下落之勢，一顆顆棋子就似用手擺在棋盤上一般。

木桑笑道：「打暗器要先練力，再練準頭，發出去的輕重有了把握，再談得上準不準。」於是把投擲棋子用力使勁的心法傳授了他。

木桑在華山絕頂一住就是半年，天天與這位小友對弈，流連忘返，樂而忘倦，而一身輕身功夫和打棋子的心法，在這半年中也毫不藏私的傳了給他。

這天已是初冬，承志上午練了拳劍，下午和木桑在樹下對弈。這時他棋力早已高出木桑一先，可是木桑好勝，每次還是要讓他平手先行，那更加勝少敗多了。縱然「千變萬劫」，變來變去，也仍不免落敗。敗得越多，傳授武功的次數也越密。好在他棋藝上變化有限，武學卻極廣博，輸棋雖多，儘有層出不窮的招數來還債。

這天教的仍是發暗器的「滿天花雨」手法，一手同時撒出七顆棋子，要顆顆打中敵人穴道。這項上乘武功自非朝夕之間所能學會，承志在這功夫上已下了兩個多月苦功，可是同時發出三四顆棋子，每次總只一二顆打中。

木桑做了個木牌，牌上畫了人形，叫啞巴舉了木牌奔跑。木桑喊道：「天宗、肩貞、玉枕！」承志三顆棋子發出，打中了天宗、玉枕兩穴，肩貞穴卻打偏了。木桑又喊：「關元、神封、中庭。」啞巴一邊跑，一邊把木牌亂晃。承志展開輕身功夫，追趕上去，手剛揮動，木桑已叫了起來：「關元穴沒中。」正要再喊，忽聽得承志大聲驚叫，搶上去拉住啞巴手臂，向後力扯。

啞巴一呆，回過頭來，只見一頭巨猿站在身後，神態猙獰，張牙舞爪，作勢欲撲。啞巴舉起木牌劈頭向巨猿打下，突然左臂一緊，已讓木桑拉了回來。

木桑叫道：「承志，你對付牠！」承志知木桑師伯考查他功夫，大聲答應，雙掌分錯，輕飄飄的縱到巨猿之前。

巨猿見他來得快速，轉身想走，承志使重手啪的一聲，在牠背上擊落。巨猿痛得哇哇怪叫，轉身揮長臂來抓。承志托地跳開，正要乘隙迎擊，忽覺身後生風，似有敵人來襲。他不及回頭，左腳力撐，躍在空中，人未落地，已見襲擊他的原來是另一頭巨猿。他上山後練了這些年武功，只與師父拆解，從未與人當真動過手，兩頭巨猿雖然獰惡，他也不畏懼，展開伏虎掌法與之相鬥。此時的掌法勁力，比之當年在聖峯嶂扯拔豹毛之時，自已不可同日而語。

呼喝聲中，穆人清也奔了出來，見袁承志力鬥兩獸，手掌所到，巨猿總痛得嗬嗬大叫，心下欣喜：「這孩子不枉了我一番心血。」

兩頭巨猿吃了苦頭，不敢迫近，只竄來跳去，俟機進撲。

穆人清見承志掌法儘可制得住兩頭畜生，要再看他劍法，奔進去取出長劍，叫道：「接劍！」將劍擲向空中。

承志縱身，右手抄出接住劍柄，長劍在手，登時如虎添翼，人未落下，一招「穿針引線」，向一頭巨猿肩上刺去，那巨猿急忙後退。承志長劍使了開來，登時把兩頭巨猿裹在劍光之中。木桑叫道：「承志，別傷牠們性命。」承志答應一聲，長劍使得更加緊了，這時候他要刺殺巨猿，已易如反掌。兩頭巨猿轉眼間臂上、肩上、腿上、頭上，劍創纍纍，他始終未下絕招，每手都是淺傷即止。

兩頭巨猿頗有靈性，起初還想奮力逃命，後來見微一縱開，劍鋒隨到，只要停步，對方也就收招，知他有意不下殺手，忽然同時叫了幾聲，蹲在地下，雙手抱頭，不再進撲，四隻眼珠角碌碌的轉動，望著承志，露出哀求神色。

啞巴見承志制服了兩頭畜生，高興得拍手頓足，奔進去取出一綑麻繩來，將兩頭巨猿縛住。雙猿起初還露齒咆哮，但啞巴用力一捏，巨猿筋骨劇痛，不再反抗，只得乖乖受縛，只嘰嘰咕咕的叫個不休。

木桑與穆人清都讚承志近來功力大進，著實勉勵了幾句。承志很是高興，用金創藥敷上雙猿傷口，又採些果子、栗子給牠們吃了。

養了七八天，巨猿野性漸除，又得食物飼養，解去繩子後，居然並不逃走。承志大喜，給雄猿取名「大威」，雌猿叫做「小乖」，一呼名字，兩猿便至。穆人清與木桑見雌猿如此毛茸茸的一頭龐然大物，竟取了這般小巧玲瓏的名字，都不禁失笑。

大威和小乖越養越馴，承志一發命令，雙猿立即遵行。

這一天，兩頭巨猿攀到峯西絕壁上採摘果子，這絕壁一面較斜，尚可攀援，另一面卻如一大堵平牆，無處可容手足。雙猿摘果嬉戲，小乖忽然失足，從樹上跌落，直向絕壁一面溜下。這峭壁離地四十多丈，一掉下去自是粉身碎骨。大威嚇得魂飛魄散，趕到山壁上看時，見小乖幸喜並未掉下，兩條長臂攀在山壁上一個洞裏。這洞穴年深月久，本有山泥封住，小乖掉下來時在山壁上亂抓亂爬，恰好抓破封泥，手指勾住洞穴。但身子掛在半空，上不得，下不去，甚爲狼狽。

大威無法可施，飛奔下山，來討救兵。承志正在練劍，見牠滿身給荆棘刺得斑斑血跡，神態驚惶，不住跳躍，吱吱亂叫，知小乖必定出事，忙招呼啞巴，一起跟大威出去。大威指著峭壁，亂跳亂叫。袁承志和啞巴奔近看時，見到小乖吊在半空。

袁承志回到石屋取了幾條長繩，和啞巴、大威從斜坡爬上峭壁，將三條長繩接了起來，懸垂下去。小乖這時已累得筋疲力盡，一見繩子，雙手雙腳死命拉住。啞巴和大威一齊用力，將牠拉上。

小乖身上給山石擦傷了數處，受傷不重，但牠吱吱而叫，把右掌直伸到承志面前。承志看時，見手掌上釘著兩枚奇形暗器，鑄成小蛇模樣，伸手去拔，竟拔不下來，小乖卻已痛得亂跳，知道暗器上生有倒刺。承志一驚，心想：「難道來了敵人？」忙打手勢問小乖，暗器是誰打的？小乖指手劃腳，示意說伸手到洞中時刺上的。

袁承志很是奇怪，心想這峭壁上的洞穴素不露形，而且上距山頂、下離地面都遠，怎會有暗器藏在其中？想了一會，難以索解，便去見師父和木桑道人。

兩人聽他說明情由，見了小乖掌上的暗器，也都稱奇。木桑道：「我從來愛打暗器，江湖上各家各門的暗器都見識過，這蛇形小錐今日卻首次見到。老穆，這可把我考倒啦。」穆人淸也暗暗納罕，說道：「先起出來再說。」

木桑回入房中，從藥囊裏取出一把鋒利小刀，割開小乖掌上肌肉，將兩枚暗器挖了出來。小乖知是給牠治傷，毫不抗拒。木桑給牠敷上藥，用布紮好傷口。小乖經過這次大難，甚爲委頓。大威給牠搔癢捉虱，拚命討好，以示安慰。

那兩枚暗器長約二寸八分，打成昂首吐舌的蛇形，蛇舌尖端分成雙叉，每叉都有一個倒刺。蛇身黝黑，積滿了靑苔穢土。木桑拿起來細細察看，用小刀挑去蛇身各處污泥，那蛇形錐漸漸燦爛生光，竟是黃金所鑄。木桑道：「怪不得一件小暗器有這麼沉，原來是金子打的。使這暗器的人好闊氣，一出手就是一兩多金子。」

穆人清突然伸手在腿上一拍，說道：「這是金蛇郎君的。」木桑道：「金蛇郎君？你說是夏雪宜？聽說此人已死了十多年啦！」剛說了這句話，忽然叫道：「不錯，正是他。」小刀挑刮下，蛇錐的蛇腹上現出一個「雪」字。另一枚蛇錐上也刻著這字。

承志問道：「師父，金蛇郎君是誰？」穆人清道：「這事待會再說。道兄，你說他的暗器怎會藏在這洞裏？」木桑沉思不語，呆呆出神。

承志見師父和木桑師伯神色鄭重，便也不敢多問。晚飯過後，穆人清與木桑剪燭對談，說了許多話，承志都不大懂，聽他們說的都是仇殺、報復等事。

木桑忽道：「那麼你說金蛇郎君是爲避仇而到這裏？」穆人清道：「以他的武功機智，似不必遠從江南逃到此處，躲在這荒山之中。」木桑道：「難道這人還沒死？」穆人清道：「此人行事向來神出鬼沒，咱們在江湖中這些年，只聽到他的名頭，當眞可說威名遠震，卻從來沒見過他面。聽人說他已死了，但誰也不知怎麼死的。」木桑嘆道：「這人行事也眞古怪，有時窮兇極惡，有時卻又行俠仗義，教人捉摸不定。我幾次想要找他，都沒能找到。」穆人清道：「咱們別瞎猜啦，明兒到山洞去瞧瞧。」

次日一早，穆人清、木桑、承志、啞巴四人帶了繩索兵刃，爬上峭壁之頂。木桑道：「我下去。」穆人清點點頭，說道：「小心了。」將繩索縛在他腰裏，與啞巴兩人緊緊拉住，慢慢將他縋落。

木桑一手持著精鋼棋盤，一手扣了三枚棋子，溜到洞口，向下望去，只見腳下霧氣一團團的隨風飄過，竟不見地，雖然他輕功卓絕，絕峯險嶺，於他便如平地，這時卻也不由得心驚，轉頭向洞裏張望，黑沉沉的看不清楚，只覺得洞穴很深。洞口甚小，人鑽不進去，於是用布包住了手，輕輕到洞裏一探，碰到幾枚尖利之物，揷在洞口，一摸之下就知是金蛇錐，輕輕拔出，一共拔了十四枚，就沒有了。再伸手進去，直到面頰抵住洞口，也再摸不到甚麼，縱聲叫道：「拉我上來。」

穆人清緩緩收索，拉了上來。拉到離崖頂二丈多時，木桑右腳在峭壁上一點，竄了上來，棋盤中托了一大把金蛇錐，笑道：「老穆，咱哥兒們發財啦，這麼多金子。」

穆人清臉色卻甚沉重，雙眉微蹙，說道：「這怪人將這些東西放在這裏，不知是甚麼意思。洞裏還有甚麼？待我下去瞧瞧。」木桑道：「你下去也白饒，洞口太小，鑽不進去。」穆人清滿腹心事，低頭不語。

承志忽道：「師伯，我成嗎？」木桑喜道：「你也許成，但這樣高，你敢下去嗎？」承志道：「我敢。師父，我下去好不好？」穆人清尋思：「這江湖異人把他防身至寶放在此地，必有用意，便在我居處之側，豈可不探查明白？但只怕洞內有險，讓這孩子孤身犯難，倒令人擔心。」說道：「只怕洞裏有危險呢。」承志忙道：「師父，我小心著就是啦。」

穆人清見他神色興奮，躍躍欲試，就點頭道：「好吧，你點一個火把，伸進洞去，倘若火熄，千萬不可進去。」

承志答應了，右手執劍，左手拿著火把，縋繩下去。他遵照師父吩咐，先伸火把入洞。小乖弄破洞外泥封，山頂風勁，一晚間已把洞中穢氣吹盡，火把並不熄滅。

於是他慢慢爬了進去，見是一條狹窄的天生甬道，其實是山腹內的一條裂縫，爬了十多丈遠，甬道漸高，再前進丈餘，已可站直。他挺一挺腰，向前走去，甬道忽然轉彎。他不敢大意，右手長劍當胸，走了兩三丈遠，前面豁然空闊，出現一個洞穴，便如是座石室。

舉起火把照時，登時吃了一驚，只見對面石壁上斜倚著一副骷髏，身上衣服已爛了七八成，那骷髏宛然尚可見到是個人形。

他見到這副情形，一顆心別別亂跳，見石室中別無其他可怖事物，於是舉火把仔細照看。骷髏前面橫七豎八的放著十幾把金蛇錐，石壁平滑，壁上有無數用利器劃成的簡陋人形，每個人形均不相同，舉手踢足，似在練武。他挨次看去，密密層層的都是圖形，心下不解，不知劃在這裏有甚麼用意。

圖形盡處，石壁上出現了幾行字，也是以利器所劃，湊過去看時，見劃的是十六個字：「重寶秘術，付與有緣，入我門來，遇禍莫怨。」字形歪歪斜斜，入石甚淺，似乎劃字者手上無力。十六字之旁，有個劍柄凸出在石壁之上，似是一把劍揷入了石壁，直至劍柄。

他好奇心起，握住劍柄向外力拔，微覺鬆動，便不敢再拔了。

正想再看，聽得洞口隱隱似有呼喚之聲，忙奔出去，轉了彎走到甬道口，聽得木桑在叫自己名字，忙高聲答應，爬了出去。

原來木桑和穆人清在山頂見繩子越扯越長，等了很久不見出來，焦急掛念，木桑也縋下去查看。他爬不進去，只得在洞口叫喊。

承志爬了出來，對木桑道：「洞裏有許多古怪東西。」扯動繩子，上面穆人清和啞巴忙拉上兩人。承志定了定神，才將洞中的情形說了出來。

穆人清道：「那骷髏定是金蛇郎君夏雪宜了。想不到一代怪傑，畢命於此。」木桑道：「他留的這十六字是甚麼意思？」穆人清沉吟道：「看樣子似乎他在洞中埋藏了甚麼寶物。石壁上所刻圖形，當是他的武功了。這十六字留言頗爲詭奇，似說誰得到他的遺贈，就得算他門人，而且說不定會有禍患。」木桑道：「按字義推詳，該當如此，只不知這怪人還有甚麼奇特花樣。」

穆人清嘆道：「咱們也不貪圖他的甚麼重寶秘術。承志，明兒你再進去，把這位前輩的遺骨葬了，點了香燭在他靈前叩拜一番，也對得起他了。」承志答應了。

次日清晨，承志拿了把鋤頭，和啞巴兩人爬上峭壁。這次穆人清和木桑知道洞裏沒危險，沒再和他們同去。承志和啞巴將長索一端緊緊繫在峭壁彼端的一株大樹上。承志心想埋葬骸骨，費時不少，特地帶了三個火把，爬進洞後，用鋤頭在地下挖了個小洞，插入火把，用泥土護住，轉身瞧那骷髏。

他心想：聽師父說，這人生前是位怪俠，不知何以落得命喪荒山，死在這隱秘的洞穴之中，骸骨無人殮埋。心下惻然，在骷髏面前跪下，叩了幾個頭，暗暗祝告：「弟子袁承志無意中得見遺體，今日給前輩落葬，你在地下長眠安息吧！」禱祝方罷，一陣冷風颼颼的颳進洞來，只覺寒氣逼人，不禁毛骨悚然。

他不敢在洞中多耽，便用鋤頭在地下挖掘，心想地下岩石堅硬，倘若挖不下去，只有把白骨撿到洞外去埋葬了。

那知一鋤下去，地面應鋤而開，原來石窟中四周石質均甚鬆軟，與泥土相差不遠，挖掘甚易。挖了一會，忽然叮的一聲，鋤頭碰到一件鐵器。移近火把看時，見底下有塊鐵板，再用鋤頭挖了幾下，撥開旁邊泥土，竟是一隻兩尺見方的大鐵盒。

他把鐵盒捧了出來，見那盒子高約一尺，然而入手輕飄飄地，似乎盒裏並沒藏著甚麼東西。打開盒蓋，那盒子竟淺得出奇，離底僅只一寸，他心下奇怪，一隻尺來高的盒子，怎地盒裏卻這般淺？料得必有夾層。

盒中有個信封，封皮上寫著八字：「得我盒者，開啓此柬。」拆開信封，裏面有張白箋，年深日久，紙箋早已變黃。箋上寫道：「**盒中之物，留贈有緣。惟得盒者，務須先葬我骸骨，方可啓盒，要緊要緊。**」字跡是用墨筆所寫。信封中又有兩個小封套，一個封套上寫著「啓盒之法」，一個封套上寫著「葬我骸骨之法」。

承志舉起盒子一搖，裏面果然有物，心想：「師父憐你暴骨荒山，才命我給你收葬，又不是貪圖你的物事。」

於是拆開寫著「葬我骸骨之法」的封套，見裏面又有白箋，寫道：「**君如誠心葬我骸骨，請在坑中再向下挖掘三尺，然後埋葬，使我深居地下，不受蟲蟻之害。**」

承志心想：「我好人做到底，索性照你的吩咐做吧。」於是又向地下挖掘，好在山石鬆軟，挖掘並不費力。堪堪又將挖了三尺，忽然叮的一聲，鋤頭又碰到一物。撥開泥土，又是一隻鐵盒，不過這隻盒子小得多，只一尺見方，暗想：「這位怪俠當眞古怪，不知這盒中又有甚麼東西。」打開盒蓋看時，只驚得一身冷汗。

原來盒中一張箋上寫道：「**君乃忠厚仁者，葬我骸骨，當酬以重寶秘術。大鐵盒開啓時有毒箭射出，盒中書譜地圖均非眞物，且附有劇毒，以懲貪欲惡徒。眞者在此小鐵**

盒內。」

承志不敢多看，將兩隻鐵盒放在一旁，把金蛇郎君的骸骨依次搬入穴中，蓋上石土，點上了香燭，拜了幾拜，捧了鐵盒，回身走出。

火光照耀下見洞口是用石塊砌成，想是金蛇郎君當日進洞之後，再用岩石封住。否則從骷髏看來，他身裁高大，又怎進得洞來？只時日已久，洞外土積藤攀，又生滿了雜草青苔，只道洞口原來便如此細小。承志挖開石塊，開大洞口，以備師父與木桑道人進來查看。出洞後以繩繫腰，啞巴將他拉上。他拿了兩隻鐵盒，去見師父。

穆人清與木桑正在弈棋，見他過來，便停弈不下。袁承志把經過一說，兩人看了幾封書柬，都暗暗心驚，又把大鐵盒中寫著「啓盒之法」的封套拆開，裏面一張紙寫道：「鐵盒左右，各有機括，雙手捧盒同時力掀，鐵盒即開。」

木桑向穆人清伸了伸舌頭，道：「承志這條小命，今日險些送在山洞之中，要是他稍有貪心，不先埋葬骸骨而即去開啓盒子，只怕難逃毒箭。」

叫啞巴搬了一隻大木桶來，在木桶靠底處開了兩個相對的洞孔，將鐵盒打開了蓋放在桶內，再用木板蓋住桶口，然後用兩根小棒從孔中伸進桶內，與袁承志各持一根小棒，同時用力一抵，只聽得呀的一聲，想是鐵盒第二層蓋子開了，接著嗤嗤東東之聲不絕，木桶微微搖晃。承志聽箭聲已止，正要揭板看時，木桑一把拉住，喝道：「等一會！」話聲未絕，果然又是嗤嗤數聲。

隔了良久再無聲息，木桑揭開木板，果然板上桶內釘了數十枝短箭，或斜飛，或直射，方向各不相同，枝枝深入木內。木桑拿了鉗子，輕輕拔下，放在一邊，不敢用手去碰，嘆道：「這人也太工心計了，惟恐第一次射出時給人避過，毒箭分作兩次射。」

穆人清搖頭道：「倘若好奇心起，先瞧瞧鐵盒中有何物事，也是人情之常，未必就不葬他的骸骨。再說，就算不葬他的骸骨，也不至於就該死了。此人用心深刻，實非端士。承志本來小孩心性，這次竟忍得住手，不先開盒子來張上一張，可說天幸。」

從木桶中取出鐵盒，見盒子第二層蓋下鋼絲糾結，都是放射毒箭的彈簧機括。木桑鉗去鋼絲，下面是一本書，上寫《金蛇秘笈》四字，用鉗子揭開數頁，見寫滿密密小字，又有許多圖畫，有的是地圖，有的是武術姿勢，更有些兵刃機關的圖樣。

再打開小鐵盒時，裏面也有一書，形狀大小，字體裝訂，無不相同，略加對照，便見兩書內容卻是大異。

穆人清道：「此人為了對付不肯葬他骸骨之人，不惜花費偌大功夫，造這樣一本偽書，安置這許多毒箭。其實人都死了，別人對你是好是壞，又何苦如此斤斤計較？」木桑道：「這人就是因為想不開，才落得如此下場。不過這偽書與鐵盒，卻多半是早就造好了，要用來對付敵人的。臨死之時，料來也無暇再幹這些害人勾當，在山洞之中，手邊也不會有這些工具機括。」

穆人清點頭嘆息，命承志把兩隻鐵盒收了，說道：「此人行爲乖僻，他的書觀之無益。那本僞書上更有劇毒，碰也碰不得。」袁承志答應了。

此後練武弈棋，忽忽數年，木桑已把輕功和暗器的要訣傾囊以授。

袁承志棋藝日進，木桑和之對弈，反要他饒上二子，而袁承志故意相讓之跡，越來越難遮掩。木桑興味索然，自覺這「千變萬劫棋國手」的七字外號，早已居之有愧，明明覺得承志的棋藝也只平平，可是自己不知怎的，卻偏偏下他不過，只怕自己的棋藝並不如何高明，也是有的，但說自己棋藝不高，卻又決無是理。這一日大敗之餘，不待局終，推枰而起，承志連聲道歉，木桑一笑，飄然下山去了。

這時承志人長高了，武功練強了，初上華山時還只是個黃毛孩子，此刻已是個身材粗壯、英氣勃勃的青年。

這幾年之間，承志所練華山本門的拳劍內功，與日俱深，天下事卻已千變萬化，眼下更是如沸如羹，百姓正遭逢無窮無盡的劫難。

這些時日中，連年水災、旱災、蝗災相繼不斷，關外滿洲人不住進兵侵襲，朝廷無策抗敵，百姓饑寒交迫，流離遍道，甚至以人爲食。朝廷反而加緊搜刮，增收田賦，加派遼餉、練餉，名目不一而足，秦晉豫楚各地，羣雄蜂起。起義軍首領王自用、高迎祥等先後戰死。闖將李自成時勝時敗，屢遇危難，他多謀善戰，往往反敗爲勝，羣豪歸心，部屬漸增。其後造反民軍十三家七十二營大會河南滎陽，李自成聲勢大振，隱然爲衆軍首腦，不久即稱「闖王」，攻城掠地，連敗官軍。

其間穆人清仍時時下山，回山後和承志說起生民疾苦，並說已和闖王結交，頗得尊崇，勉他藝成之後，務當盡一己之力，對百姓扶難解困，又說所以要勤練武功，主旨正是在此。承志每次均肅然奉命。

承志兼修兩派上乘武功，已是武林中罕有高手。不過這些歲月中他一步沒下山，江湖上自不知華山派已出了這樣一位少年英雄。

這天正是初春，承志正在練武，啞巴從屋內出來，向他做個手勢。承志知是師父召喚，走進屋內，見師父身旁站著兩條大漢。這華山絕頂上除木桑外，從沒來過外客，他見了兩人，很感詫異。

穆人清道：「這位是王大哥，這位是高大哥，你過來見見。」袁承志見是師父朋友，過去拜倒，口稱：「王師叔，高師叔。」那兩人忙即跪下，連稱：「不敢，袁師叔請起。」袁承志聽他們反叫自己師叔，甚是奇怪。

穆人清呵呵大笑，說道：「大家起來。」承志站起身來，見兩人都是莊稼人打扮，神情卻英武矯挺。

穆人清對承志笑道：「你從來沒跟我下山，也不知道自己輩份多大，別客氣過頭啦！你們誰也別叫誰師叔，大家按年紀兄弟相稱吧。」原來這姓王與姓高的是師兄弟，他們的師父叫穆人清爲師叔，但也不是眞的有甚麼師門之誼，只不過這麼稱呼、尊他爲長輩而已。如此算來，兩人還比承志小著一輩。

穆人清道：「這兩位大哥從山西奉闖王之命前來，要我去商量一件事。我明天就要下山。」承志道：「師父，這次我想跟你去瞧瞧崔叔叔。可以嗎？」他在山上實在悶得膩了，好幾次想跟師父下山，都沒得到准許，這次又求。

穆人清微微一笑。王高二人知道他們師徒有話要商量，告退了出去。

穆人清道：「眼前義軍聲勢大張，秦晉兩省轉眼可得，這也正是你報父仇的良機。你曾幾次求我帶你去行刺崇禎皇帝，我始終沒允准，你可知是甚麼原因？」承志道：「定是弟子的功夫沒學好。」穆人清道：「這固然是原因，但另有更重要的關鍵。你坐下聽我說。」承志依言坐下。

穆人清道：「這幾年來，關外軍情緊急，滿洲人居心叵測，千方百計想入寇關內。崇禎這人雖然疑心重，做事三心兩意，但以抗禦滿清而言，比之前朝萬歷、天啓那些昏君，總算還是竭力以赴的。要是你爲了私仇，進宮刺死了他，繼位的太子年幼，權柄落入宦官奸臣手裏，只怕咱們漢人的江山馬上就得斷送，你豈非成了天下罪人？你父親終身以抵禦滿洲、平定遼東為己志，他在天之靈知道了，一定也要怒你不忠不孝吧。」承志聽師父一言提醒，不覺嚇出了一身冷汗。

穆人清道：「國家事大，私仇事小。我不許你去行刺復仇，就是這個道理。但現下局面不同了，闖王節節勝利，洛陽已得，一兩年內，便可進取北京。闖王英明神武，那時由他來主持大局，又怎怕遼東滿洲人入寇？」承志聽得血脈賁張，興奮異常。

穆人清道：「眼下你武功已頗有根柢，雖武學永無止境，但我所知所能，已盡數傳你，以後就全憑你自己用功。明天我下山去，要跟高王二人去辦幾件事。你的混元功尚差了最後一關，少則十日，多則一月，便能圓熟如意，融會貫通。下山奔波，諸事分心，練功沒山上安靜。待得混元一氣遊走全身，更無絲毫窒滯，你再下山，到闖王軍中來找我吧。一路之上，如見到不公不平之事，便須伸手。行俠仗義，助弱解困，救死扶傷，乃我輩份所當為，縱是萬分艱難危險，也不可袖手不理。」

承志答應了，聽師父准許他下山，甚是歡喜。

穆人清平時早已把本門門規，以及江湖上諸般禁忌規矩、幫會邪正、門派淵源、武功家數告知了他，這時又擇要一提，最後道：「你為人謹慎正直，我是放心得過的。只是你年輕之人，血氣方剛，於『女色』一關要加意小心。多少大英雄大豪傑只因在這事上失了足，弄得身敗名裂。你可要牢牢記住師父這句話。』」承志凜然受教。

次日天亮，承志起身後，就如平時一般，幫啞巴燒水做飯，等一切弄好再到師父房裏請安，卻見穆人清和兩位客人早已走了。承志望著師父的空床出了一會神，想到不久就可下山，打手勢告訴了啞巴。啞巴愀然不樂，轉身走出。

承志和他相處十餘年，早已親如兄弟，知他不捨得與自己分離，心下也感悵惘。

忽忽過了十七八天，承志照常練功，想到不久便要離去，對山上一草一木不由得加意愛惜起來。這天用過晚飯，坐在床上又練了一遍混元功，但覺內息遊走全身經脈，極是順暢，快速異常，知道師父所云最後一關亦已打通，心下甚喜。正要熄燈睡覺，啞巴走進房來，做手勢說山中似乎來了生人。袁承志要奔出去察看，啞巴示意已前後查過，未見有何不妥之處。

承志不放心，帶了兩頭猿猴山前山後查看，沒發現有何異狀，也就回來睡了。

睡到半夜，忽聽得外房中大威與小乖吱吱亂叫，承志翻身坐起，側耳細聽，忽然間一陣甜香撲鼻，暗叫：「不好！」閉氣縱出，不料腳下陡然無力，一個踉蹌，險些跌倒。那是他從所未有之事，正感驚訝，室門砰的一聲給人踢開，一條黑影竄將進來，黑暗中刀風颯然，當頭砍到。袁承志只覺頭腦發暈，站立不定，危急中強自支持，身子向左偏讓，右掌反擊。那人揮刀直劈，削他手臂。

袁承志猝遇強敵，不容對方有緩手機會，黑暗中聽聲辨形，欺進一步，左掌噗的一聲，擊在那人肩頭，但手臂酸軟，使出來的還不到平時一成功力，饒是如此，那人還是單刀脫手，身不由主的直摜出去。外面一人伸手拉住，問道：「點子爪子硬？」

承志待要撲出追敵，突覺一陣迷糊，暈倒在地。

也不知隔了多少時候，方才醒來，只感渾身酸軟，手足一動，吃驚非小，原來全身已給繩子縛住。只見室中燈火輝煌，兩個人正在翻箱倒篋的到處搜檢。

他知遭人暗算，心中自責無用，師父下山沒多天，就給人掩上山來擒住了，還說得上甚麼闖江湖報父仇。這時兀自頭暈目眩，於是潛運內功，片刻間便即寧定。

當下假裝昏迷未醒，眼睜一線偷看，只見一人身材瘦削，四十多歲年紀，面容乾枯，另一個頭頂光禿，身軀高大，瞧身形就是適才與自己交手之人。他想：「山上有甚麼貴重東西，值得他們來搶？這裏就只有師父留下給我做盤纏的五十兩銀子。但這二人絕非尋常盜賊，這禿子武功不弱，想那瘦子也自了得。若說是來找師父報仇，爲甚麼不殺我，卻到處搜尋東西？」暗運功力，想崩斷手上所縛繩索繩子。不料敵人知他武功精強，已在他雙手之間插了枝空竹，只要一用力，竹子先破，立發聲響。承志微微一掙，便即發覺，於是停手不動，尋思脫身之計。

那禿子忽然高興大叫：「在這裏啦！」從床底下捧出一隻大鐵盒，正是金蛇郎君的遺物。瘦子與禿子坐在桌邊，打開鐵盒，取出一本書來，見封面上寫著「金蛇秘笈」四字。禿子大笑道：「果然在這裏，張師哥，咱們這十八年功夫可沒白費。」揭開秘笈，見書頁上畫著許多圖形，寫滿小字，喜得晃頭搔耳，樂不可支。

瘦子忽叫：「咦，那人要逃！」說著向承志一指。承志吃了一驚。禿子回過頭來，那瘦子手腕翻處，波的一聲，一柄匕首插進了禿子背脊，直沒至柄，隨即躍開數尺，拔出長劍，護住門面。

禿子驚愕異常，忽然慘笑，說道：「二十幾個師兄弟尋訪了十八年，今日我和你才得到這寶貝，張師哥，你要獨吞，竟對我下這毒……手……哈哈……哈哈……你……你當然連棋仙派也叛了。可是要瞞過五位老爺子，只怕沒這麼容易，我……瞧你有甚麼好下場……嚇嚇……」

靜夜中聽到這慘厲的冷笑聲，承志全身寒毛直豎。

那禿子反手去拔背上匕首，卻總是夠不到，驀地裏長聲慘呼，撲在地下，抽搐了幾下，就不動了。

瘦子怕他沒死，又過去在他背上刺了兩劍，哼了一聲，道：「我不殺你，怕你不會殺我麼？那又何必客氣？」隨即又在禿子的屍身上重重踢了一腳，說道：「你說我瞞不過那五個糟老頭子？你瞧我的！」

他不知承志已醒，陰惻惻的笑了兩聲，彈去了蠟燭上燈花，打開秘笈看了起來，身子微微晃動，滿臉喜色。他翻了幾頁，有幾頁黏住了揭不開來，伸食指在口中一舐，蘸了些唾液又去翻閱，這般翻了幾張，承志突然想起，書本上附有劇毒，他如此翻閱，勢必中毒，不由得「呀」的一聲叫了出來。

那瘦子聽到了，轉過頭來，見承志臉上盡是驚惶之色，便緩緩站起，從禿子背上拔出匕首，走上兩步，說道：「我跟你無怨無仇，可是今日卻不能饒你性命。」說著眼露兇光，舉起匕首，獰笑兩聲，說道：「此時殺你，只怕你到了陰間也不知原因。老實跟你說，我是浙江衢州棋仙派的張春九。我們棋仙派跟金蛇郎君是死對頭，他奸淫了我們師妹，逃得不知去向。我們十多年來到處找他，那知他的物事竟在你這小子手裏。金蛇郎君在那裏？」說著向窗外一瞧，不由自主的臉露畏懼，似乎怕金蛇郎君突然出現。

承志如稍有江湖經歷，自會出言恐嚇，縱不能將他驚走，也可使他心有顧忌，不敢便加害自己，但此時六神無主，那想得到騙人？只道：「金蛇郎君早已死了，他……他的屍骨也是我葬的。」張春九大喜，又問一句：「金蛇郎君果然死了？」承志點點頭。張春九喝問：「他怎麼死的？」承志道：「我不知道，真的不知道。」

張春九滿臉猙獰之色，惡狠狠的道：「你這小子住在華山之上，決非好人，料來跟金蛇郎君蛇鼠一窩，殺了你也不冤。你做了鬼要報仇，到衢州靜岩來找我張春九吧，嘿嘿，不過我今後衢州也永不回去了，只怕你變了鬼也找我不到……」提劍便要往承志頭上斬落，突然之間，打了個踉蹌。

承志知危機迫在目前，全身力道都運到了雙臂之上，啪的一聲，空竹先破，跟著繩索迸斷，揮掌正要打出，張春九忽然仰天便倒。

承志怕他有詐，手持斷繩，在面前揮動，呼呼生風。卻見他雙腳一登，便不動了，眼中、鼻中、耳中、口中，都流出黑血，才知他已中毒而死，俯身解開自己腳上繩索，奔到外室，見啞巴也已遭縛，雙目圓睜，動彈不得，忙給他解了縛。又見大威與小乖昏倒在地，心中吃驚，忙去端了一盆冷水從頭淋落，兩頭巨猿漸漸甦醒。

承志打手勢把經過情形告訴啞巴。等天明後，兩人把兩具死屍抬到後山。承志想這大鐵盒是害人之物，便與毒書一起投入坑裏，與兩具死屍葬在一處，想起夜來情事，不由得暗暗心驚：「這二人所以綁住我與啞巴，不即一刀殺死，自是為了要拷問金蛇郎君的下落。若非他們另有圖謀，這時葬在這坑中的，卻是我與啞巴的屍首了。」

握住劍柄，臂上微一使力，嗤的一聲響，拔了出來，劍柄下果然連有劍身。劍作金色，形狀奇特，就如是一條金蛇蜿蜒盤曲，蛇尾勾成劍柄，蛇頭則是劍尖，蛇舌伸出分叉。

第四回　矯矯金蛇劍　翩翩美少年

袁承志在十四歲上無意中發現鐵盒，這些年來早把這件事忘得乾乾淨淨，眼看這張春九與禿子的神情，猜想《金蛇秘笈》中必定藏有重大秘密，否則他們不會連續找上十八年之久，找到之後，又如此你搶我奪的性命相搏。「到底秘笈中寫著甚麼？」此念一動，再也不能克制，於是在床底角落中把那隻塵封蛛結的小鐵盒找了出來。這隻盒子小得多，張春九和禿頭一時沒發見。兩人一見到大鐵盒中的假秘笈，便欣喜若狂，再也不去找尋別物了。

袁承志打開鐵盒，取出眞本《金蛇秘笈》放在桌上，翻開閱讀，那書較小，但頁多書厚，前面是些練功秘訣及發射暗器的心法，與他師父及木桑道人所授大同小異，此外還詳述各家各派的武功祕奧，以及諸般破解之法，可說洋洋大觀，另有金蛇郎君本身原學和自創的武功。約略看去，秘笈中所載，頗有不及自己所學的，但手法之陰毒狠辣，卻遠有過之。心想，這次險些中了敵人卑鄙詭計，日後在江湖上行走，難保不再遇到陰毒對手，這些人的手法自己雖不屑使用，但知己知彼，爲了克敵護身，卻不可不知，於是對秘笈中所述心法細加參研。

一路讀將下去，不由得額頭冷汗涔涔而下，世上竟有這種種害人的毒法，當眞匪夷所思，相較之下，張春九和那禿子用悶藥迷人，可說毫不足道。

讀到第三日上，見秘笈所載武功已與自己過去所學全然不同，不但與華山派武功無絲毫共通之處，而且從來不曾聽師父或木桑道長提到過，那也並非僅是別有蹊徑而已，委實異想天開，往往與武學要旨背道而馳，卻也自具克敵制勝之妙。他一藝通百藝通，武學上既已有頗深造詣，再學旁門自是點到即會。秘笈中所載武功奇想怪著，紛至沓來，一學之下，再也不能自休，當下照著秘笈一路學將下去。

他既有混元功的深厚根柢，要學任何武功皆輕而易舉，但練到二十餘日後卻遇上了難關，秘笈中要訣關竅，記載詳明，然根基所在的姿勢卻無圖形，訣要甚是簡略，不知招式，只得略過不練。

後來十餘頁的功夫，都是用來對付一個叫做「五行陣」的陣法，要他先熟習八卦方位，諸般生剋變化。這陣法變幻多端，組成陣法的對手五人此來彼去，互補互救，金蛇郎君以極巧妙方法，將之一舉摧破，其中包含了不少高明武功。袁承志心想，這「五行陣」日後未必眞會遇上，但諸般破陣的功夫，用途甚廣，學了卻大有用處，於是花了幾日苦功，一一學會。秘笈中記載其他武功，大都心平氣和，析其優劣，但這十餘頁講述「五行陣」，語氣中頗含怨毒，對此敵手五人敵意甚盛，所用武功也均狠辣強勁，每一招均欲殺敵而後快。承志習練之時暗暗搖頭：「何必生這麼大的氣，破了陣法也就是了。」看來這套武功乃有所爲而作，對手實有其人，並非憑虛說武。承志學其招式，然不記其陰毒之意，心想：「師父常敎我說，自己武功既強，便須時時存著『手下容情，留有餘地』的念頭。」

再翻下去是一套「金蛇劍法」，心想：此劍法以「金蛇」爲名，金蛇郎君定然十分重視，必有獨到之處。照式練去，初時還不覺甚麼，到後來轉折起伏、刺打劈削之間，甚是不順，有些招式更絕無用處，連試幾次總感不對，便即想起，金蛇郎君埋骨的洞中壁上有許多圖形，莫非與此有關？

一想到這事，再也忍耐不住，招了啞巴，帶了繩索火把，又去洞中。這時他身材已經高大，幸而當年曾將洞口拆大，於是鑽進洞內，舉起火把往壁上照去，對圖形一加琢磨，果是秘笈中要訣的圖解。山壁石質雖甚鬆軟，但圖形潦草，筆劃入石極淺，看來金蛇郎君刻劃之時已無甚力氣。他心下大喜，照圖試練，暗暗默記，花了幾個時辰，將圖形盡數記熟了，在金蛇郎君墓前又拜了兩拜，謝他遺書教授武功。

正要走出，一瞥間見到洞壁上的那個劍柄，當日年幼，未敢拔出，此時緊緊握住劍柄，臂上微一使力，嗤的一聲響，拔了出來，劍柄下果然連有劍身。劍鋒插入處石壁上原有一條深縫，否則金蛇郎君插劍時如已無多大力氣，未必能將劍身插入石壁。

突然之間，全身涼颼颼地只感寒氣逼人，只見那劍劍身金色，形狀甚奇，與先前所見的金蛇錐依稀相似，整柄劍就如一條金蛇蜿蜒盤曲，蛇尾彎成劍柄，蛇頭則是劍尖，蛇舌伸出分叉，劍尖竟有左右兩叉。那劍金光燦爛，握在手中頗為沉重，似是黃金混和了其他五金所鑄，劍身上一道血痕，發出碧油油暗光，極是詭異。

觀看良久，心中隱生懼意，尋思這一道碧綠的血痕，不知是何人身上的鮮血所化？是仁人義士，還是大奸大惡？又還是千百人的頸血所凝聚？

持劍微一舞動，登時明白了「金蛇劍法」的怪異之處，原來劍尖兩叉既可攢刺，亦可勾鎖敵人兵刃，倒拖斜戳，皆可傷敵，比之尋常長劍增添了不少用法，先前覺得「金蛇劍法」中頗多招式全無用處，但用在這柄特異的劍上，盡成厲害招術。

舞到酣處，無意中揮劍削向洞壁，一塊岩石應手而落，如削爛泥，這劍竟是鋒銳絕倫。他又驚又喜，轉念又想：「金蛇郎君並未留言贈我此劍，我見此寶劍，便欲據為己有，未免貪心，還是讓它在此伴著舊主吧。」提起劍來，向石壁上插了下去。這一插未使全力，又非順石縫而入，劍身尚有尺許露在石外，未及柄而止。劍刃微微搖晃，劍上碧綠的血痕映著火光，似一條活蛇不住扭動身子，拚命想鑽入石壁。

再看石壁上那「重寶秘術，付與有緣，入我門來，遇禍莫怨」那十六個字，不由得怔怔的出了神，心想這位金蛇前輩不知相貌如何？不知生平做過多少驚世駭俗的奇事？到頭來又何以會死在這山洞之中？

他見了金蛇劍後，對《金蛇秘笈》中所載武功更增嚮往，而不知不覺間，心中對這位怪俠又多了幾分親近之意。出得洞來，又花了二十多天功夫，將秘笈中所錄的武功盡數學會了，其中發金蛇錐的手法尤爲奇妙，與木桑道人的暗器心法可說各有千秋。

讀到最後三頁，只見密密麻麻的用炭條寫滿了口訣，參照前面所載，有些地方變化精奧，頗增妙悟，但一大半卻全不可解。埋頭細讀這三頁口訣，苦思了兩天，總覺其中矛盾百出，必定另有關鍵，但把一本秘笈翻來覆去的細看，所有功訣法門實已全部熟讀領會，更無遺漏。他重入山洞，細看壁上圖形，仍難索解。

再讀下去，只見許多招式的名稱甚爲古怪，「去年別君時」、「忍淚佯低面」、「含羞半斂眉」、「柔腸百結」、「粉淚千行」、「半羞還半喜」、「欲去又依依」、「淚珠難寄」、「舊歡如夢」、「勸我早歸家」、「孤雁淒涼」、「同生共死」、「望郎何日來」等等，皆是男女歡愛之辭，似是一個少女傷心情郎別去，苦思苦憶的心情。袁承志其時不明兒女情懷，又沒讀過多少詩詞，只覺這些招式名稱纏綿悱惻，甚是無聊，試著使動拳腳劍法，每一招往往欲進又卻，若即若離，虛招極多而實招希見，倒似是遊戲玩意，而不是性命相搏的招式，臨敵之時並無多大用處。

待看到一招「意假情眞」，見《祕笈》中詳述這一招如何似眞似幻，說道「人間假意多而眞情罕見，種種試探，欲明對方眞意所在，而眞意殊不易知，此所以惆悵長夜而柔腸百轉欲斷也。」這一招中包含了無數虛招，最後說道：「別道人家有無眞情，即令自己，此招終歸何處，自家總亦不知。」最後一擊，似虛似實，心意不定。承志心想：「師父常告誡，修習武功，須防走火入魔，一旦入魔，精神紛亂，不易收拾。金蛇郎君想到這裏，已近乎走火入魔，我可不能跟著學了。」掩過祕笈，猛覺這一招虛虛實實，變幻多端，委實巧妙無比，出招者自己既不知此招擊向何處，對手自然更加不知，只因不知其何來何去，自是難以閃避拆格。這可說是一招根本不能抵擋的武學招術。天下武功招數，不論如何奇奧巧妙，必可拆解應付，左來則右擋，攻前則退後，但這招不知擊向何處，任何擋格可能均係錯著，自是招架不來。

這天晚上，他因參究不出其中道理，在床上翻來覆去，始終睡不安穩，只見窗外一輪明月射進室來，照得滿地銀光，忽想：「我混元功早已練成，爲了這部金蛇秘笈，卻在山上多耽了兩個月功夫。師父曾說金蛇郎君爲人怪僻，他的書觀之無益。一招招式連自己也不知擊向何處，心意不定，那算是甚麼武功招數？不過這招『意假情眞』，也委實巧妙之至。」

他武學修爲既到如此境界，見到高深的武功秘奧而竟不探索到底，實所難能，心想：「眼不見爲淨，我一把火將它燒了便是。」主意已定，下炕來點亮油燈，拿起秘笈放在燈上焚燒。但燒了良久，那書的封面只薰得一片烏黑，卻不能著火。

他心中大奇，用力拉扯，那書居然紋絲不動。他此時混元功已成，雙手具極強內家勁力，這一扯力道非同小可，就算鐵片也要拉長，不料想這書居然不損，情知必有古怪，細加審視，原來封面是以烏金絲和不知甚麼細線織成，共有兩層。

他拿小刀割斷釘書的絲線，拆下封面，再把秘笈在火上焚燒，登時火光熊熊，金蛇郎君平生絕學燒成了灰燼。再看那書封面，夾層之中似乎另有別物，細心挑開兩層之間連繫的金絲，果然中間藏有兩張紙箋。

一張紙上寫著：「重寶之圖」四字，旁邊畫了一幅地圖，又有許多記號。圖後寫著兩行字：「得寶之人，眞乃我知己也。務請赴浙江衢州靜岩，尋訪女子溫儀，贈以黃金十萬兩。」心想：「這話口氣好大！」只見箋末又有兩行小字：「此時縱聚天下珍寶，亦焉得以易半日聚首？重財寶而輕別離，愚之極矣，悔甚，恨甚！」小字之下，斑斑點點，沾有不少淚痕。凝思半晌，不明其意。

另一張紙箋上寫的，卻密密的都是武功訣要，與秘笈中不解之處一加參照，登時豁然貫通，果然妙用無窮。他眼望天上明月，《金蛇秘笈》中種種武功秘奧，有如一道澄澈的小溪，緩緩在心中流過，清可見底，更無半分渣滓，直到紅日滿窗，這才醒覺。只這些武功似過份繁複，花巧太多，想來是金蛇郎君的天性使然，喜在平易處弄得峯迴路轉，使人眼花繚亂。這兩張紙箋上的字是用墨筆寫成，當非困居山洞時所寫。然係其武學總訣，融會貫通之後，於其後炭筆所書的千奇百怪招數，亦能明其原委。

經此一晚苦思，不但通解了金蛇郎君的遺法，而對師父及木桑道人所授諸般上乘武功，也有更深一層體會。

他望著兩頁白箋，一堆灰燼，呆呆出神，暗歎金蛇郎君工於心計，一至於斯，故意在秘笈中留下令人不解之處，誘使得到秘笈之人刻意探索，終於找到藏寶地圖。如果秘笈落入庸人之手，不去鑽研武功的精微，那麼多半也不會發見地圖。他把兩張紙箋仍夾在兩片封面之間，再去山洞取出金蛇劍，練熟了劍法，才將劍揷還原處。

又過兩日，袁承志收拾行裝，與啞巴告別。他在山上居住多年，忽然離去，心下難過。大威與小乖頗通靈性，拉住了他衣衫吱吱亂叫，不放他走。袁承志更是難分難捨。啞巴帶了兩頭巨猿直送到山下，這才洒淚而別。

袁承志藝成下山，所聞所見，俱覺新奇，一路行來，見百姓人人衣服襤褸，餓得面黃肌瘦。行出百餘里，見數十名百姓在山間挖掘樹根而食。他身邊有師父留下的銀兩，卻也無處可買食物，只得施展武功，捕捉鳥獸爲食。又行數十里，見倒斃的饑民不絕於途，甚感悽惻。

行了數日，將到山西境內，見饑民煮了餓死的死屍來吃，他不敢多看，疾行而過。

這一日來到一處市鎮，見饑民大集，齊聲高唱，唱的是：

「吃他娘，穿他娘，開了大門迎闖王。闖王來時不納糧。」

「朝求升，暮求合，近來貧漢難存活。早早開門拜闖王，管教大家都歡悦。」

一名軍官帶了十多名兵卒，大聲吆喝：「你們唱這等造反的妖歌，不怕殺頭嗎？」揮動鞭子，向衆百姓亂打。衆饑民叫道：「闖王不來，大家都是餓死，我們正是要造反！」一擁而上，抓住了官兵，又打又咬，登時將十多名官兵活活打死了。

袁承志見了這等情景，心想：「無怪闖王聲勢日盛。百姓饑不得食，也只好殺官造反了。」向一名饑民問道：「這位大哥，可知闖王在那裏，我想前去相投。」那饑民說道：「聽說闖王大軍眼下在襄陵、聞喜一帶，就要過來。我們大夥也要去投軍。」袁承志又問：「剛才聽得大家唱的歌兒甚好，還有沒有？」那饑民道：「還有好多。那都是闖王屬下的李公子所作。」又唱了幾首，歌意都是勸人殺官造反，迎接闖王。

袁承志沿途打聽，在黃河邊上遇到了小部闖軍。帶兵的首領聽說是來找闖王的，不敢怠慢，忙派人陪他到李自成軍中。

闖王聽得是神劍仙猿穆人清的弟子到來，雖在軍務倥傯之際，仍親自接見。袁承志見他氣度威猛，神色和藹，甚是敬佩。闖王說他師父去了江南，想是穆人清在言語中對這年輕愛徒頗爲獎許，是以闖王對他甚加器重，言下頗有招攬之意。

袁承志聽得師父不在，登時忽忽不樂，再問起崔秋山，則是和穆人清同到江南蘇杭一帶籌措軍餉去了。袁承志說要去尋師，稟明師父之後，再來效力。闖王也不勉強，命制將軍李岩接待，又送了一百兩銀子作路費。袁承志謝過受了。

那李岩雖是闖軍中帶兵的將官，但身穿書生服色，吐屬儒雅。原來他是前兵部尚書李精白之子，本是舉人，因振濟災民，得罪了縣官和富室，遭誣陷入獄。有一位女俠仰慕他爲人，率領災民攻破牢獄，救他出來。那女俠愛穿紅衣，衆人叫她紅娘子。李岩實逼處此，已非造反不可，便和紅娘子結成夫婦，投入闖王軍中，獻議均田免賦，善待百姓。闖王言聽計從，極爲重用。闖軍本爲饑民、叛兵、及失業驛卒所聚，造反不過爲求一飽，原無大志，所到之處，不免劫掠，因之人心不附，東西流竄，時勝時敗，難成氣候。自得李岩歸附，李自成整頓軍紀，嚴禁濫殺奸淫，登時軍勢大振。

李岩治軍嚴整，又編了許多歌兒，令人教小兒傳唱，四處流播。百姓正自饑不得食，官府又來拷打逼糧催餉，聽說「闖王來時不納糧」，自是人人擁戴。因此闖軍未到，有些城池已不攻自破。

李岩對袁崇煥向來敬仰，聽說袁督師的公子到來，相待盡禮，接入營中，請夫人紅娘子出見。紅娘子英風爽朗，豪邁不讓鬚眉。三人言談投機。袁承志除武功之外，見識甚淺，李岩熟識古今史事、天下興亡之理，跟他縱談大勢，袁承志聽了有如茅塞頓開，對李岩甚爲欽佩。兩人意氣相投，於是相互八拜，結成了義兄弟。袁承志在李岩營中留了三日，直至闖軍要拔營北上，這才依依作別。

袁承志初出茅廬，對李岩的風儀爲人，暗生模倣之心，便去買了書生衣巾，學著也作書生打扮。他不知師父在江南何處，只有逕向南行，隨遇而安。

江南地方富庶，雖然官吏一般的貪污虐民，但衆百姓尙堪溫飽，比之秦晉饑民的苦況，卻是如在天堂了。

這日來到贛東玉山，吃過飯後，到碼頭去搭船東行，見江邊停了艘大船，相問之下，說是上饒一個富商包了到浙江金華去買賣商貨的，袁承志便求附載。船老大貪著多得幾個船錢，向包船的富商龍德鄰商量。龍德鄰見他是個儒生，也就允了。

船老大正要拔篙開航，忽然碼頭上匆匆奔來一個少年，叫道：「船老大，我有急事要去衢州，請你行個方便，多搭我一人。」

袁承志聽這人聲音淸脆悅耳，抬頭看時，不禁一呆，見是一個面貌俊秀的美貌少年。這人十八九歲年紀，穿一件石靑色緞衫，頭頂靑巾上鑲著塊白玉，衣履精雅，背負包裹，膚色白膩，一張臉白裏透紅，說得上是雪白粉嫩。龍德鄰見這少年服飾華貴，人才出衆，心生好感，命船老大放下跳板，把他接上船來。

那靑衫少年踏步上船，那船便微微一沉，袁承志心下暗奇，瞧他身形瘦弱，不過百斤上下，但這船一沉之勢，卻似有兩百多斤重物壓上一般，他背上包裹不大，怎會如此沉重？那少年上船之後，船就開了。

那靑衫少年走進中艙，與龍德鄰、袁承志見禮，自稱姓溫名靑，因得知母親患病，是以趕著回去探望。他見了龍德鄰不以爲意，一雙秀目，卻不住向袁承志打量，問道：「聽袁兄口音，好似不是本地人？」袁承志道：「小弟原籍廣東，從小在陝西居住，江南還是生平第一次來。」溫靑問道：「袁兄去浙江有何貴幹？」袁承志道：「我是去探訪個朋友。」正說到這裏，忽然兩艘小船運櫓如飛，從坐船兩旁搶了過去。溫靑眼盯小船，直望著兩船轉了個彎，爲前面的山崖擋住，這才不看。

中飯時分，龍德鄰好客，邀請兩人同吃。袁承志量大，一餐要吃三大碗飯，鷄魚蔬菜都吃了不少，溫靑卻只吃一碗飯，甚是秀氣文雅。

剛吃過飯，水聲響動，又是兩艘小船搶過船旁。一艘小船船頭站著一名大漢，望著大船狠狠瞪了幾眼。溫青秀眉微豎，滿臉怒色。袁承志心感奇怪：「他爲甚麼見了小船生氣？」溫青似乎察覺到了，微微一笑，臉色登轉柔和，接過船夥泡上來的一杯茶，啜了一口，似嫌茶葉粗澀，皺了眉頭，把茶杯放在桌上。

到了傍晚，船在一個市鎭邊停泊了。袁承志想上岸遊覽，龍德鄰不肯遠離貨物，邀溫青時，他嘴唇一扁，神態輕蔑，說道：「這種荒野地方，有甚麼可玩的？」似是譏他沒見過世面。袁承志覺這少年驕氣迫人，卻也不以爲忤。他見江南山溫水軟，景色秀麗，與華山的雄奇險峻全然不同，一路上從不肯錯過了遊覽的機緣，便上岸四下閒逛，買了幾斤橘子回船，想請龍德鄰和溫青吃時，見兩人都已睡了，便也解衣就寢。

睡到中夜，睡夢中忽聽遠處隱隱有唿哨之聲，袁承志登時醒轉，想起師父所說江湖上的種種變故情狀，料知有事，悄悄在被中穿了衣服。

不久櫓聲急響，下游有船上來。只見溫青突然坐起，原來他並未脫衣，又見他從被窩中取出一柄精光耀眼的長劍，躍到船頭。袁承志一驚，揣測：「莫非他是水盜派來臥底的，要打劫這姓龍的商人？」師父離山之時，曾說世間方亂，道路不靖，身上帶劍惹眼，不免多生事端，因此他遵師父之囑，隨身只帶一柄匕首，那柄平日習練劍法的長劍留在華山，當下一摸身邊匕首，坐起身來。

只聽得對面小船搖近，船頭上一個粗暴的聲音喝道：「姓溫的，你講不講江湖義氣？」溫青叱道：「講又怎樣，不講又怎樣？」那人叫道：「我們辛辛苦苦從九江一路跟下來，你倒好，半路裏殺出來吃橫樑子！」

這時龍德鄰也已驚醒，探頭張望，見四艘小船上火把點得晃亮，船頭上站滿了人，個個手執兵刃，登時嚇得不住發抖。袁承志已聽出其間過節，安慰他道：「莫怕，沒你的事！」龍德鄰道：「他……他們不是來搶我貨物……貨物的強人麼？」

溫青喝道：「天下的財天下人發得，難道這金子是你的？」那人道：「快把二千兩金子拿出來，大家平分了。咱們雙方各得一千兩，就算便宜你。」溫青叫道：「呸，你想麼？」小船上兩名大漢怒道：「沙大哥，何必跟這橫蠻的東西多費口舌！他不要一千兩金子，那就一個子兒也不給他。」手執兵刃，向大船上縱來。

龍德鄰聽他們喝罵，本已全身發抖，這時見小船上兩人跳將過來，更是魂飛魄散，大聲道：「袁……袁相公，強人……強人來打劫……打劫啦。」袁承志將他拉到自己身後，低聲道：「別怕。」

只見溫青身子稍偏，左足飛起，撲通一聲，將左邊一人踢下江去，跟著右手長劍斬落。來人舉刀擋架，那知他長劍忽地斜轉，避過刀鋒，順勢削落，喀嚓一聲，那人連肩帶刀，都給削了下來，跌在船頭，暈了過去。溫青冷笑一聲，叫道：「沙老大，別讓這些膿包來現世啦。」對面那大漢哼了一聲，道：「去抬老李回來。」小船上兩人空手縱將過來，溫青只是冷笑，並不理會，讓兩人將右膀被削之人抬回，不久跌在江中那人也濕淋淋的爬上小船。

沙老大叫道：「我們游龍幫跟你棋仙派素來河水不犯井水。我們當家的衝著你五祖面子，不來跟你爲難，可別當我們是好惹的。」

袁承志聽他提到棋仙派，心中一凜：「那天到華山來的張春九，不是自稱棋仙派麼？這姓溫的跟他是一派，只怕也是個邪惡之徒。」

溫青道：「你別向我賣好，打不過，想軟求麼？」沙老大怒道：「你到底按不按江湖規矩辦事？」溫青冷笑道：「我愛怎麼就怎麼，偏有這許多廢話？」沙老大道：「咱們話說在先，我們游龍幫已盡到了禮數，跟你好說好話，只盼雙方不傷和氣。你五祖可不能再說我們以多欺少，以大欺小。」袁承志聽他口氣，似乎對溫青的一個甚麼五祖很是忌憚。溫青笑道：「憑你這點玩藝兒，就欺得了我麼？」

袁承志聽雙方越說越僵，知道定要動手，從兩邊言語中聽來，似是游龍幫想劫一批黃金，卻給溫青中間殺出來夾手奪了去，游龍幫不服氣，趕上來要分一半贓。溫青上船時身子如此沉重，想來包裹中就藏著這二千兩黃金了。心想兩邊都非正人，自己裝作不會武功，只袖手旁觀便是。

沙老大大聲呼喝，手握一柄潑風大環刀，躍上船來，十多名大漢跟著紛紛躍過，站在他身後。沙老大一抱拳，說道：「你棋仙派武功號稱獨步江南，今日姓沙的領教閣下高招！」溫青哼了一聲道：「是你一人和我打呢，還是你們大夥兒齊上？」沙老大怒道：「你也太瞧不起人啦！你船上還有甚麼朋友請他出來作個見證，別讓江湖上朋友說姓沙的不要臉。」他掉頭對住艙口，說道：「叫艙裏的朋友出來吧！」兩名大漢走進艙去，對袁承志和龍德鄰道：「我們大哥要你們出去。」

龍德鄰全身發抖，不敢作聲。袁承志道：「他們要打架，只不過叫咱們作個見證，沒甚麼要緊。出去吧。」拉著他手，走上船頭。

溫青似乎等得不耐煩了，不讓沙老大再交待甚麼場面話，冷笑道：「你定要出醜，可莫怪我手辣，進招。」唰唰兩劍，分刺對方左肩右膀。沙老大身材魁梧，身法卻頗靈動，潑風刀一招「鐵牛頂頸」，反轉刀背，向溫青砸來，這一招既避來劍，又攻敵人，可是手下留情，只以刀背砸打。

溫青叱道：「有甚麼本事，一古腦兒的都抖出來吧，我可不領你情。」口中說著，手上長劍連攻數招。

沙老大微一疏神，嗤的一聲，肩頭衣服給刺破了一片，肩頭也割傷了一道口子，他嘰哩咕嚕的罵了幾句，一柄潑風刀施展開來，狠砍狠殺，招招狠毒。溫青劍走輕靈，盤旋來去，長劍青光閃爍，已把對方全身裹住。

袁承志看兩人拆了數招，已知溫青武功遠在沙老大之上。沙老大刀沉力勁，看來倒也威猛，但刀法呆滯。溫青以巧降力，時刻稍長，沙老大額頭見汗，呼吸漸粗，身法已不如初戰時的矯捷。

刀光劍影中只聽得溫青一聲呼叱，沙老大腿上中劍。他臉色大變，縱出三步，右手一揚，三枚透骨釘打了過來。溫青揚劍打飛兩枚，另一枚側身避過。他打飛的兩枚透骨釘中，有一枚突向袁承志當胸飛去。

溫青驚呼一聲，心想這一次要錯傷旁人。那知袁承志伸出左手，只兩根手指，便將那枚透骨釘拈住了。沙老大帶來的大漢多人手執火把，將船頭照得明晃晃地，溫青瞧得清楚，不禁一怔：「這手功夫可俊得很哪！原來此人武功著實了得。」

沙老大見溫青注視袁承志，面露驚愕之色，乘他不備，又是三枚透骨釘射了過去。袁承志情不自禁，急叫：「溫兄，留神！」

溫青急忙轉頭，見三枚透骨釘距身已不過三尺，若非得他及時提醒，至多躲得過一枚，下面兩枚卻萬萬躲避不開，忙側頭讓過一枚，揮劍擊飛另外兩枚，轉身向袁承志點頭示謝，挺起長劍，向沙老大直刺過去。

沙老大一擊不中，早已有備，提起潑風刀一輪猛砍。溫青恨他歹毒，出手盡是殺著。拆了數招，沙老大右膀中劍，嗆啷啷一響，潑風刀跌落船板。溫青搶上一步，揮劍砍斷了他右腿。沙老大慘叫暈去，他手下衆人大驚，擁上相救。溫青掌劈劍刺，登時打死了七八人。袁承志看著不忍，說道：「溫大哥，饒了他們吧！」溫青毫不理會，繼續刺殺，又傷了兩人。餘人見他兇悍，紛紛跳江逃命。溫青順手揮劍，在沙老大胸口刺落，跟著抬腿把他屍身踢入江中。

袁承志心下不快，暗想你既已得勝，何必如此心狠手辣，轉頭看龍德鄰時，他早已嚇得全身癱軟，動彈不得。

跳入江中的游龍幫幫衆紛紛爬上小船，搖動船櫓，迅向下游逃去。

袁承志道：「他們要搶你財物，既沒搶去，也就罷了，何苦多傷性命？」

溫青白了他一眼，道：「你沒見他剛才的卑鄙惡毒麼？要是我落入他手裏，只怕還有更慘的呢。你別以爲幫了我一次，就可隨便教訓人，我才不理呢。」袁承志不語，心想這人不通情理。溫青拭乾劍上血跡，還劍入鞘，向袁承志一揖，甜甜一笑，說道：「袁大哥，適才幸得你出聲示警，叫我避開暗器，謝謝你啦。」

袁承志臉上一紅，還了一揖，登覺發窘，無言可答，只覺這美少年有禮時如斯文君子，兇惡時狠如狼虎，不知到底是甚麼性子。

溫青叫船夫出來，吩咐洗淨船頭血跡，立即開船。船夫見了剛才的狠鬥，那敢不遵，提水洗了船板，拔錨揚帆，連夜開船。

溫青又叫船夫取出龍德鄰的酒菜，喧賓奪主，自與袁承志在船頭賞月。他絕口不提剛才惡鬥，喝了幾杯酒，說道：「明月幾時有，把酒問青天。哼，青天只怕也管他不著呢。明月幾時愛出來，便出來，不愛出來便不出來。袁大哥，你說是不是？」

袁承志聽他忽然掉文，只得隨口嗯了一聲。他小時跟應松念了幾年書，自從跟穆人清學武後，雖然晚間偶然翻閱一下書籍，但不當它正經功課，文字上甚是有限。

溫青道：「袁兄，月白風高，如此良夜，咱們來聯句，好不好？」袁承志道：「聯句？甚麼叫聯句？我可不會。」溫青一笑不答，給袁承志斟了杯酒。忽見前面江上一葉小舟破浪而來，雖是逆水，但駛得甚快。溫青臉色一變，冷笑數聲，只管喝酒。

座船順風順水，衝向下游，轉眼間兩船駛近。溫青擲下酒杯，突然飛身躍起，雙腳在船篷上點了幾下，落在後稍，從船老大手裏搶過舵來，只一扳，座船船頭向左偏斜，對準了小船直撞過去。小船忙要避讓，又怎還來得及，只聽一聲巨響，兩船已然相撞。

袁承志叫得一聲：「啊喲！」見小船上躍起三人，先後落上大船船頭，身手均頗迅捷。這時小船一側，翻了過去，船底向天。袁承志老遠看出小船上原有五人，除這三人外，尚有兩人，一個掌舵，一個打槳。這兩人不及躍起，都落入水中，只叫得一聲「救命」便沉落江底。這一帶江流水急礁多，就算熟識水性，黑夜中跌入江心也不免凶多吉少。

袁承志暗罵溫靑歹毒，無端端的又去傷人，等兩人從水中冒上，當即伸手扯斷帆索，咬在口中，雙足在船舷上一撐，飛身落向江中，一手一個，抓住落水的兩人頭髮，借著牙齒咬住帆索之力，在江面打了半個圈子，提著兩人回到座船，這一下既使上了「混元功」內勁，又用了木桑所授的輕身功夫。只聽四人齊聲喝采。一是溫靑，他已從船梢躍回船頭，另外三個則是從小船跳上來的。

袁承志放下兩人，月光下看那三人時，見一個是五十多歲的枯瘦老者，留了疏疏的短鬚，一個是中年大漢，身材粗壯，另一個則是三十歲左右的婦人。

那老者陰惻惻一笑，說道：「這位老弟好俊身手，請教尊姓大名，尊師是那一位？」袁承志抱拳道：「晚生姓袁，因見這兩位落水，怕有危險，這才拉了起來，並非膽敢在前輩面前賣弄粗淺功夫，請勿見怪。」

那老者見他謙恭，頗出意料之外，只道他是怕了自己，冷笑一聲，對溫靑道：「怪不得你這娃兒越來越大膽啦，原來背後有這麼個硬幫手。他是你的相好麼？」

溫靑登時滿臉通紅，怒喝：「我尊稱你一聲長輩，你說話給我放尊重些！」

袁承志心想：「看這些人神氣，全非正人，我可莫捲入是非漩渦之中。」朗聲說道：「在下跟這位溫兄萍水相逢，談不上甚麼交情。我奉勸各位，有事好好商量，不必動刀動槍的傷了和氣。」那老者聽了袁承志口氣，知他不是溫青幫手，喜道：「袁朋友既跟這姓溫的沒瓜葛，那好極啦，等我們事了之後，我再和袁朋友詳談，咱們很可以交交。江湖上見者有份，我們自然守這規矩。」言下頗有結納之意，似乎說待會搶到黃金，也可分些給他。袁承志不便回答，作了一揖，退在溫青身後。

那老者對溫青道：「你小小年紀，做事這等心狠手辣。沙老大打不過你，你趕了他走，也就罷了，幹麼要傷他性命？」

溫青道：「我只一個人，你們這許多大漢子一擁而上，我不狠一些成麼？還說人家呢，也不怕旁人笑你們大欺小，多欺少。有本事哪，就該把人家的金子先給拾奪下來。等我撿了，再陰魂不散的追著來要，想吃現成麼？也不知道要不要臉呢？」他語音清脆，咭咭呱呱的一頓搶白，那老者給說得啞口無言。

那婦人突然雙眉豎起，罵道：「你這小娃兒，你溫家大人把你寵得越來越沒規矩啦。我要問問你爺爺去，是誰教你這般目無尊長？」溫青道：「尊長也要有尊長的樣兒，想擺擺空架子，來撿便宜，那可不成。」

那老者大怒，右手噗的一掌，擊在船頭桌上，桌面登時碎裂。溫青道：「榮老爺子的功夫如何，我早就知道，左右也不過這點玩藝兒，又何必在小輩面前賣弄？你要顯功夫，去顯給我爺爺們看。」那老者道：「你別抬出你那幾個爺爺來壓人。你爺爺便怎樣？他們眞有本事，也不會讓女兒給人蹧蹋，也不會有你這小雜種來現世啦！」溫青慘然變色，伸手握住了劍柄，一隻白玉般雪白的手不住抖動，顯是氣惱已極。那大漢和婦人卻大笑起來。

袁承志見溫青臉頰上流下兩道淸淚，心中老大不忍，暗道：「他行事比我老練得多，怎麼給人一激就哭了起來？這老頭兒跟人吵嘴，怎地又去罵人家的父母？年紀一大把，卻不分說道理，亂七八糟的，儘說些難聽話來損人。」他本來決意兩不相助，然見溫青受人欺侮，動了鋤強扶弱之念。

那老者陰森森的道：「哭有甚麼用？快把金子拿出來。我們自己也不貪，金子要拿去給沙老大的寡婦。再說，這位袁朋友也該分上一份。」袁承志忙搖手道：「我不要！」溫青氣得身子發顫，哭道：「我偏偏不給。」

那大漢哼了一聲，見大船雖已收帆，但仍順水下流，舉起船頭的大鐵錨，在空中舞了個圈，向岸上擲去。那鐵錨連上鐵鍊，當有一百來斤，他擲得這麼遠，力氣確然不小。鐵錨一在岸上鉤住，大船登時停了。那大漢叫道：「你到底拿不拿出來？」

溫青舉起左袖，拭乾了淚水，說道：「好，我拿給你們。」奔進船艙，過了一會，雙手捧著一個包裹出來，看模樣甚是沉重。那大漢正要伸手去接，溫青喝道：「呸，有這麼容易！」手上使勁，那包裹直飛出去，撲通一聲大響，落入江心，叫道：「你們有種就把我殺了，要想得金子嗎？別妄想啦！」那大漢氣得哇哇大叫，拔刀向他砍來。

溫青一擲出包裹，便拔劍在手，唰唰兩劍，還刺大漢。那老者叫道：「住手！」大漢迴架來劍，躍開兩步。

那老者向溫青側目斜視，冷笑道：「果然龍生龍，鳳生鳳，烏龜原是王八種。有這樣的老子，就生這樣的小畜生。今日再讓你這小輩在老夫面前放肆，我就不姓榮啦。」也不見他身子晃動，突然拔起身來，落在溫青面前。溫青挺劍刺去，那老者空手進招，運掌成風，掌勢凌厲。溫青雖有長劍在手，卻給逼得連連倒退。拆得十多招，溫青右腕忽給他手指點中，長劍噹啷落地。那老者腳尖一挑，把劍踢將起來，左手握住劍柄，右手搭定劍身，劍尖對住溫青的臉，向他走去。

老者喝道：「今日不在你身上留個記號，只怕你日後忘了老夫的厲害！」手持長劍，向他臉上劃去。溫青驚呼閃避，老者步步進逼，毫不放鬆，左手遞出，劍尖青光閃爍，眼見便要劃到溫青臉上。

袁承志見那老者出手狠辣，心想：「再不出手，他臉上非受重傷不可。」喝道：「前輩請住手，不可傷人！」那老者挺劍而前，全不理會。袁承志從囊中掏出一枚銅錢，向老者手中劍上投去。噹的一聲，老者只感手上劇震，一枚暗器打上劍刃，撞擊之下，虎口覺痛，長劍竟自脫手。溫青本已嚇得面色大變，這時喜極而呼，縱到袁承志身後，拉著他手臂，似乎求他保護。

那老者姓榮名彩，是游龍幫的幫主，在浙南一帶，除了棋仙派五祖、呂七先生等寥寥數人，武功數他爲最高。他十指練就大力鷹爪功，比尋常刀劍還更厲害。那知竟讓對方一枚小小暗器將手中兵刃打落，眞是生平未遇之奇恥大辱，登時面紅過耳，卻又不禁暗暗心驚：「這小夥子的手勁怎地如此了得？」

那大漢和婦人也已看出袁承志武功甚強，心想反正金子已給丟入江中，今日有這硬手在這裏，無論如何佔不到便宜了，不如交待幾句場面話，就此退走。那婦人叫道：「老爺子，咱們走吧，衝著這位袁朋友，今日就饒了這娃兒。走得了和尚走不了廟。咱們明兒到衢州靜岩去找棋仙派算帳就是。」溫靑叫道：「見人家本領好，就想走啦，你們游龍幫就會欺軟怕硬，羞也不羞？」袁承志眉頭微皺，心想這人剛脫大難，隨即如此尖酸刻薄，不給人留絲毫餘地。那婦人給他說得神情狼狽，滿臉怒容。

榮彩也感難以下台，強笑道：「這位老弟功夫眞俊，今日相逢，也是有緣，咱倆來玩一趟拳腳如何？」他在大力鷹爪手上下過二十餘年苦功，頗具自信，心想你這小子暗器功夫雖好，在拳腳上卻決不能勝得過我。

袁承志尋思：「只要跟這老者一動手，就算是助定了溫靑。這棋仙派的少年心胸狹隘，刁鑽狡猾，爲了一些金子便胡亂殺人，決不能是益友。何必爲他而無謂跟人結怨。」便拱手說道：「晚輩初涉江湖，一點兒微末小技，如何敢在老前輩面前獻醜？」榮彩微微一笑，心想：「這少年倒很會做人。」他乘此收篷，說道：「袁朋友太客氣了！」狠狠瞪了溫青一眼，說道：「終有一天，教你這娃兒知道老夫厲害。」轉頭對那大漢與婦人道：「咱們走吧。」

溫青道：「你有多大厲害，我早就知道啦。見到人家功夫好，就不敢動手，巴不得想早早扯呼，趕回家去，先服幾包定驚散，再把頭鑽在被窩裏發抖。」他嘴上絲毫不肯讓人，立意要挑撥他與袁承志過招。他看出袁承志武功高強，榮彩不是敵手。這一來不但榮彩尷尬萬分，連袁承志也自不快。

榮彩怒道：「這位袁朋友年紀雖輕，可是很講交情，來來來，咱們來玩一手，別讓無知小輩說我沒膽子。」袁承志道：「老前輩何必和他一般見識，他是說玩話呢。」榮彩哈哈一笑，說道：「你放心，我決不和你當眞。」

溫青冷冷的道：「還說不怕呢，沒動手，先套交情，趕快還是別過招的好。我活了這麼大，還沒見過這樣，哼，哼，這樣甚麼？我可說不上來啦。榮老爺子，你既怕得狠了，何不請這位袁相公回去，請他來當游龍幫的幫主呢？」

榮彩臉一板，正待發作，忽見岸上火光閃動，數十人手執兵刃火把奔來。有人叫道：「榮老爺子，那小子抓到了吧？咱們把這小子剮了，給沙老大報仇！」

溫青見對方大隊擁到，雖然膽大妄為，心中也不禁惴惴。

榮彩叫道：「劉家兄弟，你們兩人過來！」岸上兩人應聲走到岸邊，見大船離岸甚遠，撲通兩聲跳入江內，迅速游到船邊，水性極是了得，單手在船舷上一搭，撲地跳了上來。榮彩道：「那包貨色給這小子丟到江心去啦，你哥兒倆去撿起來！」說著向江心一指。劉氏兄弟躍落江中，潛入水內。

溫青一扯袁承志的袖子，在他耳邊低聲說道：「快救救我吧，他們要殺我呢！」

袁承志回過頭來，月光下見他容色愁苦，一副楚楚可憐的神氣，便點了點頭。溫青拉住他的手道：「他們人多勢衆。你想法子斬斷鐵鍊，咱們開船逃走。」袁承志還未答應，只覺溫青的手又軟又膩，柔若無骨，甚感詫異：「這人的手掌像棉花一樣，當眞希奇。」

這時榮彩已留意到兩人在竊竊私議，回頭望來。溫青把袁承志的手捏了一把，突然猛力舉起船頭桌子，向榮彩等三人推去。

那大漢與婦人正全神望著劉氏兄弟潛水取金，出其不意，背上為桌子撞到，驚叫一聲，一齊掉下水去。榮彩縱身躍起，伸掌抓出，五指嵌入桌面，用力一拉一掀，格格兩聲，溫青握著的桌腳已然折斷。榮彩知那大漢與婦人不會水性，這時江流正急，劉氏兄弟相距甚遠，不及過來救援，忙把桌子拋入江中，讓二人攀住了不致沉下，隨即雙掌呼呼兩招，向溫青劈面打來。

溫青提了兩條桌腿，護住面門，急叫：「快！你。」袁承志提起鐵鍊，「混元功」內勁到處，一提一拉，大鐵錨呼的一聲，離岸向船頭飛來。榮彩和溫青大驚，忙向兩側躍開，回頭看袁承志時，但見他手中托住鐵錨，緩緩放落船頭。鐵錨一起，大船登時向下游流去，與岸上衆人慢慢遠離。榮彩見他如此功力，料知若再逗留，決計討不了好，雙足力頓，提氣向岸上躍去。

袁承志看他身法，知他躍不上岸，提起一塊船板，向江邊擲去。榮彩下落時見足底茫茫一片水光，正自驚惶，突見船板飛到，恰好落在腳下水面之上，大喜過望，左腳在船板上一借力，躍上了岸，暗暗感激他好意，又不禁佩服他的功力，自己人先躍出，他飛擲船板，居然能及時趕到。

溫青哼了一聲，道：「不分青紅皂白，便是愛做濫好人！到底你是幫我呢，還是幫這臭老頭兒？讓他在水裏浸一下，喝幾口江水不好嗎？又不會淹死人。」

袁承志知這人古怪，不願再理，心想這種人以少惹爲妙，自己救了他性命，他非但毫不感恩，反如此無禮數說，當下也不接口，回到艙裏睡了。

次日下午船到衢州，袁承志謝了龍德鄰，取出五錢銀子給船老大。龍德鄰定要代付，袁承志推辭不得，只得又作揖相謝。

溫青對龍德鄰道：「我知你不肯替我給船錢，哼，你就是要給，我也不要你的。」從包裹中取出一隻十兩重的銀元寶，擲給船老大，道：「給你。」船老大見這麼大一隻元寶，嚇得呆了，說道：「我找不出。」溫青道：「誰要你找？都給你。」船老大不敢相信，說道：「不用這許多。」溫青罵道：「囉唆甚麼？我愛給這許多，就給這許多，你招得我惱起上來，把你船底上打幾個窟窿，教你這條船沉了！」船老大昨晚見他連殺數人，兇狠異常，不敢多說，連謝也不敢謝，忙收起元寶。

溫青在桌上打開包裹，一陣金光耀眼，包裹中累累皆是黃金，十兩一條的金條總有二百來條，他右掌在金條堆中切了下去，從中平分爲兩份，將一份包入包裹，負在背上，雙手把另一堆金條推到袁承志面前，說道：「給你！」袁承志不解，問道：「甚麼？」溫青笑道：「你當我眞的把金子拋到了江裏嗎？讓他們去江底瞎摸，摸來摸去只是衣服包著的一塊壓艙石。」說著格格大笑，笑得前仰後合，伏在桌子上身子發顫。

袁承志也不禁佩服他的機智，心想這人年紀比自己還輕著一兩歲，連榮彩這樣的老手也給他瞞過，說道：「我不要，你都拿去，我幫你並非爲了金子。」溫青道：「這是我送給你的，又不是你自己拿的，何必裝僞君子？」袁承志不住搖頭。

龍德鄰雖是富商，但黃澄澄一大堆金子放在桌上，一個定然不要，一個硬要對方拿去，這樣的事情固然聞所未聞，此刻親眼目睹，兀自不信，只道袁承志嫌少。

溫青怒道：「不管你要不要，我總是給了你。」突然躍起，縱上岸去。

袁承志出其不意，一呆之下，忙飛身追出，兩個起落，已搶在他面前，雙手一攔，說道：「別走，你把金子帶去！」溫青衝向右，他攔在右面，溫青衝向左，又給他搶先擋住。溫青幾次闖不過，發了脾氣，舉掌向他劈面打去。袁承志舉左掌輕輕一架，溫青已自抵受不住，向後連退三步，這才站住。他知道無法衝過，忽然往地下一坐，雙手掩面，放聲大哭。袁承志大奇，連問：「我震痛了你嗎？」溫青哼了一聲：「你才痛呢！」一笑躍起。袁承志不敢再追，目送他背影在江邊隱去。

眼見他一身武功，殺人不眨眼，明明是個江湖豪客，那知又哭又笑，竟如此刁鑽古怪，不由得搖搖頭回到船內，把金條包好提起，與龍德鄰拱手作別。

他在衢州城內大街上找了家客店住下，心想：「這一千兩黃金來路不正，我決不能收。我不過見他可憐，才出手相助，豈能收他酬謝？那老頭兒說他們棋仙派在衢州靜岩，我何不找到他家裏去？他如再撒賴，我放下金子便走。」

翌日問明了靜岩的途徑，負了金子，邁開大步走去。靜岩離衢州二十多里，他腳步迅速，不消半個時辰就到了。靜岩是個小鎮，附近便是爛柯山。相傳晉時樵夫王質入山採樵，觀看兩位仙人對弈，等到一局既終，回過頭來，自己的斧頭柄已經爛了，回到家來，人事全非，原來入山一去已經數十年。爛柯山上兩峯之間有一條巨大的石樑相連，鬼斧神工，非人力所能搬上，當地故老相傳是神仙以法力移來，靜岩鎮附近另有一小鎮，名爲石樑，即以此命名。棋仙派之名，也當是從仙人對弈而起。

袁承志來到鎮上，迎面遇見一個農婦，問道：「大嫂，請問這裏姓溫的住在那裏？」那農婦吃了一驚，說道：「不知道！」臉上一副嫌惡的神氣，掉頭便走。

袁承志走到一家店鋪，向掌櫃的請問。那掌櫃淡淡的道：「老兄找溫家有甚麼事？」袁承志道：「我要去交還一些東西。」那掌櫃冷笑道：「那麼你是溫家的朋友了，又來問我幹甚麼？」袁承志討了個沒趣，心想這裏的人怎地如此無禮，見街邊兩個小童在玩耍，摸出十個銅錢，塞在一個小童的手裏，說道：「小兄弟，你帶我到溫家去。」那小童本已接過了錢，聽了他的話，把錢還他，氣忿忿的道：「溫家？那邊大屋子就是，這鬼地方我可不去。」袁承志這才明白，原來姓溫的在這裏搞得天怒人怨，沒人肯跟他家打交道，倒不是此地居民無禮。

他依著小童的指點，向那座大屋子走去，遠遠只聽得人聲嘈雜。走到近處，見數百名農人拿了鋤頭鐵耙，圍在屋前，大叫大嚷：「你們把人打得重傷，眼見性命難保，就此罷了不成？姓溫的，快出來抵命！」人羣中有七八個婦人，披散了頭髮坐在地上哭嚷。袁承志走將過去，問一個農夫道：「大哥，你們在這裏幹麼？」那農夫道：「啊，你是過路的相公。這裏姓溫的強兇霸道，昨天下鄉收租，程家老漢求他寬限幾天，他一下就把人推得撞向牆上，受了重傷。程老漢的兒子姪兒和他拚命，都給他打得全身是傷，只怕三個人都難活命。你說這樣的財主狠不狠？相公你倒評評這個理看。」

正說之間，衆農夫吵得更厲害了，有人舉起鐵耙往門上猛砸，更有人把石頭丟進牆去。忽然大門呀的一聲開了，一個瘦子倏地衝出，衆人還沒看清楚，已有七八名農人給他飛擲出來，跌出兩三丈外，撞得頭破血流。

袁承志心想：「這人好快身手！」定睛看時，見那人身材瘦長，黃澄澄一張面皮，雙眉斜飛，神色剽悍。那人喝道：「你們這批豬狗不如的東西，膽敢到這裏來撒野！活得不耐煩了！」衆人未及回答，那人搶上幾步，又抓住數人亂擲出去。

袁承志見他擲人如擲稻草，毫不用力，心想不知此人與溫青是甚麼干係，倘若前晚他與溫青在一起，那麼他抵敵榮彩等人綽綽有餘，用不到自己出手了。

人羣中三名農夫搶了出來，大聲道：「你們打傷了人，就這樣算了嗎？我們雖窮，可是窮人也是命哪！」那瘦子嚇嚇幾聲冷笑，說道：「不打死幾個，你們還不知道好歹。」身形一晃，已抓住一個中年農夫後心，隨手甩出，把他向東邊牆角摜去。就在這時，兩個青年農夫一齊舉起鋤頭向他當頭扒下。那瘦子左手橫擋，兩柄鋤頭向天飛出，隨即抓住兩人，向門口旗桿石上擲去。

袁承志見這人欺侮鄉民，本甚惱怒，但見他武功了得，若是糾纏上了，麻煩甚多，只想等他們事情一了，便求見溫青，交還黃金之後立即動身，那知這瘦子竟然驟下殺手。眼見這三人分別撞向牆角和堅石，不死也必重傷，不由得激動了俠義心腸，飛身而前，左手抓住中年農夫右腿，將人丟在地下，跟著一招「岳王神箭」，身子當眞如箭離弦，急射而出，搶過去抓住兩個青年農夫背心，這才挺腰站直，將兩人輕輕放落。這招「岳王神箭」是木桑道人所傳的輕功絕技，身法之快，任何各派武功均所不及，他本不想輕易顯露，但事急救人，不得不用，心知這一來定招那瘦子之恨，好在溫家地點已知，不如待晚上再來偷偷交還，一放下農夫，轉身便走，更不向瘦子多瞧一眼。

三個農夫死裏逃生，呆在當場，做聲不得。

那瘦子見他如此武功，驚訝異常，見他轉身而去，忙飛身追上，伸手向他肩頭拍去，說道：「朋友，慢走！」這一拍使的是大力千斤重手法。袁承志並不閃避，肩頭微微向下一沉，便將他的重手法化解了，卻也不運勁反擊，似乎毫不知情。那瘦子更是吃驚，說道：「閣下是這批傢伙請來，跟我們爲難的麼？」

袁承志拱手道：「實在對不起，兄弟只怕鬧出人命，大家麻煩，是以冒昧扶了他們一把。這可得罪了。老兄如此本領，何必跟這些鄉下人一般見識？」

那瘦子聽他出言謙遜，登時敵意消了大半，問道：「閣下尊姓？到敝處來有何貴幹？」袁承志道：「在下姓袁，有一位姓溫的少年朋友，不知是住在這裏的麼？」那瘦子道：「我也姓溫，不知閣下找的是誰？」袁承志道：「在下要找溫青溫相公。」

衆農民見袁承志和那瘦子攀起交情來，不敢再行逗留，紛紛散去，走遠之後，便又大罵，行得越遠，罵得越響。鄉音佶屈，袁承志也不懂他們罵些甚麼。

那瘦子也不理會，向袁承志道：「請到舍下奉茶。」

袁承志隨他入內，只見裏面是一座二開間的大廳，當中一塊大匾，寫著三個大字：「八德堂」。廳上中堂條幅，雲板花瓶，陳設考究，一派豪紳大宅的氣派。

那瘦子請袁承志在上首坐了，僕人獻上茶來。那瘦子不住請問袁承志的師承出身，言語雖然客氣，但袁承志隱隱覺得他頗含敵意，當下說道：「請溫青相公出來一見，兄弟要交還他一件東西。」

那瘦子道：「溫青就是舍弟，兄弟名叫溫正。舍弟現下出外去了，不久便歸，請老兄稍待。」袁承志本來不願與這等行爲兇暴、魚肉鄉鄰的人家多打交道，但溫青既然不在，只得等候。可是跟溫正實在沒甚麼話可說，兩人默然相對，均感無聊。

等到中午，溫青仍然沒回，袁承志又不願把大批黃金交與別人。溫正命僕人開出飯來，火腿臘肉，肥鷄鮮魚，菜肴豐盛。兩人隨意吃了。

等到下午日頭偏西，袁承志實在不耐煩了，心想反正這是溫青家裏，把金子留下算了，將黃金包裹往桌上一放，說道：「這是令弟之物，就煩仁兄轉交。兄弟告辭了。」

正在此時，忽然門外傳來笑語之聲，都是女子聲音，其中卻夾著溫青的笑聲。溫正道：「舍弟回來啦。」搶了出去。袁承志要跟出去，溫正道：「袁兄請在此稍待。」袁承志只得停步。可是溫青卻不進來。溫正回廳說道：「舍弟要去換衣，一會就出來。」袁承志心想：「溫青這人實在囉裏囉唆。見個客人又要換甚麼衣服？」

又等良久，溫青才從內堂出來，只見他改穿了紫色長衫，加繫了條鵝黃色絲絛，頭巾上鑲著一顆明珠，滿臉堆歡，說道：「袁兄大駕光臨，幸何如之。」袁承志道：「溫兄忘記了這包東西，特來送還。」溫青慍道：「你瞧我不起，是不是？」袁承志道：「兄弟絕無此意，只是不敢拜領厚賜。就此告辭。」站起來向溫正、溫青各自一揖。

溫青一把拉住他衣袖，說道：「不許你走。」袁承志不禁愕然。溫正也臉上變色。

溫青笑道：「我正有一件要緊事須得請問袁大哥，你今日就在舍下歇吧。」袁承志道：「兄弟在衢州城裏有事要辦，下次若有機緣，當再前來叨擾。」溫青只是不允。溫正道：「袁大哥既然有事，咱們就別耽擱他。」溫青道：「好，你一定要走，那你把這包東西帶走。你說甚麼也不肯在我家住，哼，我知道你瞧我不起。」袁承志微感遲疑，見他留客意誠，便道：「既是溫兄厚意，兄弟就不客氣了。」

溫青大喜，忙叫廚房準備點心。溫正滿臉的不樂意，然而卻不離開，一直陪著，有一句沒一句的閒聊。溫青儘與袁承志談論書本上的事。袁承志對詩詞全不在行，史事兵法卻是從小研讀的。溫青探明了他的性之所近，便談起甚麼淝水之戰、官渡交兵之類史事來。袁承志暗暗欽佩，心想：「這人脾氣古怪，書倒是讀過不少，可不似我這假書生那麼草包。」溫正於文事卻一竅不通，卻又不肯走開。袁承志不好意思了，和他談了幾句武功。溫正正要接口，溫青卻又插嘴把話題帶了開去。

袁承志見這兩兄弟之間的情形很有點奇怪，溫正雖是兄長，對這弟弟卻顯然頗爲敬畏，不敢絲毫得罪，言談之間常受他無禮搶白，反而陪笑，言語中總是討好於他。如溫青對他辭意略爲和善，他就眉開眼笑，高興非凡。

到得晚間，開上酒席，更是豐盛。用過酒飯，袁承志道：「小弟日間累了，想早些休息了。」溫青道：「小弟僻處鄉間，難得袁兄光臨，正想剪燭夜話，多所請益。袁兄既然倦了，那麼明日再談吧。」

溫正道：「袁兄今晚到我房裏睡吧。」溫青道：「你這房怎留得客人？自然到我房裏睡。」溫正臉色一沉，道：「甚麼？」溫青道：「有甚麼不好？我去跟媽睡。」溫正大爲不悅，也不道別，逕自入內。溫青道：「哼，沒規矩，也不怕人笑話。」

袁承志見他兄弟爲自己鬥氣，很是不安，說道：「我在荒山野嶺中住慣了的，溫兄不必費心。」溫青微微一笑，說道：「好吧，我不費心就是。」拿起燭台，引他進內。

穿過兩個天井，直到第三進，從東邊上樓。溫青推開房門，袁承志眼前一耀，先聞到一陣幽幽的香氣，只見房中點了一支大紅燭，照得滿室生春，床上珠羅紗帳子，白色緞被上繡著一隻黃色鳳凰，滿室錦繡，壁上掛著一幅工筆仕女圖。床前桌上放著一張花端硯，幾件碧玉玩物，筆筒中插了大大小小六七枝筆，西首一張几上供著一盆蘭花，架子上停著一隻白鸚鵡。袁承志來自深山，幾時見過這般富貴氣象，不覺呆了。溫青笑道：「這是兄弟的臥室，袁兄將就歇一晚吧。」不等他回答，便已掀帷出門。

袁承志室內四下察看，見無異狀，正要解衣就寢，忽聽有人輕輕敲門。袁承志問道：「那一位？」進來一個十五六歲的丫鬟，手托朱漆木盤，說道：「袁少爺，請用點心。」把盤子放在桌上，盤中是一碗白色膠質物事。

袁承志雖是督師之子，但自幼窮鄉陋居，從來沒見過燕窩，不識得是甚麼東西。

那丫鬟笑道：「我叫小菊，是少爺……少爺，嘻嘻，吩咐我來服侍袁少爺的。袁少爺有甚麼事，差我做好啦。」袁承志道：「沒……沒甚麼事了。」小菊慢慢退出，忽然回頭咭咭一笑，說道：「這燕窩是我家少爺特地燉給袁少爺吃的。」袁承志愕然不知所對。小菊一笑出門，輕輕把門帶上了。

袁承志將燕窩三口喝完，只覺甜甜滑滑，香香膩膩，也說不上好吃不好吃，解衣上床，抖開被頭，濃香更冽，中人欲醉，那床又軟又暖，生平從未睡過，迷迷糊糊間便睡著了。

月色溶溶，花香幽幽，但覺簫聲纏綿，不禁有如身在仙境，非復人間。

第五回　山幽花寂寂　水秀草青青

睡到中夜，窗外忽然有個清脆的聲音噗哧一笑，袁承志在這等地方原不敢沉睡，立即驚醒，只聽有人在窗格子上輕彈兩下，笑道：「月白風清，這麼好的夜晚。袁兄雅人，不怕辜負了大好時光嗎？」

袁承志聽得是溫青的聲音，從帳中望出去，果見床前如水銀鋪地，一片月光。窗外一人頭下腳上，「倒掛珠簾」，似在向房內窺探。袁承志道：「好，我穿衣就來。」心想這人行事在在令人捉摸不透，倒要看他深更半夜之中，又有甚麼希奇古怪的花樣。穿好衣服，暗把匕首藏在懷裏，推開窗戶，花香撲面，窗外是座花園。

溫青腳下使勁，人已翻起，落下地來，悄聲道：「跟我來。」提起放在地下的一隻竹籃。袁承志不知他搗甚麼鬼，跟著他越牆出外。

兩人緩步向後山上行去。那山只是個小丘，身周樹木蔥翠，四下裏輕煙薄霧，出沒於枝葉之間。良夜寂寂，兩人足踏軟草，連腳步也悄無聲息。將到山頂，轉了兩個彎，清風悄生，四周全是花香。月色如霜，放眼望去，滿坡盡是紅色、白色、黃色的玫瑰。

袁承志讚道：「眞是神仙般的好地方。」溫青道：「這些花是我親手種的，除了媽媽和小菊之外，誰也不許來。」他提了籃子，緩緩而行。袁承志在後跟隨，只覺心曠神怡，原來提防戒備之意，一時在花香月光中暗自消滅。

又走了一段路，來到一個小小亭子，溫青要承志坐在石凳上，打開籃子，取出一把小酒壺，兩隻酒杯，斟滿了酒，說道：「這裏不能吃葷。」承志挾起酒菜，果然都是些香菇、木耳之類的素菜。

溫青從籃裏抽出一枝洞簫，說道：「我吹首曲子給你聽。」承志點點頭，溫青輕輕吹了起來。承志不懂音律，但覺簫聲纏綿，如怨如慕，一顆心似乎也隨著婉轉簫聲飛揚，飄飄盪盪地，如在仙境，非復人間。

溫青吹完一曲，笑道：「你愛甚麼曲子？我吹給你聽。」承志嘆道：「我甚麼曲子都不知。你懂得眞多，怎地這等聰明？」溫青下頸一揚，笑道：「是麼？」

他拿起洞簫，又奏一曲，這次曲調更是柔媚，月色溶溶，花香幽幽，承志一生長於兵戈拳劍之間，從未領略過這般風雅韻事，不禁有如習練木桑所授的輕功時飄身在半空之中。溫青擱下洞簫，低聲道：「你覺得好聽麼？」承志道：「世界上竟有這般好聽的簫聲，以前我做夢也沒想到過。這曲子叫甚麼名字？」溫青臉上突然一紅，低聲道：「不跟你說。」過了一會，才道：「這曲子叫『眼兒媚』。」眼波流動，微微淺笑。

這時兩人坐得甚近，袁承志鼻中所聞，除了玫瑰清香，更有淡淡的脂粉之氣，心想這人實在太沒丈夫氣概，他相貌本就已太過俊俏，再這般塗脂抹粉，成甚麼樣子？幸虧自己不是口齒輕薄之人，否則豈不恥笑於他？又想：江南習氣奢華，莫非他富家紈絝子弟，盡皆如此，倒是我山野村夫，少見多怪了。

正自思忖，聽得溫青問道：「你愛不愛聽我吹簫？」袁承志點點頭。溫青又把簫放到唇邊，吹了起來，漸漸的韻轉淒苦。袁承志聽得出神，突然簫聲驟歇，溫青雙手內拗，啪的一聲，把一枝竹簫折成兩截。

袁承志一驚，問道：「怎麼？你……你不是吹得好好的麼？」溫青低下了頭，悄聲道：「我從來不吹給誰聽。他們就知道動刀動劍，也不愛聽這個。」袁承志急道：「我沒騙你，我眞的愛聽呀，眞的。」溫青道：「你明天要去啦，去了之後，你永遠不會再來，我還吹甚麼簫？」頓了一下，又道：「我脾氣不好，我自己知道，可是我就管不了自己……我知道你討厭我，心裏很瞧不起我。」袁承志一時不知說甚麼話好。溫青又道：「因此上你永遠不會再來了。我……我再也見你不著了。」

聽他言中之意，念及今後不復相見，竟是說不出的惆悵難過，袁承志不禁感動，說道：「你一定瞧得出，我甚麼也不懂。我初入江湖，沒學會說謊。你說我心裏瞧不起你，覺得你討厭，老實說，那本來不錯，我起初見你動不動殺人，很不以爲然。不過現下有些不同了。」溫青低聲道：「是麼？」袁承志道：「我見你本性還是挺良善的，多半受了人欺壓，心中委屈，出不了氣，這才脾氣有點怪，那是甚麼事？能說給我聽麼？或許我能幫你。」

溫青沉吟道：「我跟你說。就怕你會更加瞧我不起。」袁承志道：「一定不會。」溫青咬一咬牙道：「好吧，我說。我媽媽做姑娘的時候，受了人欺侮，生下我來。我五位爺爺打不過這人，後來約了許許多多好手，才把那人打跑，因此我是沒爸爸的人，我是個私生……」說到這裏，語音嗚咽，流下淚來。

袁承志道：「這可怪不得你，也怪不得你媽媽，是那壞人不好。」溫青道：「他……他……是我的爸爸啊。人家……人家背地裏都罵我，罵我媽。」

袁承志道：「有誰這麼卑鄙無聊，我幫你打他。現下我明白了原因，便不討厭你了。你如眞當我是朋友，我一定再來看你。」溫青大喜，跳了起來。

袁承志見他喜動顏色，笑道：「我來看你，你很歡喜嗎？」溫青拉住他雙手輕輕搖晃，道：「喂，你說過的，一定要來。」袁承志道：「我決不騙你。」

忽然背後有聲微響，袁承志站起轉身，只聽一人冷冷道：「半夜三更的，在這裏偷偷摸摸的幹麼？」那人正是溫正。只見他滿臉怒氣，雙手叉腰，大有問罪之意。

溫青本來吃了一驚，見到是他，怒道：「你來幹甚麼？」溫正道：「問你自己呀。」溫青道：「我和袁兄在這裏賞月，誰請你來了？這裏除了我媽媽之外，誰也不許來。三爺爺說過的，你敢不聽話？」溫正向袁承志一指道：「怎麼他又來了？」溫青道：「我請他來的，你管不著！」

袁承志見他兄弟為自己傷了和氣，很是不安，說道：「咱們賞月已經盡興，大家回去安息吧。」溫青道：「我偏不去，你坐著。」袁承志只得又坐了下來。

溫正呆在當地，悶悶不語，向袁承志側目斜睨，眼光中滿是憎惡之意。

溫青怒道：「這些花是我親手栽的，我不許你看。」溫正道：「我看都看過了，你挖出我的眼珠子麼？我還要聞一下。」說著用鼻子嗅了幾下。溫青怒火大熾，忽地跳起身來，雙手一陣亂拔，拔起了二十幾叢玫瑰，隨拔隨拋，哭道：「你欺侮我！你欺侮我！拔掉了玫瑰，誰也看不成，這樣你才高興了吧？」

溫正臉色鐵青，恨恨而去，走了幾步，回頭說道：「我對你一番心意，你卻如此待我，你自己想想，有沒良心。這姓袁的廣東蠻子黑不溜秋的，你……你偏生……」溫青哭道：「誰要你對我好了？你瞧著我不順眼，你要爺爺們把我娘兒倆趕出去好啦。我和袁兄在這裏，你去跟爺爺們說好了。你自己又生得挺俊嗎？好白白淨淨麼？」溫正嘆了口長氣，垂頭喪氣的走了。

溫青回到亭中坐下。過了半晌，袁承志道：「你怎麼對你哥哥這樣子？」

溫青道：「他又不是我眞的哥哥。我媽媽才姓溫，這兒是我外公家。他是我媽媽堂兄的兒子，是我表哥。要是我有爸爸，有自己的家，也用不著住在別人家裏，受別人的氣了。」說著又垂下淚來。

袁承志道：「我瞧他對你倒是挺好的，反而你呀，對他很兇。」溫青忽然笑了出來，道：「我如不對他兇，他更要無法無天呢。」

袁承志見他又哭又笑，一副天眞爛漫的樣子，又想到自己的身世，不禁頓興同病相憐之感，說道：「我爸爸給人害死了，那時我還只七歲，我媽媽也是那年死的。」溫青道：「你報了仇沒有？」袁承志嘆道：「說來慚愧，我眞不孝……」溫青道：「你報仇時我一定幫你，不管這仇人多厲害，我也必幫你。」袁承志好生感激，握住了他手。

溫青的手微微一縮，隨即給他揑著不動，說道：「你本事比我強得多，但我瞧你對江湖上的事很生，我將來可以幫你出些主意。」袁承志道：「你眞好。我沒一個年紀差不多的朋友，現今遇到了你……」溫青低頭道：「就是我脾氣不好，總有一天會得罪你。」袁承志道：「我既當你是朋友，知道你心地好，就算得罪了我，也不會介意。」

溫青大喜，嘆了一口氣道：「我就是這件事不放心。你說過了的，可要算數。你須得眞不介意才好。」

袁承志見他神態大變，溫柔斯文，與先前狠辣的神情大不相同，說道：「我有一句話，不知溫兄肯不肯聽？」溫青道：「這世上我就聽三個人的話，第一個是媽媽，第二個是我親外公三爺爺，第三個就是你了。」

袁承志心中一震，說道：「承你這麼瞧得起我，其實，別人的話只要說得對，咱們都該聽。」溫青道：「哼，我才不聽呢。誰待我好，我……我心裏也喜歡他，那麼不管他說得對不對，我都聽他的。要是我討厭的人哪，他說得再對，我偏偏不照他的話做。」

袁承志笑道：「眞是孩子脾氣，你幾歲了？」溫青道：「我十八歲，你呢？」袁承志道：「我大你兩歲。」溫青低下了頭，忽然臉上一紅，悄聲道：「我沒親哥哥，咱們結拜爲兄弟，好不好？」

袁承志自幼便遭身世大變，自然而然的諸事謹細，對溫青的身世實在毫不知情，然見到他盜金殺人，行止甚邪，又是棋仙派的人。他對自己雖推心置腹，但提到結拜，那是終身禍福與共的大事，不由得遲疑。

溫青見他沉吟不答，驀地裏站起身來，奔出亭子。袁承志吃了一驚，連忙隨後追去，只見他向山頂直奔，心想這人性情激烈，別因自己不肯答應，羞辱了他，諸事不可逆料，忙展開輕功，幾個起落，已搶在他面前，叫道：「溫兄弟，你生我的氣麼？」

溫青聽他口稱「兄弟」，心中大喜，登時住足，坐倒在地，說道：「你瞧我不起，怎麼又叫人家兄弟？」袁承志道：「我幾時瞧你不起？來來來，咱們就在這裏結拜。」

於是兩人向著月亮跪倒，發了有福共享、有難同當的重誓。站起身來，溫青向袁承志一揖，低低叫了聲：「大哥！」袁承志回了一揖，說道：「我叫你青弟吧。現下不早啦，咱們回去睡吧。」兩人牽手回房。

袁承志道：「你別回去吵醒伯母了，咱們就在這兒同榻而睡吧。」溫青陡然滿臉紅暈，把手一甩，嗔道：「你……你……」隨即一笑，說道：「明天見。」飄然出房，把袁承志弄得愕然半晌，不知所云。

次日一早，袁承志正坐在床上練功，小菊送來早點。袁承志跳下床來，向她道勞，正吃早點，溫青走進房來，道：「大哥，外面來了個女子，說是來討金子的，咱們出去瞧瞧。」袁承志道：「好。」心想奪人財物，終究不妥，如何勸得義弟還了人家才好。

兩人來到廳口，便聽得廳中腳步聲急，風聲呼呼，有人在動手拚鬥，走進大廳，只見溫正快步遊走，舞動單刀，正與一個使劍的年輕女子鬥得甚緊。旁邊兩個老者坐在椅中觀戰。一個老人手拿拐杖，另一個則是空手。溫青走到拿拐杖的老者身旁，在他耳邊說了幾句話。那老者向袁承志仔細打量，點了點頭。

袁承志見那少女約莫十八九歲年紀，雙頰暈紅，容貌娟秀，攻守之間，法度嚴謹。兩人拆了十餘招，一時分不出高下。袁承志對她劍法卻越看越疑心。

只見那少女欺進一步，長劍指向溫正肩頭，溫正反刀格擊，迅速之極，眼見那少女的長劍就要給他單刀砸飛。豈知那少女更快，長劍圈轉，倏向溫正頸中劃來。溫正一驚，連退三步。那少女乘勢直上，唰唰數劍，攻勢迅捷。

袁承志已看明白她武功家數，雖不是華山派門人，但必受過本門中人的指點，否則依她功力，早已支持不住，仗著劍術精奇，才跟溫正勉強打個平手，莫看她攻勢凌厲，其實溫正又穩又狠，後勁比她長得多。溫青也已瞧出那少女非溫正敵手，微微冷笑，說道：「憑這點子道行，也想上門來討東西。」

再拆數十招，果然那少女攻勢已緩，溫正卻一刀狠似一刀，再鬥片刻，那少女更左支右絀，連遇凶險。

承志見情勢危急，忽地縱起，躍入兩人之間。兩人鬥得正緊，兵刃那裏收得住勢？一刀一劍，齊奔他身上砍到。溫青驚呼一聲。那兩個老者一齊站起，只因出其不意，都來不及救援。卻見承志右手在溫正手腕上輕輕一推，左手反手在那少女手腕上微微一擋。兩人兵刃都不由自主的向外盪開，當即齊向後躍。兩個老者都「咦」的一聲，顯然對承志這手功夫甚是驚詫，兩人對望了一眼。

溫正只道承志記著昨夜之恨，此時出手跟自己爲難。那少女卻見他與溫青同從內堂出來，自然以爲他是對方一黨，眼見不敵，仗劍就要躍出。

承志叫道：「這位姑娘且慢。」那少女怒道：「我打你們不贏，自有功夫比我高的人來討金子，你們要待怎樣？」承志拱手道：「姑娘勿怪，請教尊姓大名，令師是那一位？」那少女「呸」了一聲，道：「誰來跟你囉唆？」陡然躍向門口。

承志左足一點，躍起擋在門外，低聲道：「莫走，我幫你。」那少女一呆，問道：「你是誰？」承志道：「我姓袁。」

那少女一對烏溜溜的眼珠盯住他的臉，忽然叫了出來：「你識得安大娘麼？」承志全身一震，手心發熱，說道：「我是袁承志，你是小慧？」那少女高興得忘了形，拉住他手，叫道：「是啊，是啊！你是承志大哥。」驟然間想起男女有別，臉上一紅，放下了手。溫青見了這副情狀，臉上登時如同罩了一層嚴霜。

溫正叫了起來：「我道袁兄是誰？原來是李自成派了來臥底的！」

袁承志道：「我跟闖王曾有一面之緣，倒也不錯，可說不上臥底。這位姑娘是我世交。不知兩位因何交手，兄弟斗膽，替兩位說和如何？」安小慧道：「承志大哥，他們既是你朋友，只要把金子交出，那就一切不提。」溫青冷冷的道：「有這麼容易？」

袁承志道：「兄弟，我給你引見，這位是安小慧安姑娘，我們小時在一塊兒玩，已差不多十年不見啦。」溫青冷冷的瞅了安小慧一眼，並不施禮，也不答話。

袁承志很感尷尬，問安小慧道：「你怎麼還認得我？」安小慧道：「你眉毛上的傷疤，我怎會忘記？小時候那壞人來捉我，你拚命相救，給人家砍的，你忘記了麼？」袁承志笑道：「那一天我們還用小碗小鍋煮飯吃呢。」

溫青更是不悅，悻悻的道：「你們說你們的……青梅竹馬吧，我可要進去啦。」

袁承志忙道：「等一下，小慧，你怎麼跟這位大哥打了起來？」安小慧道：「我和……和崔師兄……」袁承志搶著問：「崔師兄？是崔秋山叔叔吧？」安小慧道：「不，他是崔秋山叔叔的姪兒。我們護送闖王一筆軍餉到浙東來，那知這人眞壞，半路上卻來偷了去。」說著向溫青一指。

承志心下恍然，原來溫青所劫黃金是闖王的軍餉，別說闖王對自己禮遇，師父又正全力佐他，便衝著崔秋山、安大娘、安小慧這三人的故人之情，也無論如何要設法幫他找回。何況闖王千里迢迢的送黃金到江南來，定有重大用途，說是軍餉，當爲供軍中糧餉之用，抑或拉攏幫手，或賄賂貪官，均有正途大用，他所興的是仁義之師，欲救民於水火之中，怎可不伸手相助？心意已決，向溫青道：「兄弟，瞧在我臉上，請你把金子還了這位姑娘吧！」溫青哼了一聲，道：「你先見過我兩位爺爺再說。」

袁承志聽說兩位老者是他爺爺，心想既已和他結拜，他們就是長輩，恭恭敬敬的走上前去，向著兩個老者磕下頭去。拿拐杖的老者道：「啊喲，不敢當，袁世兄請起。」拐杖往椅子邊上一倚，雙手托住他肘底，往上抬起。

袁承志突覺一股極大勁力向上托起，立時便要給他拋向空中，當下雙臂下沉，運勁穩住身子，仍向兩人磕足了四個頭才站起身來。那老者暗暗吃驚，心想：「這少年好渾厚的內力。」哈哈一笑，說道：「聽青兒說，袁世兄功夫俊得很，果然不錯。」

溫青道：「這位是我三爺爺。」又指著空手的老者道：「這位是我五爺爺。」說了兩人名號，一個叫溫方山，一個叫溫方悟。袁承志心想：「這兩人想來便是棋仙派五祖中的兩祖。那三爺爺的武功比溫正和青弟可高得多了。」於是也各叫了一聲：「三爺爺！五爺爺！」兩個老者齊道：「不敢當此稱呼。」臉上神色頗為不愉。

袁承志暗暗有氣：「我爹爹是抗清名將、遼東督師。我和你們孫兒結拜，也沒辱沒了他。」轉頭向溫青道：「這位姑娘的金子，兄弟便還了她吧！」

溫青惱道：「你就是這位姑娘、那位姑娘的，可一點不把人家放在心上。」袁承志道：「兄弟，咱們學武的以義氣為重，這批金子既是闖王的，你取的時候不知，也就罷了。現下既知就裏，若不交還，豈非對不起人？」

兩個老者本不知這批黃金有如此重大的牽連，只道是那一個富商之物，此時聽安小慧、袁承志一說，也頗不安，知道闖王勢大，江湖豪傑歸附者衆，這批黃金要是不還，來索討的好手勢必源源而至，後患無窮。溫方山微微一笑，說道：「衝著袁世兄的面子，咱們就還了吧。」

溫青道：「三爺爺，那不成！」袁承志道：「你本來分給我一半，那麼我這一半先還了她再說。」溫青道：「你自己要，連我的通統給你。誰又這樣小家氣，幾千兩金子就當寶貝了？不過是這位姑娘、那位姑娘來要，我就偏偏不給。」

安小慧走上一步，怒道：「你要怎樣才肯還？劃下道兒來吧！」溫青對袁承志道：「你到底是幫她，還是幫我？」

袁承志躊躇半刻，道：「我誰也不幫，我只聽師父的話。」溫青道：「師父？你師父是誰？」袁承志道：「我師父是闖王軍中的。」溫青怒道：「哼，說來說去，你還是幫她。好，金子是在這裏，我費心機盜來，你也得費心機盜去。三天之內，你有本事就來取去，過得三天拿不去，我可不客氣了，希裏嘩拉，一天就花個乾淨。」袁承志道：「這麼多黃金，你一天怎花得完？」溫青惱道：「花不完，不會抛在大路上，讓旁人拾去幫著花麼？」

承志拉拉他衣袖，道：「兄弟，跟我來。」兩人走到廳角。承志道：「昨晚你說聽我話的，怎麼隔不了半天就變了卦？」溫青道：「你待我好，我自然聽你話。」承志道：「我怎麼不待你好？這批金子眞的拿不得啊。」溫青眼圈一紅道：「你見了從前的相好，全心全意就迴護著她，那裏還把人家放在心上？闖王的金子我花了怎樣？大不了給他殺了，反正我一生一世沒人疼。」說著又要掉下淚來。

承志見他不可理喻，很不高興，說道：「你是我結義兄弟，她是我故人之女，我是一視同仁，不分厚薄。你怎麼這個樣子？」溫青嗔道：「我就是恨你一視同仁，不分厚薄。哼，不必多說，你三天內來盜吧！」承志拉住他的手欲待再勸，溫青手一甩，走進內堂。

袁承志見話已說僵，只得與安小慧兩人告辭出去，找到一家農舍借宿，問起失金經過。原來安小慧等護送金子的共有三人，中途因事分手，致爲溫青所乘。

安小慧說起別來情由，說她母親也常牽記著他。袁承志從懷中摸出一隻小金絲鐲，說道：「這是你媽從前給我的。你瞧，我那時的手腕只這麼粗。」安小慧嗤的一笑，瞧著他手臂，問道：「承志大哥，你這些年來在幹甚麼？」袁承志道：「天天在練武，還下下棋。」安小慧道：「怪不得你武功這麼強，剛才你只把我的劍輕輕一推，我就一點勁也使不上來啦。」袁承志道：「你怎麼也會華山派劍法？誰敎你的？」

安小慧眼圈一紅，轉過頭去，才道：「就是那個崔師哥教的，他也是華山派的。」袁承志忙問：「他受了傷還是怎的？你爲甚麼難過？」安小慧道：「他受甚麼傷啊？他不理人家，半路上先走了。」袁承志見其中似乎牽涉兒女私情，不便再問。

等到二更時分，兩人往溫家奔去。袁承志輕輕躍上屋頂，只見大廳中燭光點得明晃晃地，溫方山、方悟兩兄弟坐在桌邊喝酒。溫正、溫青站在一旁伺候。袁承志不知黃金藏在何處，想偷聽他們說話，以便得到些線索。只聽溫青冷笑一聲，抬起頭來，向著屋頂說道：「金子就在這裏！有本領來拿好了。」

安小慧一拉袁承志的衣裾，輕聲道：「他已知道咱們到了。」袁承志點點頭，只見溫青從桌底下取出兩個包裹，在桌上攤了開來，燭光下耀眼生輝，黃澄澄的全是一條條金子。溫青和溫正也坐了下來，把刀劍往桌上一放，喝起酒來。

袁承志心想：「他們就這般守著，除非是硬奪，否則怎能盜取？」等了半個時辰，下面四人毫無走動之意，知道今晚已無法動手，和安小慧回到住宿之處。

次日傍晚，兩人又去溫宅，見大廳中仍是四人看守，只是換了兩個老人，看來也是五兄弟中的，其餘三人多半是在暗中埋伏。

袁承志對安小慧道：「他們有高手守在隱蔽的地方，可要小心。」安小慧點點頭，眉頭一皺，計上心來，忽然縱身下去。袁承志怕她落單，連忙跟下。只見她一路走到屋後，摸到廚房邊，火摺一晃，把屋旁一堆柴草點燃了。

過不多時，火光沖起。溫宅中登時人聲喧嘩，許多莊丁提水持竿，奔來撲救。

兩人搶到前廳，廳中燭光仍明，坐著的四人卻已不見。安小慧大喜，叫道：「他們救火去啦！」縱身翻下屋頂，從窗中穿進廳內。承志跟了進去。

兩人搶到桌旁，正要伸手去拿黃金，忽然足下一軟，原來腳底竟是個翻板機關。承志暗叫不妙，陡然拔起身子，右手挽過想拉安小慧，卻沒拉著，他身子騰起，左掌搭上廳中石柱，隨即溜下，右足踏在柱礎之上。這時翻板已經合攏，把安小慧關在底下。

承志大驚，撲出窗外查看機關，要設法搭救。剛出窗子，一股勁風迎風撲到，當即右掌揮出，和擊來的一掌相抵，兩人同時用力，承志借勢躍上屋頂，偷襲之人卻跌下地去。但此人身手快捷，著地後便即躍上屋頂，正是溫正。

承志立定身軀，遊目四顧，倒抽一口涼氣，只見高高矮矮、肥肥瘦瘦，屋頂上竟然站滿了人。承志身入重圍，不知對方心意如何，當下凝神屏氣，一言不發。

人羣中走出五個老人，其中溫方山和溫方悟是拜見過的，另外兩個老人剛才曾坐在廳中看守黃金。餘下一人身材魁梧，比衆人都高出半個頭，那人哈哈一笑，聲若洪鐘，說道：「我兄弟五人僻處鄉間，居然有闖王手下高人惠然光降，眞是三生有幸、蓬蓽生輝了。哈哈，哈哈！」

承志上前打了一躬，說道：「晚輩拜見。」他因四週都是敵人，只怕磕下頭去受人暗算，但禮數仍是不缺。

溫青站了出來，說道：「這位是我大爺爺，那兩位是我二爺爺、四爺爺。」承志一一作揖行禮，放眼下望，見火光已息，知未延燒，便寬了心。

棋仙派五祖中的大哥溫方達、二哥溫方義、老四溫方施點點頭，卻不還禮，不住向他打量。溫方義怒聲喝道：「你小小年紀，膽子倒也不小，居然敢到我家放火。」

袁承志道：「那是晚輩一個同伴的魯莽，晚輩十分過意不去，幸喜並未成災。晚輩明日再來向各位磕頭賠罪。」

溫正的祖父溫方施身形高瘦，容貌也和溫正頗爲相似，發話道：「磕頭？磕幾個頭就能算了？小娃娃膽大妄爲，竟到靜岩溫家來撒野。你師父是誰？」溫氏五老雖對闖王的聲勢頗爲忌憚，但五兄弟素來愛財，到手了的黃金決不肯就此輕易吐了出去；適才見袁承志一掌震落溫正，武功了得，要先查明他的師承門派，再定對策。

袁承志道：「家師眼下在闖王軍中，只求各位將闖王的金子發還，晚輩改日求家師寫信前來道謝。」溫方達道：「你師父是誰？」袁承志道：「他老人家素來少在江湖上行走，晚輩不敢提他名字。」溫方達哼了一聲，道：「你不說，難道就瞞得過我們？南揚，跟這小子過過招。」心想只消一動上手，非叫你立現原形不可。

人羣中一人應聲而出。這人四十多歲年紀，腮上一叢虬髯，是溫方義的第二個兒子，在棋仙派第二輩中可說是一流好手。他縱身上來，劈面便是一拳。袁承志側頭讓過，溫南揚左手拳跟著打到，拳勁頗爲凌厲。袁承志心下盤算：「這許多人聚在這裏，一個個打下去，何時方能了結？如不速戰，只怕難以脫身。小慧又不知怎麼了。」等他左拳打到，右掌突然飛出，在他左拳上輕擋，五指抓攏，已拿住他拳頭，順勢後扯。溫南揚收勢不住，踉踉蹌蹌的向前跌去，腳下踏碎了一大片瓦片，如不是他五叔溫方悟伸手拉住，已跌下房去，登時羞得滿臉通紅，回身撲來。

承志站著不動，待他撲到，轉身後仰，左腳輕勾，溫南揚又向前俯跌。承志左足方勾，右掌同時伸出，料到他要俯跌，已一把抓住他後心提起。溫南揚身子剛要撞到瓦面，驟然爲人提起，那裏還敢交手，狠狠望了承志一眼，退了下去。

溫方義喝道：「這小子倒果然還有兩下子，老夫來會會高人的弟子。」雙掌一錯，就要上前。溫青突然縱到他身旁，俯耳說道：「二爺爺，他跟我結拜了，你老人家可別傷他。」溫方義罵了一聲：「小鬼頭兒！」溫青拉住他的手，說道：「二爺爺你答允了？」溫方義道：「走著瞧！」右手力甩，溫青立足不穩，不由自主的退出數步。

溫方義穩穩實實的踏上兩步，說道：「你發招！」承志拱手道：「晚輩不敢。」溫方義道：「你不肯說師父名字，你發三招，瞧我知不知道？」承志見他一副老氣橫秋的模樣，心中也道：「你走著瞧。」說道：「那麼晚輩放肆了，晚輩功夫有限，尚請手下留情。」溫方義喝道：「快動手，誰跟你囉裏囉唆？溫老二手下向來不留情！」

承志深深一揖，衣袖剛抵瓦面，手一抖，袖子突然從橫裏甩起，呼的一聲，向溫方義頭上擊去，勁道著實凌厲。溫方義低頭避過，伸手來抓袖子，卻見他輕飄飄的縱起，左袖兜了個圈子，右袖驀地從左袖圈中直衝出來，逕撲面門，來勢奇急。溫方義避讓不及，當即後仰避開。承志不讓他有餘裕還手，忽然回身，背向對方。

溫方義一呆，只道他要逃跑，右掌剛要發出，忽覺一陣勁風襲到，但見他雙袖反手從下向上，猶如兩條長蛇般向自己腋下鑽來，這一招大出意料之外，忙伸雙手想抓，不料袖子已拂到他腰上，啪啪兩聲，竟爾打中，只感到一陣發麻，對手已借勢竄出。

袁承志回過身來，笑吟吟的站住。溫青見他身手如此巧妙，一個「好」字險些脫口而出，忙伸手按住了嘴，跟著伸了伸舌頭。

溫方達等四兄弟面面相覷，都覺大奇。

溫方義老臉漲得通紅，鬚眉俱張，突然發掌擊出。月光下承志見他頭上冒上騰騰熱氣，腳步似乎遲鈍蹣跚，其實穩實異常，不敢再行戲弄，矮身避開兩招，捲起衣袖，見招拆招，凝神接戰，他生怕給對方叫破自己門派，使的是江湖上最尋常的五行拳。這路拳法幾乎凡是學武之人誰都練過，溫氏五祖自然難以從他招式中猜測他的師承門戶。

溫方義雖然出手不快，但拳掌發出，挾有極大勁風，拆得八九招，承志忽覺對方掌風中微有熱氣，向他手掌看去，心頭微震，但見他掌心殷紅如血，慘淡月光映照之下，更覺可怖，心想，這人練的是硃砂掌，聽師父說，這門掌力著實了得，可別讓他打中了，於是拳式生變，招數仍然平庸，勁力卻不住增強。酣鬥中溫方義突覺右腕一疼，疾忙跳開，低頭看時，腕上一道紅印腫起，原來已給對方手指劃過，但顯是手下留情。溫方義心頭雖怒，可是也不便再纏鬥下去了。

溫方山上前一步，說道：「這位袁兄弟年紀輕輕，拳腳甚是了得，可不容易得很了。老夫領教領教你兵刃上的功夫。」承志道：「晚輩不敢身攜兵器來到寶莊。」溫方山哈哈一笑，說道：「你禮數倒也週全，這也算藝高人膽大了。好吧，咱們到練武廳去！」手一招，躍下地來。衆人紛紛跳下。承志只得隨著衆人進屋。

溫青走到他身邊，低聲說道：「拐杖裏有暗器。」承志正待接嘴，溫青已轉身對溫正道：「黑不溜秋的廣東蠻子怎麼樣？現下可服了吧？」溫正道：「二爺爺是寵著你，才不跟他當眞，有甚麼希奇？」溫青冷笑一聲，不再理他。

衆人走進練武廳，承志見是一座三開間的大廳，打通了成爲一個大場子。家丁進來點起數十枝巨燭，照得明如白晝。溫家男女大都均會武藝，聽得三老太爺要和前日來的客人比武，都擁到廳上來觀看，連小孩子也出來了。

最後有個中年美婦和小菊一齊出來。溫青搶過去叫了一聲：「媽！」那美婦滿臉愁容，白了溫青一眼，顯得甚是不快。

溫方山指著四周的刀槍架子，說道：「你使甚麼兵刃，自己挑吧！」

袁承志尋思：今日之事眼見已不能善罷，可是又不能傷了結義兄弟的尊長，剛下山來就遇上這個難題，可不知如何應付才好。

溫青見他皺眉不語，只道他心中害怕，說道：「我這位三爺爺最疼愛小輩的，決不能傷你。」這話一半也是說給溫方山聽的，要他不便痛下殺手。她母親道：「青青，別多話！」溫方山望了溫青一眼，說道：「那也得瞧各人的造化罷。袁世兄，你使甚麼兵刃？」

承志眼觀四方，見一個六七歲男孩站在一旁，手中拿著一柄玩具木劍，漆得花花綠綠地，劍長只有尋常長劍的一半。他心念微動，走過去說道：「小兄弟，你這把劍借給我用一下，好不好？」那小孩笑嘻嘻的將劍遞了給他。承志接了過來，對溫方山道：「晚輩不敢與老前輩動眞刀眞槍，就以這把木劍討教幾招。」這幾句話說來似乎謙遜，實則是竟沒把對方放在眼裏。他想對方人多，不斷纏鬥下去，不知何時方決，安小慧又已遭困，須得顯示上乘武功，將對方儘快盡數懾服，方能取金救人，既免稽遲生變，又不傷了對溫青的金蘭義氣。適才他在屋頂跟溫方義動手，於對方武功修爲已瞭然於胸，倘若溫氏五老的武功均在伯仲之間，那麼以木劍迎敵，也不算是犯險托大。
溫方山聽了這話，氣得手足發抖，仰天打個哈哈，說道：「老夫行走江湖數十年，如此小覷老夫這柄龍頭鋼杖的，嘿嘿，今日倒還是初會。好吧，你有本事，用這木劍來削斷我的鋼杖吧。」話剛說完，拐杖橫轉，呼的一聲，朝承志腰中橫掃而來。
風勢勁急，承志的身子似乎給鋼杖帶將起來，溫靑「呀」了一聲，卻見他身未落地，木劍劍尖已直指對方面門。溫方山鋼杖倒轉，杖頭向他後心要穴點到。
承志心想：「原來這拐杖還可用來點穴，靑弟又說杖中有暗器，須得小心。」身子略側，拐杖點空，木劍一招「沾地飛絮」，貼著拐杖直削下去，去勢快極。
溫方山瞧他劍勢，知道雖是木劍，給削上了手指也要受傷，危急中右手鬆指，拐杖落下，剛要碰到地面，左手快如閃電，伸下去抓著杖尾，驀地一抖，一柄數十斤的鋼杖昂頭挺起，反擊對方。承志見他眼明手快，變招迅捷，也自佩服。
兩人越鬥越緊，溫方山的鋼杖使得呼呼風響，有時一杖擊空，打在地下，磚頭登時粉碎，聲勢著實驚人。承志在杖縫中穿來插去，木劍輕靈，招招不離敵人要害。
轉瞬拆了七八十招，溫方山焦躁起來，心想自己這柄龍頭鋼杖威震江南，縱橫無敵，今日卻讓這後生小輩以一件玩物打成平手，一生威名，豈非斷送？杖法突變，橫掃直砸，將敵人全身裹住。

旁觀衆人只覺杖風愈來愈大，慢慢退後，都把背脊靠住廳壁，以防給鋼杖帶到，燭影下只見鋼杖舞成一個亮晃晃的大圈。

溫方山的武功，比之那游龍幫幫主榮彩可高得多了。承志藝成下山，此時方始眞正遇到武功高強的對手，只是不願使動華山派正宗劍法，以免給溫氏五老認出了自己門派，而對方鋼杖極具威勢，欺不近身去，手中木劍又不能與他鋼杖相碰，心想非出絕招，不易取勝，忽地身法稍滯，頓了一頓。

溫方山大喜，橫杖掃來。承志左手運起「混元功」，硬生生一把抓住杖頭，運力下拗，右手木劍直進，嗤的一聲，溫方山肩頭衣服已然刺破，這還是他存心相讓，否則一劍刺在胸口，雖是木劍，但內勁凌厲，卻也是穿胸開膛之禍。

溫方山大驚，虎口劇痛，鋼杖已給夾手奪過。

承志心想他是溫靑的親外公，不能令他難堪，當下立即收回木劍，左手前送，已將鋼杖交還在他手中。這只一瞬間之事，武功稍差的人渾沒看出鋼杖忽奪忽還，已轉了一次手，料想令他如此下台，十分顧全了他老人家的顏面。

那知溫方山跟著便橫杖打出。承志心想：「已經輸了招，怎麼如此不講理，全沒武林中高人的身分？」當即向左避開，突然嗤嗤嗤三聲，杖頭龍口中飛出三枚鋼釘，分向上中下三路打到。杖頭和他身子相距不過一尺，暗器突發，那裏避讓得掉？

溫青不由得「呀」的一聲叫了出來，眼見情勢危急，臉色大變。

卻見承志木劍迴轉，啪啪啪三聲，將三枚鋼釘都打在地下。這招華山劍法，有個名目叫作「孔雀開屏」，取義於孔雀開屏，顧尾自憐。這招劍柄在外，劍尖向己，專在緊急關頭擋格敵人兵器。袁承志打落暗器，木劍反撩，橫過來在鋼杖的龍頭上按落。木劍雖輕，這一按卻按在杖腰的全不當力處，正深得武學中「四兩撥千斤」的要旨。

溫方山只覺一股勁力將鋼杖向下捺落，忙運力反挺，卻已慢了一步，杖頭落地。承志惱他以陰毒手法發射鋼釘，左足蹬處，踏上杖頭。溫方山用力回扯，竟沒扯起。承志鬆足向後縱開。溫方山收回鋼杖，只見廳上青磚深深凹下了半個龍頭，鬚牙宛然，竟是杖上龍頭給對手蹬入磚中留下的印痕。四周衆人見了，盡皆駭然。

溫方山臉色大變，雙手將鋼杖猛力往屋頂上擲去，只聽得忽啦一聲巨響，鋼杖穿破屋頂，飛了出去。

他縱聲大叫：「這傢伙輸給你的木劍，還要它幹麼？」

袁承志見這老頭子怒氣勃勃，呼呼喘氣，將一叢鬍子都吹得飛了起來，心中暗笑：「是你輸了給我，可不是鋼杖輸了給木劍！」

屋頂磚瓦泥塵紛落之中，溫方施縱身而出，說道：「年輕人打暗器的功夫還不壞，來接接我的飛刀怎樣？」隨手解下腰中皮套，負在身上。

承志見他皮套中插著二十四柄明晃晃的飛刀，刃長尺許，心想大凡暗器，均是乘人不備，卒然施發，袖箭藏在袖中，金鏢、鐵蓮子之屬藏在衣囊，他的飛刀卻明擺在身上當眼之處，料想必有過人之長，知道這時謙遜退讓也已無用，點了點頭，說道：「老前輩手下容情！」將木劍還給小孩，轉過身來。

溫家衆人知道四老爺的飛刀勢頭勁急，捷如電閃，倏然便至。這少年如全數接住，倒也罷了，要是他閃避退讓，飛刀不生眼睛，那可誰也受不住他一刀。當下除了四老之外，餘人紛紛走出廳去，挨在門邊觀看。

溫方施叫道：「看刀！」手一揚，寒光閃處，一刀嗚嗚飛出。原來他的飛刀刀柄鑿空，在空中急飛而過之時，風穿空洞，發出嗚嗚之聲，如吹唷吶，聲音淒厲。刀發高音，似是先給敵人警告，顯得光明磊落，其實也是威懾恐嚇，擾人心神。

袁承志見飛刀威猛，與一般暗器以輕靈或陰毒見勝者迥異，心想：「我如用手接刀，不顯功夫，難挫他驕氣，總要令他們輸得心悅誠服，才能叫他們放出小慧，交還黃金。」在懷中摸出兩枚銅錢，左手一枚，右手一枚，分向飛刀打去。左手一枚先到，錚的一響，飛刀登時無聲，原來銅錢已把鏤空的刀柄打扁。右手一枚銅錢再飛過去，與飛刀一撞，同時跌落。那飛刀重逾半斤，銅錢又輕又小，然而兩者相撞之後，居然齊墮，顯見他的手勁力道，比溫方施高出何止數倍。

溫方施登時變色，兩刀同時發出。袁承志也照樣發出四枚銅錢，先將雙刀聲音打啞，跟著擊落。

溫方施哼了一聲道：「好本事！好功夫！」口中說著，手上絲毫不緩，六把飛刀一連串的擲出。他這時已知勢難擊中對方，故意將六柄飛刀四散擲出，心想：「難道你還能一一把我飛刀打落？」卻聽得嗚錚、嗚錚接連六響，六柄飛刀竟又給十二枚銅錢打啞碰跌。承志當日在華山絕頂，不知和木桑道人下了多少盤棋，打了多少千變萬化之劫，再加上無數晨夕的苦練，才學會這手世上罕見的「滿天花雨」暗器功夫。木桑若是在旁，說不定還要指摘他手法未純，但溫家諸人卻盡皆心驚。

溫方施大喝一聲：「好！」雙手齊施，六柄飛刀同時向對方要害處擲出，六刀剛出手，又是六刀齊飛，這是他平生絕技，功夫再好的人躲開了前面六刀，決難躲開後面跟上的六刀。十二柄飛刀嗚嗚聲響，四面八方的齊向袁承志飛去。

溫方達眼見袁承志武功卓絕，必是高人弟子，突見四弟使出最厲害的刀法，心下暗驚，叫道：「四弟，別傷他性命……」話聲未畢，只見袁承志雙手在空中一陣亂抓，隨抓隨擲，十二柄飛刀先後抓在手中，一抓入手，便向兵器架連續擲出。

刀槍架上本來明晃晃的插滿了刀槍矛戟，但見白光閃爍中，槍頭矛梢，盡皆折斷，原來都給他用十二把飛刀斬斷了。飛刀餘勢不衰，插入了牆壁。

突然之間，五老一齊站起，圈在他身周，目露兇光，同時喝道：「你是金蛇奸賊派來的嗎？」

承志空中抓刀的手法，確是得自《金蛇秘笈》，驀見五老神態兇惡，便似要同時撲上來咬噬一般，不禁驚慌，正要回答，一瞥之下，忽見廳外三個人走過，其中一人正是安小慧，給兩名大漢綁縛了押著，當是剛從翻板下面的地窖給擒了上來。他心急救人，衝出廳去。溫方達與溫方義各抽兵刃，隨後追到。

袁承志不顧追敵，直向安小慧衝去。兩名大漢刀劍齊揚，摟頭砍下。只聽得噹噹兩聲，兩名大漢手中的刀劍脫手飛出。這兩人一呆，見砸去他們兵刃的竟是大老爺和二老爺，嚇了一跳。溫方達與溫方義罵了聲：「膿包！」搶上追趕。

原來承志身手快極，不架敵刃，颼的一下，竟從刀劍下鑽過。那兩名大漢兵刃砍下來時，溫氏二老恰好趕到，一刀一劍，便同時向大老爺、二老爺的頭上招呼。

袁承志雙手分扯，扯斷了縛住安小慧手上的繩索。安小慧大喜，連叫：「承志大哥！」這時那兩人的刀劍正從空中落下，承志甩出斷繩，纏住長劍，扯了回來，對安小慧道：「接著！」繩子鬆開，那劍劍柄在前，倒轉著向她飛去。安小慧伸手接住。

這當兒當眞是說時遲，那時快，長劍剛擲出，溫方達兩柄短戟已向承志胸前搠到。卻聽得「啊！哼！」兩聲叫喊，原來那兩名大漢擋在路口，溫方義嫌他們礙手礙腳，一個掃堂腿踢開了。

袁承志腳步不動，上身後縮，陡然退開兩尺。溫方達雙戟遮空，正要再戳，勁未使出，倏覺雙戟自行向前，燭光映射下，只見對方手中一截斷繩已纏住雙戟，向前拉扯。

溫方達借力打力，雙戟乘勢戳了過去，戟頭鋒銳，閃閃生光。袁承志側過身子，用力一扯斷繩，隨即突然鬆手。溫方達出其不意，收勢不及，向前踉蹌了兩步，看袁承志時，已拉了安小慧搶進練武廳內。

溫方達本已沖沖大怒，這時更加滿臉殺氣，雙手力崩，已將戟上短繩崩斷，縱進廳來。溫家衆人也都回到廳內，站在五老身後。

溫方達雙戟歸於左手，右手指著袁承志，惡狠狠的喝道：「那金蛇奸賊在那裏？快說。」

袁承志道：「老前輩有話好說，不必動怒。」

溫方義怒道：「金蛇郎君夏雪宜是你甚麼人？他在甚麼地方？你是他派來的麼？」

袁承志道：「我從沒見過金蛇郎君的面，他怎會派我來？」溫方山道：「這話當眞？」袁承志道：「我幹麼騙你？晚輩在衢江之中，無意跟這位溫兄弟相遇，承他瞧得起，結交爲友，這跟金蛇銀蛇有甚干係？」

五老面色稍和，但仍心存疑竇。溫方達道：「你不把金蛇奸賊藏身之所說出來，今日莫想離開靜岩。」

袁承志心想：「憑你們這點功夫想扣留我，只怕不能。」聽他們口口聲聲的把金蛇郎君叫作「金蛇奸賊」，更是說不出的氣惱，在他內心，金蛇郎君已如半個師父，隱隱與木桑道人相似，但神色間神情仍然恭謹，說道：「晚輩與金蛇郎君無親無故，連面也沒會過。不過他在那裏，我倒也知道，就只怕這裏沒一個敢去見他。」

溫氏五老怒火上沖，紛紛叫道：「誰說不敢？」「這十多年來，我們那一天不在找他！」「這奸賊早已是廢人一個，又有誰怕他了！」「他在那裏？」「快說，快說！」

袁承志淡淡一笑，道：「你們眞的要去見他？」溫方達踏上一步，道：「不錯。」袁承志笑道：「見他有甚麼好？」溫方達怒道：「小朋友，誰跟你開玩笑？快給我說出來！」袁承志道：「各位身子壯健，總還得再隔好多年，才能跟他會面。他已經過世啦！」

此言一出，各人盡皆愕然。只聽得溫青急叫：「媽媽，媽媽，你怎麼了？」袁承志回過頭來，見那中年美婦已暈倒在溫青懷中，臉色慘白，連嘴唇都毫無血色。溫方山臉色大變，連罵：「冤孽！」溫方義對溫青道：「青青，快把你媽扶進去，別丟醜啦，讓人家笑話。」溫青哇的一聲哭了出來，說道：「丟甚麼醜？媽媽聽到爸爸死了，自然要傷心。」

袁承志大吃一驚：「他媽媽是金蛇郎君的妻子？溫青是他兒子？」

溫方義聽得溫青出言衝撞，更在外人之前吐露了溫門這件奇恥大辱，牙齒咬得格格直響，對溫方山道：「三弟，你再寵這娃娃，我可要管了。」溫方山向溫青斥道：「誰是你爸爸？小孩子胡言亂語。還不快進去！」

溫青扶著母親，慢慢入內。那美婦悠悠醒轉，低聲道：「你請袁相公明晚來見我，我有話問他。」溫青點頭，回頭對承志道：「還有一天，明晚你再來盜吧。你就是幫著人家。你，你……發的誓都是騙人的！」向安小慧恨恨的瞪了一眼，扶著母親進內。

袁承志對安小慧道：「走吧！」兩人向外走出。溫方悟站在門口，雙手分攔，厲聲說道：「慢走，還有話問你。」袁承志拱手道：「今日已晚，明日晚輩再來奉訪。」溫方悟道：「那金蛇奸賊死在甚麼地方？他死時有誰見到了？」

袁承志想起那晚張春九刺死他禿頭師弟的慘狀，心想：「你們棋仙派好不奸詐兇險，那晚在華山之上，我便險些死在你們手中，又何必跟你們說眞話？何況你們覬覦金蛇郎君的遺物，我更不能說。」便道：「我也是輾轉聽朋友說起的，金蛇郎君是死在廣東海外的一個荒島之上。」說到這裏，童心忽起，說道：「貴派有一個瘦子，叫作張春九，還有一個禿頭，是不是？金蛇郎君的下落，他師兄弟倆知道得淸淸楚楚。只消叫他二人來一問，就甚麼都明白了，用不著來問我。」

溫氏五老面面相覷，透著十分詫異。溫方義道：「張春九和汪禿頭？這兩個傢伙不知死到那裏去了，他媽的，回來不剝他們的皮！」

袁承志心道：「你們到廣東海外幾千個荒島上去細細的找吧！要不然，親自去問張春九和那禿頭也好。」向衆人抱拳道：「晚輩失陪。」

溫方悟道：「忙甚麼？」他定要問個清楚，伸臂攔住。袁承志伸掌輕輕向他手臂推去。溫方悟手腕勾轉，要施展擒拿手法拿他手腕。那知袁承志不想再和人動手，這一招其實是虛招，對方手一動，左方露出空隙，他拉住安小慧的手，呼的一聲，恰好從空隙中穿了出去，連溫方悟的衣服也沒碰到。

溫方悟大怒，右手在腰間一抖，已解下一條牛皮軟鞭，揮鞭向他後心打到。武林中的軟鞭有的以精鋼所鑄，考究的更以金絲繞成，但溫方悟內功精湛，所用兵刃就只平平常常的一條皮鞭。皮鞭又韌又軟，在他手裏使開來如臂使指，內勁到處，比之五金軟鞭有過之而無不及。

袁承志聽得背後風聲，拉著安小慧向前直竄，皮鞭落空，聽得呼的一聲，勁道凌厲，知是一件厲害的軟兵器，他頭也不回，向牆頭縱去。

溫方悟在這條軟鞭上下過數十年的功夫，給他這麼輕易避開，豈肯就此罷手？右手揮出，圈出一個鞭花，向安小慧腳上捲來。這一下避實就虛，知道這少女功力不高，這一招定然躲不開，如把她拉了下來，等於是截住了袁承志。

承志聽得風聲，左手撩出，帶住鞭梢，混元功乘勢運起，上躍之勢竟爾不停，左手使勁，將溫方悟提起。溫家衆人見到，無不大駭。

溫方施要救五弟，右手急揚，兩柄飛刀嗚嗚發聲，向承志後心飛去。

承志左手鬆開皮鞭鞭梢，拉著安小慧向牆外躍出，聽得飛刀之聲，竟不回頭，右手分別在兩柄飛刀刀背上輕擋，飛刀立時倒轉。

溫方悟腳剛落地，兩柄飛刀已當頭射落。他不及起身，抖起皮鞭，想打開飛刀，那知皮鞭忽然寸寸斷裂，原來剛才承志在半空中提起溫方悟，實已使上了混元功的上乘內勁，否則他在半空中無從借力，如何提得起一個一百幾十斤的大漢？這混元勁傳到皮鞭之上，竟將鞭子扯斷了。溫方悟大驚，一個「懶驢打滾」，滾了開去，但一柄飛刀已把他衣襟刺破。他站起來時一身冷汗，半晌說不出話來。

溫方達不住搖頭。五老均暗暗納罕。溫方義道：「這小子不過二十歲左右，就算在娘胎裏起始練武，也不過廿年功力，怎地手下竟如此了得！」溫方山道：「金蛇奸賊這般厲害，也栽在咱們手裏。這小子明晚再來，咱們好好對付他。」

袁承志和安小慧回到借宿的農家。安小慧把這位承志大哥滿口稱讚，佩服得了不得，說道：「崔師哥老是誇他師父怎麼了不起，我看他師父一定及不上你。」袁承志道：「崔師哥叫甚麼名字？他師父是那一位？」安小慧道：「他叫崔希敏，外號叫甚麼伏虎金剛。他師父是華山派穆老祖師的徒弟，外號叫『銅筆鐵算盤』。我聽了這外號就忍不住好笑，也從來沒問崔師哥他師父叫甚麼名字。」

袁承志點點頭，心想：「原來是黃眞大師哥的徒弟，他還得叫我聲師叔呢。」也不與她說穿，兩人各自安寢。

次日晚上，袁承志叫安小慧在農家等他，不要同去。安小慧知道自己功夫太差，只有礙手礙腳，幫不上忙，反要他分心照顧，雖不大願意，還是答應了。

袁承志等到二更天時，又到溫家，只見到處黑沉沉的燈燭無光，正要飛身入內，忽聽得遠處輕輕傳來三聲簫聲，那洞簫一吹即停，過了片刻，又是三聲。袁承志心念微動，知是溫青以簫相呼，心想溫氏五老雖極兇惡，溫青卻對自己尚有結義之情，最好能勸得她交還黃金，不必動手，於是循著簫聲，往玫瑰山坡上奔去。

到得山坡，遠遠望去，見亭中坐著兩人，月光下只見雲鬢霧鬢，兩個都是女子，當即停了腳步，心想：「青弟不在這裏！」只見一個女子舉起洞簫吹奏，聽那曲調，便是溫青那天吹過的音調凄涼的曲子，忍不住走近幾步，想看清楚是誰。

手持洞簫的女子出亭相迎，低低叫了聲：「大哥！」袁承志大吃一驚，月色如水，照見一張俏麗面龐，竟便是溫青。他登時呆了，隔了半晌，才道：「你……你……」

溫青淺淺一笑，說道：「小妹其實是女子，一直瞞著大哥，還請勿怪！」說著深深彎腰萬福。袁承志還了一揖，以前許多疑慮之處，豁然頓解，心想：「我一直怪她脂粉氣太重，又過於小性兒，沒丈夫氣概，原來竟是個女子。唉，我竟莫名其妙的跟個姑娘拜了把子，當眞胡塗，這可從那裏說起？」

溫青道：「我叫溫青青，上次對你說時少了一個青字。」說著抿嘴一笑，又道：「其實呢，我該叫夏青青才是。」

袁承志見她改穿女裝，秀眉鳳目，玉頰櫻唇，竟是一個絕色的美貌佳人，心中暗罵自己胡塗，這麼一個美人誰都看得出來，自己竟會如此老實，給她瞞了這許多天。他一生之中，除了嬰兒之時，只在少年時和安大娘與安小慧同處過數日，此後十多年在華山絕頂練武，從未見過女子。後來在闖王軍中見到李岩之妻紅娘子，這位女俠豪邁爽朗，與男子無異。因此於男女之別，他實是渾渾噩噩，認不出溫青青女扮男裝。

溫青青道：「我媽在這裏，她有話要問你。」袁承志走進亭去，作揖行禮，叫道：「伯母，小姪袁承志拜見。」那中年美婦站起身來回禮，連說：「不敢當。」

袁承志見她雙目紅腫，臉色憔悴，知她傷心難受，默默無言的坐了下來，尋思：「聽青青說，她母親是給人強姦才生下她來，那人自是金蛇郎君了。五老對金蛇郎君深惡痛絕，青青提一聲爸爸，就給她二爺爺喝斥怒罵。可是她媽媽聽得金蛇郎君逝世，立即暈倒，傷心成這個樣子，對他顯然情意很深，其中只怕另有別情。」

青青的母親呆了一陣，低聲問道：「他……他是眞的死了？袁相公可親眼見到麼？」

袁承志點點頭。她又道：「袁相公對我青青很好，我是知道的。我決不像我爹爹與叔伯們那樣，當你是仇人，請……請你把他死時的情形見告。是誰害死他的？他……他死得很苦嗎？」說到這裏，聲音發顫，淚珠撲簌簌的流了下來。

袁承志對金蛇郎君的心情，實在自己也不大明白，聽師父與木桑道人說，這人脾氣古怪，工於心計，爲人介於正邪之間。他安排鐵盒弩箭、秘笈劇毒，用心險狠，實非正人端士。可是自從研習《金蛇秘笈》中的武功之後，對這位絕世的奇才不禁暗暗欽佩，在內心深處，不自覺的已把他當作了半位師父。昨晚聽到溫氏五老怒斥金蛇郎君爲「奸賊」，心中說不出的憤怒，事後想及，也覺奇怪。這時聽青青之母問起，便道：「金蛇郎君我沒見過面，不過說起來，這位前輩和我實有師徒之分，我許多武功是從他那裏學的。這位前輩死後的情形，恕我不便對伯母說，只怕有壞人要去發掘他骸骨。」

青青之母身子一晃，向後便倒。青青連忙抱住，叫道：「媽媽，你別傷心。」

過了一會，青青之母悠悠醒來，哭道：「我苦苦等了十八年，只盼他來接我們娘兒離開這地方，那知他竟一個人先去了。青青連她爸爸一面也見不著。」

袁承志道：「伯母不必難過。夏老前輩現今安安穩穩的長眠地下。他的骸骨小姪已經好好安葬了。」又道：「夏前輩死時身子端坐，逝世之前又作了各種安排，顯非倉卒之間給人害死。」

青青之母說道：「原來是袁相公葬的，大恩大德，眞不知怎樣報答才好。」說著站起來施了一禮，又道：「青青，快給袁大哥磕頭。」青青拜倒在地，袁承志忙也跪下還禮。青青之母道：「不知他可有甚麼遺書給我們？」

袁承志想起秘笈封面夾層中的地圖和圖上字樣：「得寶之人，務請赴浙江衢州靜岩，尋訪溫儀，贈以黃金十萬兩。」當時看了這張「重寶之圖」，因無貪圖之念，隨手在行囊中一塞，此後沒再留意，曾想金蛇郎君以曠世武功，絕頂聰明，竟至喪身荒山，險些骸骨無人收殮，只怕還是受了這重寶之害。天下奇珍異寶，無不足以招致大禍，這話師父常常提起，因此對這張遺圖頗有些厭憎之感，這時經青青之母一問，這才記起，說道：「小姪無禮，斗膽請問，伯母的閨字，可是一個『儀』字？」

青青之母一驚，說道：「不錯，你怎知道？」隨即道：「那定是他……他……遺書上寫著的了，袁相公可……可有帶著？」神情中充滿盼望和焦慮。

袁承志正要回答，突然右足一頓，從亭子欄干上斜刺躍出。溫儀母女吃了一驚，只聽有人「啊喲」一聲，袁承志已伸手從玫瑰叢中抓了一個男子出來，走回亭子。那人已給他點中穴道，手足軟軟垂下，動彈不得。

青青叫道：「是七伯伯。」溫儀嘆了口氣，道：「袁相公，請你放了他吧。溫家門中，沒一個當我們母女是親人。」袁承志伸手在那人身上拍揑幾下，解開了他穴道。原來那人是昨晚與他交過手的溫南揚。他是溫方義的兒子，在衆兄弟中排行第七。

溫青青怒道：「七伯伯，我們在這裏說話，你怎麼來偷聽？也沒點長輩樣子。」

溫南揚一聽大怒，便欲發作，但剛才給袁承志擒住時全無抗禦之能，昨晚又在他手底吃過苦頭，恨恨的瞪了三人一眼，轉頭就走，走出亭子數步，惡狠狠的道：「不要臉的女人，自己偷漢子不算，還教女兒也偷漢子。」

溫儀一陣氣苦，兩行珠淚掛了下來。青青那裏忍得他如此辱罵，追出去喝道：「喂，七伯伯，你嘴裏不乾不淨的說甚麼？」

溫南揚轉身罵道：「你這賤丫頭要反了嗎？是爺爺們叫我來的，你敢怎樣？」

溫青青罵道：「你要教訓我，大大方方的當面說便是，幹麼來偷聽我們說話？」溫南揚冷笑道：「我們？也不知是那裏鑽出來的野男人，居然一起稱起我們來啦。溫家十八代祖宗的臉，都給你們丟乾淨了！」青青氣得脹紅了臉，轉頭道：「媽，你聽他說這種話。」

溫儀低聲道：「七哥，請你過來，我有話說。」溫南揚略一沉吟，大踏步走進亭子站定，和袁承志相距甚遠，防他突然出手。

溫儀道：「我們娘兒身遭不幸，蒙五位爺爺和各位兄弟照顧，在溫家又耽了十多年。那姓夏的事，我從來沒跟青青說過，現下既然他已不在人世，也就不必再行隱瞞。這件事七哥頭尾知道得很清楚，請你對袁相公與青青說一說吧。」

溫南揚怫然道：「我幹麼要說？你的事你自己說好啦，只要你不怕醜。」溫儀輕輕嘆了口氣，幽幽的道：「好吧，我只道他救過你性命，你還會有一些兒感激之心，那知溫家的人，全是那麼忘……忘……唉！」溫南揚怒道：「他救過我性命，那不錯。可是他為甚麼要救我？好，我痛痛快快說出來，免得你自己說時，不知如何胡言亂語，儘說些謊話。」青青怒道：「我媽媽怎會說謊？」溫儀拉了她一把，道：「讓七伯伯說。」

溫南揚坐了下來，說道：「姓袁的，青青，我怎樣識得那金蛇奸賊，現今原原本本的跟你們說，也好讓你們知道，那奸賊的用心如何險毒。」青青道：「你說他壞話我不聽。」說著雙手掩住耳朵。

溫儀道：「青青，你聽好啦。你過世的爸爸雖不能說是好人，可是比溫家全家的好處還多上百倍。」溫南揚冷笑道：「你忘了自己也姓溫。」

溫儀抬頭遠望天邊，輕聲道：「我……我……早已不姓溫了。」

「只見牆頭一個人跳了下來，剛好站在我的秋千上。他用力一盪，秋千飛了起來。他將我攔腰抱住，我接著只覺得騰雲駕霧般飛了出去。」

第六回　踰牆摟處子　結陣困郎君

溫南揚說道：「那是二十年前的事了，那時我二十六歲。爹爹叫我到揚州去給六叔做幫手。」袁承志心想：「原來靜岩溫氏五祖本有六兄弟。」溫南揚續道：「我到了揚州，沒遇上六叔。一天晚上出去做案子，不小心失了手。」溫儀冷冷的道：「不知是做甚麼案子？」

溫南揚怒道：「男子漢大丈夫，敢做難道還不敢說？我是瞧見一家大姑娘長得好，夜裏跳進牆去採花。她不從，我就一刀殺了。那知她臨死時一聲大叫，給人聽見了。護院的武師中竟有幾名好手，一齊湧來，好漢敵不過人多，我就給他們擒住了。」

袁承志聽他述說自己的惡行，竟毫無羞愧之意，心想這人當眞無恥已極。

溫南揚又道：「他們打了我一頓，將我送到衙門裏監了起來。我可也不怕。我這件案子不是小事，沸沸揚揚的早傳開了。我想六叔既在揚州，他武功何等了得，得知訊息後，自會來救我出獄。那知等了十多天，六叔始終沒來。上官詳文下來，給我判了個斬立決。獄卒跟我一說，我才驚慌起來。」溫青青哼了一聲，道：「我還道你是不怕死的。」

溫南揚不去理她，續道：「過了三天，牢頭拿了一大碗酒、一盤肉來給我吃。我知道明天就要處決了，心想人是總要死的，只不過老子年紀輕輕，還沒好好享夠了福，不免有點可惜，心一橫，把酒肉吃了個乾淨，倒頭便睡。睡到半夜，忽然有人輕輕拍我肩頭。我翻身坐起，聽得有人低聲在我耳邊說道：『別作聲，我救你出去！』接著嚓嚓幾聲響，我手腳的鐵鐐手銬，都讓他一柄鋒利之極的兵刃削斷了。他拉著我的手，跳出獄去。那人輕功好極，手勁又大，拉著我手，我趕路省了一大半力氣。兩人來到城外一座破廟裏，他點亮神案上的蠟燭，我才看清楚他是個長得挺俊的年輕人，年紀還比我小著幾歲。他是個小白臉，哼！」

說到這裏，向溫儀和青青狠狠的望了一眼，繼續說道：「我便向他行禮道謝。那人驕傲得很，也不還禮，說道：『我姓夏，你是棋仙派姓溫的了？』我點頭說是，這時見他腰間掛著那柄削斷我銬鐐的兵刃，彎彎曲曲的似乎是柄劍，只是劍頭分叉，模樣很古怪。」

袁承志心想：「那便是那柄金蛇劍了。」他不動聲色，聽溫南揚繼續說下去：「我問他姓名，他冷冷的道：『你不必知道，反正以後你也不會感激我。』當時我很奇怪，心想他救我性命，我當然一輩子感激。那人道：『我是爲了你六叔溫方祿才救你的。跟我來！』我跟著他走到運河邊上，上了一艘船，他吩咐船老大向南駛去。那船離開了揚州十多里路，我才慢慢放心，知道官府不會再來追趕了。我問了幾句，他只冷笑不答，忽然從衣囊裏拿出一對蛾眉刺來。這是六叔的兵器，素來隨身不離，怎麼會落在這人手中，我心中奇怪。那人道：『你六叔是我好朋友，哈哈！』怪笑了幾聲，臉上忽露殺氣，我不由得打了個寒噤。他道：『這口箱子，你帶回家去。』說著向船艙中一指，我見那箱子很大，用鐵釘釘得牢固，外面還用粗繩縛住。他道：『你趕快回家，路上不可停留。這口箱子必須交你大伯伯親手打開。』我一一答應了。他又說：『一個月之內，我到你家來拜訪，你家裏長輩們好好接待吧。』我聽他說話不倫不類，但也只得答應。他囑咐完畢，忽然提起船上的鐵錨，喀喇喀喇，把四隻錨爪都拗了下來。」

溫青青聽到這裏，不由自主的叫了一聲：「好！」溫南揚呸的一聲，在地下吐了一口濃痰。青青性愛潔淨，見他如此蹧蹋自己親手布置的玫瑰小亭，心中難過。袁承志知她心意，伸足把痰擦去。青青望了他一眼，眼光中甚有感激之意。

溫南揚續道：「他向我顯示武功，也不知是何用意，只見他把斷錨往船艙中一擲，說道：『你如不照我的吩咐，開箱偷看，私取寶物，一路上倘若再做案子，這鐵錨便是你的榜樣！』從囊中拿出一錠銀子，擲在船板上，說道：『你的路費！』拔起船頭上的兩枝竹篙，雙手分別握定，兩枝竹篙插入河中，身子已躍入半空，他放開竹篙，在空中翻了幾個觔斗，身法巧妙，一路翻動，一路近岸，落下來時已到了岸上。但聽得他在岸上一聲長笑，身子已消失在黑影之中。」

袁承志心想：「這位金蛇郎君大有豪氣。」他只心裏想想，青青卻公然讚了起來：「這人眞是英雄豪傑。好威風，好氣概！」

溫南揚道：「英雄？呸！英他媽的雄。當時我只道他是我救命恩人，雖見他說話時眼露兇光，似乎對我十分憎厭，還道他脾氣古怪，也不怎麼在意。過江後，我另行僱船，回到家來。一路上搬運的人都說這口箱子好重，我想六叔這次定是發了橫財，箱子中盛滿金銀財寶。我花了這麼多力氣運回家來，叔伯們定會多分給我一份，因此心裏高興。回家之後，爹爹和叔伯們很誇獎我能幹，說第一次出道，居然幹得不壞。」

青青插口道：「的確不壞，殺了個大閨女，帶來一口大箱子。」溫儀道：「青青，別多嘴，聽七伯伯說下去。」

溫南揚道：「這天晚上，廳上點滿蠟燭，兩名家丁把箱子抬進來。爹爹和四位叔伯坐在中間。我親自動手，先割斷繩子，再把鐵釘一枚枚的起出來。我記得很清楚，大伯伯那時笑著說：『老六又不知看中了那家的娘兒，荒唐得不想回家，把這箱東西叫南揚先帶回來。來，咱們瞧瞧是甚麼寶貝！』我揭開箱蓋，見裏面裝得滿滿的，上面鋪著一層紙，紙上有一封信，信封上寫著『溫氏兄弟同拆』幾個字。我見那幾個字似乎不是六叔的手筆，就把信交給大伯伯。他並不拆信，說道：『下面是甚麼東西？』我把那層紙揭開，下面是方方的一個大包裹，包裹用線密密縫住。大伯伯道：『六嫂，你拿剪刀來拆吧。六弟怎麼忽然細心起來啦？』六嬸拆開縫著的線，把包袱一揭開，突然之間，包裏裏颼颼颼的射出七八枝毒箭。」

青青驚呼了一聲。袁承志心想：「這是金蛇郎君的慣技。」

溫南揚道：「這件事現今想起來還是教人心驚膽戰，要是我性急去揭包袱，這條命還在嗎？這幾枝毒箭哪，每一箭都射進了六嬸的肉裏。那是見血封喉、劇毒無比的藥箭，六嬸登時全身發黑，哼也沒哼一聲就倒地死了。」

他說到這裏，轉過頭厲聲對青青道：「那就是你老子幹的好事。這一來，廳上衆人全都轟動。五叔疑心是我使奸，逼我打開包袱。我站得遠遠地，用一條長竿把包袱挑開，總算再沒箭射出來。你道包裏裏是甚麼珍珠寶貝？」青青道：「甚麼？」

溫南揚冷冷的道：「你六爺爺的屍首！給斬成了八塊！」

青青吃了一驚，嚇得嘴唇都白了。溫儀伸手摟住了她。

四人靜默了一陣。溫南揚道：「你說這人毒不毒？他殺了六叔也就罷了，卻把他屍首這般送回家來。」溫儀道：「他爲甚麼這樣做，你可還沒說。」溫南揚道：「哼，你當然覺得挺應該哪。只要是你姘頭幹的事，不論甚麼，你都說不錯。」

溫儀望著天空的星星，出了一會神，緩緩的道：「他是我丈夫，雖然我們沒拜天地，可是在我心中，他是我的親丈夫。靑靑，那時我比你此刻還小兩歲，比你更加孩子氣，又不愛學武，甚麼也不懂。這些叔伯們在家裏兇橫野蠻，無惡不作，我向來不喜歡他們，見六叔死了，老實說我心裏也不難受。那時我只覺得奇怪，六叔這麼好的武功，怎麼會給人殺死。只聽得大伯伯拿起了那封信，大聲讀了起來。這件事過去有二十年了，可是那天晚上的情形，我還是記得淸淸楚楚。那封信裏的話，我也記得淸淸楚楚。「大伯伯氣得臉色發白，讀信的聲音也發顫了，他這麼唸：『棋仙派溫氏兄弟聽了：送上你們弟弟溫方祿屍首一具，便請笑納。此人當年汚辱我親姊之後，又將其殺害，並將我父母兄長，一家五口盡數殺死。我孤身一人逃脫在外，現歸來報仇。血債十倍回報，方解我恨。我必殺你家五十人，汚你家婦女十人。不足此數，誓不爲人。金蛇郎君夏雪宜宣示。』」

她背完那封信，吁了口氣，對溫南揚道：「七哥，六叔殺他全家，這事可是有的？」

溫南揚傲然道：「我們男子漢大丈夫，入了黑道，劫財劫色，殺人放火，那也稀鬆平常。六叔見他姊姊長得不錯，用強不從，拔刀殺了，又有甚麼了不起？本來也不用殺他滿門，定是六叔跟她家人朝了相，這才要殺人滅口。只可惜當時給這兔崽子漏了網，以致後患無窮。」

溫儀嘆道：「你們男人在外面作了這樣大的孽，我們女子在家裏又怎知道。」

溫南揚道：「大伯伯讀完了信，哈哈大笑，說道：『這賊子找上門來最好，否則咱們去找他，還不知他躲在那裏呢？』他話雖這麼說，可十分謹愼，仔細盤問我這奸賊的相貌和武功，當晚大家嚴行戒備，又派人連夜去把七叔和八叔從金華和嚴州叫回來。」

袁承志心中奇怪：「怎地他們兄弟這麼多？」青青也問了起來：「媽，我們還有七爺爺、八爺爺，怎麼我不知道？」溫儀道：「那是你爺爺的堂兄弟，本來不住在這兒的。八個人，所以溫家叫『八德堂』哪！」青青道：「甚麼德性？」

溫南揚道：「七叔一向在金華住，八叔在嚴州住，雖是一家，外面知道的人不多。那知這金蛇奸賊消息也眞靈，七叔和八叔一動身，半路上就給他害死了。這奸賊神出鬼沒，不知在那一天上，把我們家裏收租米時計數用的竹籌偷去了一批。他殺死我們一個人，便在死人身上插一根竹籌，看來不插滿五十根，不肯收手。」

青青道：「咱們宅子裏上上下下一百多人，怎會抵擋不住？他有多少人呢？」

溫南揚道：「他只一個人。這奸賊從來不公然露面，平時也不知躲在甚麼地方，只等我們的人一落單，就出手加害。大伯伯邀了幾十位江湖好手來靜岩，整天在宅子裏吃喝，等這奸賊到來，宅子外面貼了大佈告，邀他正大光明的前來決鬥。但他並不理會，見我們人多，就絕跡不來。過了半年，這些江湖好手慢慢散去了，大房的三哥和五房的九弟忽然溺死在池塘裏，身上又插了竹籌。原來這奸賊也眞有耐心，悄悄的等了半年，看準了時機這才下手。接連十來天，宅子裏天天有人喪命。靜岩鎭上棺材店做棺材也來不及，只得到衢州城裏去買。對外面只說宅子裏撞了瘟神，鬧瘟疫。儀妹妹，這些可怕的日子你總記得吧？」

溫儀道：「那時候全鎭都人心惶惶。咱們宅子裏日夜有人巡邏，爹爹和叔伯們輪班巡守。女人和孩子都聚集在中間屋裏，不敢走出大門一步。」

溫南揚切齒道：「饒是這樣，四房裏的兩個嫂嫂半夜裏還是給他擄了去，當時咱們只道又給他害死了，那知過了一個多月，兩個嫂嫂從揚州捎信來，說給這奸賊賣進了妓院堂子，被迫接了一個月客人。四叔氣得險些暈死過去，這兩個媳婦也不要了，親自去殺光了堂子裏的老鴇龜奴、妓女嫖客，連兩個嫂嫂也一起殺了，又放火連燒了揚州八家堂子。」

袁承志聽得毛骨悚然，心想：「這金蛇郎君雖然是報父母兄姊之仇，但把元兇首惡殺死也已經夠了，這樣做未免過份。」又想：「溫方施怎地遷怒於人，連自己的兩個媳婦也殺了？」不自禁的搖頭，很覺不以爲然。

溫南揚道：「最氣人的是，每到端午、中秋、年關三節，他就送封信來，開一張清單，說還欠人命幾條，婦女幾人。棋仙派在江南縱橫數十年，卻給這奸賊一人累得如此之慘，大家處心積慮，要報此仇。但這奸賊身手實在太強，爹爹和叔伯們和他交了幾次手，都拾奪他不下。咱們防得緊了，他接連幾個月不來，只要稍有鬆懈，立刻出事。咱們在明，他在暗裏，大家實在無計可施。兩年之間，咱溫家給他大大小小一共殺死了三十八口人。青青，你說，咱們該不該恨這惡賊？」青青道：「後來怎樣？」溫南揚道：「讓你媽說下去吧。」

溫儀對袁承志望了一眼，淒然道：「他的骸骨是袁相公埋葬的，那麼我甚麼事也不必瞞你，只求袁相公待會把他去世時的情形，說給我們母女倆知道……那麼……」

她說到這裏，聲音又咽哽了，隔了一會，說道：「那時我不懂他爲甚麼這樣狠，其實也不想懂。爹爹不許我們走出大門一步，我好氣悶，每天只能在園子裏玩玩，爹爹還說，沒哥哥們陪著，女孩子就是大白天也不能去園子裏。這天是陽春三月，田裏油菜花的香味一陣陣從窗外吹進來，我眞想到山坡上去看看花，聞聞田野裏那股風的鮮氣，可是這害死了人的金蛇郎君呀，在這麼好的天氣，卻把我悶悶的關在屋裏。我眞想獨自個溜出去一會兒，可是想起爹爹那嚴厲的神氣，又不敢啦。這天下午，我和二房裏的三姊、五房裏的嫂嫂，還有南揚哥你和天霸哥，我們五個人在園子裏玩，我在盪秋千，越盪越高。身子飄了起來，從牆頭上望出去，見到綠油油的楊柳，一株株開得茂盛的桃花，眞是高興。忽然，天霸哥怪叫了一聲，仰天跌倒，我嚇了一大跳，後來才知他胸口中了那人一枚金蛇錐，當場就打死了。南揚哥你呢？我記得你馬上逃進了屋，把我們三個女人丟在外面。」

溫南揚脹紅了臉，辯道：「我打不過他，不走豈不是白送性命？我是去叫救兵。」

溫儀道：「我還不明白是怎麼一回事，只見牆頭一個人跳了下來，剛好站在我的秋千上。他用力一盪，秋千飛了起來，他將我攔腰抱住，我接著只覺得騰雲駕霧般的飛了出去。我以爲這一下兩人都要跌死了，那知他左手抱著我，右手在牆外大樹枝上一扳，便又彈了起來，輕輕的落在數丈之外。這時我嚇胡塗了，舉起拳頭往他臉上亂打。他手指在我肩窩裏一點，我登時全身癱軟，一動也不能動啦。只聽得後面很多人大聲叫嚷追趕，但後來聲音越來越遠。他挾著我奔了半天，上了一座高山峯，進了一個懸崖峭壁上的山洞。他解了我穴道，望著我獰笑。我忽然想起了那兩位嫂嫂，心想與其受辱，不如自己死了乾淨，就一頭向山石上撞去。他在我後心一拉，我才沒撞死，留下了這個疤。」說著往自己額上一指。袁承志見那傷疤隱在頭髮叢裏，露在外面的有一寸來長，深入頭頂，看來當時受傷著實不輕。

溫儀嘆道：「倘若就這麼讓我撞死了，對他自己可好得多，誰知這一拉竟害苦了他。那時我昏了過去，等醒來時，見身上裹著一條毯子，我一驚又險些暈了過去，後來見自己身上衣服穿得好好地，才稍稍放了些心，想是他見我尋死，強盜發了善心，便沒下手害我。我緊緊閉住眼睛，一眼也不敢瞧他，連心裏也不敢去想眼前的事。

「他怕我再尋死，那兩天之中，日夜都守著我。跟我說話，我自然不答。他煮了東西給我吃，我只是哭，甚麼也不吃。到第四天上，他見我餓得實在不成樣子了，於是熬了一大碗肉湯，輕聲輕氣的勸我喝。我不理不睬，他忽然抓住我，捏住我鼻子，把肉湯往我口裏灌，這樣強著我喝了大半碗湯。他手一鬆，我就將一口熱湯噴在他臉上。我是要激他生氣，乾脆一刀殺了我，免得受他欺侮，再把我像二位嫂嫂那樣，賣到妓院堂子裏去活受罪。那知他並不發怒，只是笑笑，用袖子擦去了臉上湯水，呆呆望著我，不住歎氣。」

袁承志和青青對望了一眼，青青突然間紅暈滿臉。

溫儀道：「那天晚上，他睡在洞口，對我說：『我唱小曲兒給你聽好嗎？』我說：『我不愛聽。』他高興得跳了起來，說道：『我還當你是啞巴，原來是會說話的。』我罵道：『誰是啞巴來著？見了壞人我就不說話。』他不再言語了，高高興興的唱起山歌來，唱了大半夜，直到月亮出來，他還在唱。我一直在大宅子裏住著，那裏聽見過這種……這種山歌。」

溫南揚喝道：「你又怕聽又想聽，是不是？誰耐煩來聽你說這些不要臉的事！」大踏步便向亭外走去。青青道：「他定是去告訴爺爺們。」溫儀道：「由他說去，我早就甚麼都不在乎了。」青青道：「媽，你再說下去。」

溫儀道：「後來我矇矇矓矓的就睡著了。第二日早晨醒來卻不見了他，我想一個人逃回家來。可是這山洞是在一座山峯頂上，山峯好陡，沒路可下，只有似他這般輕功極高的人，纔能上下。到中午時他回來了，給我帶來了許多首飾、脂粉。我不要，拿起來都拋入了山谷裏。他可也不生氣，晚上又唱歌給我聽。

「有一天，他帶了好多小鷄、小貓、小烏龜上山峯來，他知道我不忍心把這些活東西丟下山去。他整天陪我逗貓兒玩，餵小烏龜吃東西，晚上唱歌給我聽。我在山洞裏睡，他從來不踏進山洞一步。我見他不來侵犯我，放心了些，也肯吃東西了。可是一個多月中，我一直不跟他說話。他始終對我很溫柔很和氣，爹爹和媽媽都沒他待我這麼好。

「又過得幾天，他忽然板起了臉，惡狠狠的瞧我，我很害怕，哭了起來。他嘆了口氣，哄我別哭。那天晚上我聽得他在哭泣，哭得很傷心。不久，天下起大雨來，他仍不進洞來，我心中不忍，叫他進山洞來躲雨，他也不理。

「我問他爲甚麼哭，他粗聲粗氣說：『明天是我爸爸、媽媽、哥哥、姊姊的忌辰。我一家全被你家的人在這天害死了。明天我說甚麼也得殺一個人來報仇。你家裏現下防備很嚴，請了崆峒派的李拙道人和十方寺的清明禪師作幫手，哼，這兩人雖然厲害，我難道就此罷手不成？』他咬牙切齒的，冒著大雨就下峯去了。第二天到傍晚時，他還是沒回來，我倒有些記掛了，暗暗盼望他平安回來。」

聽到這裏，青青偷偷望了袁承志一眼，瞧他是否有輕視之色，但見他端謹恭坐，留神傾聽，這才寬慰，緩緩吁了口氣。

溫儀道：「天快黑了，我幾次到山峯邊眺望。也不知去望了幾次，終於見到對面那座山峯上有四個人在互相追逐，身法都快得不得了。我用心細看，最先一人果然是他，後面一個道士，另一個是和尚，第四個卻是我爹爹。他手中拿的是那把金蛇劍，一個鬥他們三個，邊打邊逃。鬥了一會，那和尚一禪杖橫掃過去，眼見他無法避開，我心中著急，大聲叫了起來，那知他金蛇劍回過來一格，竟把禪杖斬去了一截。爹爹聽見叫聲，回頭望見了我，不再爭鬥，往我這山峯上奔來。

「他很是焦急，兩劍把和尚與道人逼開，隨後追趕。這一來，變成我爹爹在前，他在中間，僧道二人在後。四人不久就奔下山谷。他追上了我爹爹，攔住了不許他到我這邊山峯來。鬥了幾回合，一僧一道趕到，我爹爹抽空跳出，向我這邊攀上來。這四人邊鬥邊奔，追到了我站著的山峯上。我很是高興，大叫：『爹爹，快來！』這時他如發瘋般搶了過來，接連三劍，把爹爹逼得不住倒退。爹爹打他不過，眼見危急，僧道二人也到了。爹爹叫道：『阿儀，你怎樣！』我說：『我很好，爹，你放心。』爹爹道：『好，咱們先料理了這奸賊再說。』三人又把他圍在中間。

「那道人大聲道：『金蛇郎君，我們崆峒派跟你無冤無仇，只不過見你太也過份，因此挺身出來作和事老。我誰也不幫，如你答允罷手，以後不再去溫家惹事，今日之事就此善罷。』他大聲叫道：『父母兄姊之仇，豈能不報？』那和尚道：『你已經殺了這許多人，也該夠了。勸你瞧在我們二人的臉上，就此停手吧！』他忽然挺劍向和尚刺去，四人又惡鬥起來。那道人的兵刃有點兒古怪，想來武功甚強，和尚的禪杖只剩下半截，使開來風聲呼呼猛響，也很厲害。他越打越不成了，滿頭大汗，忽然一個踉蹌，險些跌倒。

「那和尚揮杖打下去，讓他側身躲過，他身子這樣一側，見到了我的臉。他後來說，他那時候本已筋疲力竭，但一見到我流露出對他十分關懷的神氣，突然間精神大振。他的劍使得越來越快，山谷中霧氣上升，煙霧中只見到金光閃耀。只聽得他叫道：『溫姑娘，別怕，瞧我的！』那和尚大叫一聲，骨溜溜的滾下山去，腦門正中釘了一枚金蛇錐。我爹和那道人都吃了一驚。他挺劍向我爹刺去，那道人乘虛攻他後心。他突然大喝一聲，左手雙指向道人眼中戳去。道人頭一低，他一劍揮過，將道人攔腰斬爲兩截。」

青青呀的一聲叫了出來。溫儀道：「他回手一劍，向我爹爹刺去。爹爹見他接連殺了兩個大幫手，早嚇得心驚膽戰，鋼杖越使越慢。我忙從洞裏奔出來，叫道：『住手，住手！』他聽我一叫，就停了手。我道：『這是我爹爹！』他向我爹爹狠狠望了一眼，說道：『你走吧，饒你性命！』爹爹很感意外，回身要走。這時我因整天沒吃東西，加之剛才擔心受驚，見他饒了爹爹，心中一喜，突然跌倒。他忙搶過來扶我，我從他肩上望出去，只見爹爹目露兇光，忽然舉起鋼杖，猛力向他後腦打去。

「他一心只關注著我有沒受傷，全沒想到爹爹竟會偷襲。我忍不住呼叫：『當心！』他忙將頭側過，腦袋避開了鋼杖，這一杖打中他背。他夾手奪過鋼杖，擲入山谷，雙掌向爹爹打去。爹爹無法招架，閉目等死。他回頭向我望了一眼，嘆了口氣，對爹爹道：『你快走。別讓我回心轉意，又不饒你了！』爹爹急奔下山。他背上吃了這杖，受傷著實沉重，爹爹剛走，他就一口鮮血，噴在我胸前衣上。」

青青哼了一聲道：「爺爺這般不要臉，明裏打不過人家，就來暗下毒手！」

溫儀嘆道：「按理說，他是我家的大仇人，連殺了我家幾十口人。可是見他受人圍攻暗算，我禁不住心裏向著他，這也叫作前生冤孽。

「他搖搖晃晃的走進洞去，從囊中拿出傷藥來吃了，接連又噴了許多鮮血出來。我嚇得只是哭。他雖然受傷，神色卻很高興，問我：『你幹麼哭？』我哭道：『你傷得這樣。』他笑問：『你是爲了我才哭？』我回答不出，只覺得很傷心。

「過了一會，他說：『自從我全家的人給你六叔害死之後，從來沒人關心過我。我今日殺了你一個堂兄，前後一共已殺了四十人，本來還要再殺十人，看在你的眼淚份上，就此罷手不殺了。』我只是哭，不說話。他又道：『你家的女人我也不害了，等我傷好之後，送你回家。』我心裏一股說不出的滋味，只覺得他答允不殺人了，那就很好。以後幾天我燒湯煮飯，用心服侍他。可是他不停的嘔血，有時迷迷糊糊的老是叫『媽媽』。

「有一天他整天暈了過去，到了傍晚，眼見不成了。我哭得兩眼都腫了。他忽然睜開眼來，笑了一笑，說道：『不要緊，不會死。』過了兩天，果然慢慢好了起來，一天晚上對我說，那天中了這一杖，本來活不成了，但想到他死之後，我在這高峯絕頂之上走不下去，我家的人又怕了他，不敢來找，那我非餓死不可。爲了我，他無論如何要活著。」

青青插嘴道：「媽，他待你很好啊，這人很有良心。」說著狠狠望了袁承志一眼。

袁承志臉上一陣發熱，轉開了頭，眼光不跟她相對。

溫儀又道：「以後他身子漸漸復元，跟我說起小時候的事情，他爸爸媽媽怎樣疼他，哥哥姊姊又怎樣愛護他。有一次他生病，他媽媽三天三夜沒睡覺的守在他床邊。那知一天晚上，六叔竟把他全家殺了。那時我覺得這人雖然手段兇狠毒辣，但說到他親人的時候，語氣卻很良善柔和。他拿出一個繡花的紅肚兜來給我看，說是他週歲時他媽媽繡的。」

她說到這裏，從懷中取了一個小孩用的肚兜出來，攤在桌上。袁承志見這肚兜紅緞面子，白緞裏子，繡著個光身的胖娃娃睡在一張大芭蕉葉子上。胖娃娃神情憨憨的很是可愛，繡工精致，想得到他媽媽刺繡時滿心是愛子之情。袁承志從小沒爹娘，看到這肚兜，想到自己身世，不禁一陣心酸。

溫儀續道：「他常常唱山歌給我聽，還用木頭削成小狗、小馬、小娃娃給我玩，說我是個不懂事的女娃娃。後來他傷勢完全好了，我見他越來越不開心，忍不住問他原因，他說他捨不得離開我。我說：『那麼我就躭在這裏陪你好啦！』

「他非常開心，大叫大嚷，在山峯上兩株大樹上跳上跳下，像猴子一樣翻觔斗。

「他對我說：他得到了一張圖，知道了一個大寶藏的所在，其中金銀珠寶，多得難以估量。據說從前燕王篡位，從北京打到南京。建文皇帝怱忙逃走，把內庫裏的珍珠寶貝埋在南京一個秘密地方。燕王接位之後，搜遍了南京全城也找不到。他派三保太監幾次下南洋，一來是爲了找尋建文皇帝的下落，二來是爲了探查這批珍寶。」

袁承志心道：「原來在金蛇秘笈中發現的，便是這張寶藏地圖。」

溫儀續道：「他說成祖皇帝一生沒找到這張地圖，但幾百年後，卻讓他無意之中得到了，眼下他大仇已報完了，就要去尋這批珍寶，尋到之後，便來接我，現下先把我送回家去。」

她說到這裏，輕聲道：「他捨不得我離開他，其實我心中也捨不得。可是……可是啊……我總不能就這樣跟了他去。我回家之後，大家卻瞧我不起，我很惱怒，他們沒本事保護自己女兒，我清清白白的回家，大家反來羞辱我。我也就不理他們，不跟他們說話。」

青青接口道：「媽媽，你很對。你又做錯了甚麼？」

溫儀道：「我在家裏等了三個月，一天晚上，忽然聽得窗下有人唱歌，一聽聲音我就知道是他到了，忙打開窗子讓他進來。我們見了很歡喜。這天晚上我就和他好了，有了你這孩子。那是我自己願意的，到如今我也一點不後悔。人家說他強迫我，不是的。青兒，你爸爸待你媽媽很好，我們之間一直很恩愛。他始終看重我，從來沒強迫過我。」袁承志暗暗欽佩她的勇氣，聽她說得一往情深，不禁淒然。

青青忽然低聲唱了起來：

「從南來了一羣雁，也有成雙也有孤單。成雙的歡天喜地聲嘹喨，孤單的落在後頭飛不上。不看成雙，只看孤單，細思量你的淒涼，和我是一般樣！細思量你的淒涼，和我是一般樣。」

歌聲嬌柔婉轉，充滿了哀怨之情。

溫儀淒然道：「那就是她爸爸唱給我聽過的一支小曲。這孩子從小在我懷裏聽這些歌兒，聽得多了，居然也記住了。」

袁承志道：「夏前輩那時候想是已經找到了寶藏？」

溫儀道：「他說還沒找到，不過已有了線索。他心中掛念著我，不願再爲了寶藏而躭擱時日。他說到寶藏的事，我也沒留心聽。我們商量著第二天一早就偷偷的溜走，心中十分歡喜，甚麼也沒防備，不料想說話卻給人偷聽去了。

「第二日天還沒亮，我收拾好了衣服，留了一封信給爹爹，正想要走，忽然有人敲門。我當然很怕，他說不要緊，就是千軍萬馬也殺得出去。他提了金蛇劍，打開房門，進來的竟是我爹爹和大伯、二伯三人。他們都空著雙手，沒帶兵刃，穿著長袍，臉上居然都笑嘻嘻地，絲毫也沒敵意。我們見他三人這副模樣，很是詫異。

「爹爹說：『你們的事我都知道了，這也是前生的冤孽。上次你不殺我，我也很承你的情。以後咱們結成親家，可不能再動刀動槍。』他以為爹爹怕他再殺人，說道：『你放心，我早答應了你小姐，不再害你家的人！』爹爹說：『私下走可不成，須得明媒正娶，好好拜堂。』他搖頭不信。我爹爹說：『阿儀是我的獨生愛女，總不能讓她跟人私奔，一生一世抬不起頭來。』他想這話不錯。那知他為了顧全我，卻上了爹爹的當。」

袁承志問道：「令尊是騙他的，不是眞心？」

溫儀點點頭，說道：「爹爹就留他在廂房裏歇，辦起喜事來。他始終信不過，我家送給他吃的酒飯茶水，他先拿給狗吃。狗吃了一點沒事，但他仍不放心，毫不沾唇，晚上都拿去倒掉，自己在靜岩鎭上買東西吃。

「一天晚上，媽媽拿了一碗蓮子羹來，對我說：『你拿去給姑爺吃吧！』我不懂事，還道媽媽體惜他，高高興興的捧到房裏。他見我親手捧去，喜歡得甚麼也沒防備，幾口吃了下去，正和我說話，忽然臉色大變，站起來叫道：『阿儀，你心腸這樣狠！』我嚇慌了，問道：『甚麼？』他道：『你為甚麼下我的毒？』」

「你為甚麼下我的毒？」這句話，雖在溫儀輕柔的語音中說來，還是充滿了森然可怖之意，想見當時金蛇郎君如何憤怒，又如何傷心。袁承志和青青聽了，不由得毛骨悚然。溫儀的眼淚一滴滴落在衣襟之上，再也說不下去。

寂靜之中，忽聽得亭外磔磔怪笑。三人急忙回頭，只見溫氏五兄弟並肩走近，後面跟著二三十人，手中都拿兵刃。

溫方山喝道：「阿儀，你把自己的醜事說給外人聽，還要臉麼？」

溫儀脹紅了臉，要待回答，隨即忍住，轉頭對承志道：「十九年來，我沒跟爹爹說過一句話，以後我也永不會跟他說話。我本來早不該再住在溫家，可是我有了青青，又能去那裏？再說，我總盼望他沒死，有一天會再來找我。我如離開了這裏，他又怎找得到我？他既已死了，我也沒甚麼顧忌了。我不怕他們，你怕不怕？」

袁承志還沒答話，青青已搶著道：「承志大哥不會怕的。」

溫儀道：「好，我就說下去。」提高了聲音，繼續說道：「我急得哭了出來，不知道要怎樣說、怎樣做才好，突然之間，房門給人踢飛，許多人手執了刀槍湧了進來。」她向亭外一指，說道：「當時站在房門外的，就是這些人。他們……他們手裏都拿著暗器。爹爹總算對我還有幾分父女之情，叫道：『阿儀，出來！』我知道他們要等我出去之後，立刻向他發射暗器，房間只是這麼一點地方，他往那裏躲去？我叫道：『我不出來，你們連我一起殺了吧！』我擋在他身前，心中只一個念頭，要給他擋箭，不讓他給人傷害。

「他本來眉頭深鎖，坐在椅上，以爲我和家裏的人串通了下毒害他，十分傷心難受，也不想動手反抗，聽我這麼說，突然跳了起來，很開心的道：『你不知蓮子羹裏有毒？』我端起碗來，見碗裏還賸了些兒羹汁，一口喝下，說道：『我跟你一起死！』他揮掌把碗打落，但我已經喝了。他笑道：『好，大家一起死！』轉頭向他們罵道：『使這等卑鄙陰毒的手段，你們也不怕醜麼？』

「大伯伯怒道：『誰使毒了？下毒的不是英雄好漢。你自恃本領高，就出來鬥鬥！』他說：『好！』就出去和他們五兄弟打了起來。他喝的蓮子羹裏雖沒毒藥，但放著他們溫家秘製的『醉仙蜜』，只要喝了，慢慢會全身無力，昏睡如死，要過一日一夜才能醒來。這些人哪，還捨不得用毒藥害死他，想把他迷倒，再慢慢來折磨他。他們……他們當眞是英雄好漢！」說到這裏，語氣中充滿怨毒，只是她生性溫柔，不會以惡語罵人。

溫方施在亭子外大聲怒道：「這無恥賤人，早就該殺了，養她到今日，反而恩將仇報！」青青道：「我娘兒倆在溫家吃了十幾年飯，可是四爺爺，我這兩年來，給你們找了多少金銀財寶？就是一百個人，一輩子也吃不完吧。我娘兒倆欠你們溫家的債，早還清啦！」溫方達不願在外人之前多提家門醜事，叫道：「喂，姓袁的，你敢不敢跟我們五兄弟一起鬥鬥？」

袁承志前兩日念在他們是青青的長輩，對之禮數周到，這時聽溫儀說了他們的陰險毒辣，不覺滿懷憤怒，叫道：「哼，別說五人，你們就是有十兄弟齊上，我又何懼！」

溫儀冷笑道：「那天晚上，他們也是五兄弟打他一人，本來他能抵敵得住的，但他喝了『醉仙蜜』之後，越打越手足酸軟。他們五兄弟有個練好了的『五行陣』，打起架來，五兄弟就如是一個人……」承志聽到「五行陣」三字，陡然想起《金蛇祕笈》中詳述「五行陣」及其破法的記載，恍然大悟：「原來如此！」溫方山喝道：「阿儀，你吃裏扒外，洩溫家的底！」

溫儀不理父親的話，對承志道：「他急著想擊倒五人中的一人，就可破了這五行陣，但他搖搖晃晃的越來越不行。我叫道：『你快走吧，我永不負你！』」她這一聲叫喚聲音悽厲，似乎就和那天晚上叫的一樣。青青嚇怕了，連叫：「媽媽！」承志說道：「伯母回房休息吧，我和令尊他們談一談，明兒再來瞧你。」

溫儀拉住他衣袖，叫道：「不，不，我在心中憋了十九年啦，今兒非說出來不可。袁相公，你聽我說呀！」承志聽她話中帶著哭聲，點頭道：「我在這裏聽著。」

溫儀仍然緊緊扯住他衣袖不放，說道：「他們要他的命，可是更加要緊的，他們想發財。他再打一陣，身上受了傷，支持不住，跌在地下，終於……終於給他們擒住了。我撲到他身上，也不知是那一位叔伯將我一腳踢開。他們逼著他交出藏寶的地圖來。他說：『那圖不在我身上，誰有種就跟我去拿。』他們細搜他身上，果然沒圖。這樣就爲難啦，放了他吧，等藥性一過，沒人再制得住他。殺了他吧，那大寶藏可永遠得不到手。最後還是我爹爹主意兒高明，哈哈，好聰明，不是嗎？那時候他已經昏了過去，我也暈倒了。等我醒來，他們已經把他的腳筋和手筋都割斷了，教他空有一身武功，永遠不能再使勁，然後逼著他去取圖尋寶。眞聰明，是不是？哈哈，哈哈！」承志見她眼光散亂，呼吸急促，已有些神智失常，勸道：「伯母，你還是回房去歇歇。」

溫儀道：「不，等你一走，他們就要把我殺了，我要說完了才能死……他們押著他走了。還有崆峒派的兩名好手同去。大家都想發這筆橫財。但不知怎樣，還是給他逃脫了。多半是他給了他們一張圖，他們一快活，防備就疏了。他們很聰明，我那郎君可也不蠢哪。他們七個人拿到這張藏寶圖，你搶我奪，五兄弟合謀，先把崆峒派的兩人害死了。」

溫方義厲聲罵道：「阿儀，你再胡說八道，可小心著！」

溫儀笑道：「我幹麼小心？你以爲我還怕死麼？」轉頭對袁承志道：「那知道這張圖卻是假的。他們五人在南京鑽來鑽去搞了大半年，花了幾千兩銀子本錢，一個小錢也沒找到，哈哈，眞是再有趣也沒有啦。」

溫氏兄弟空自在亭外橫眉怒目，卻畏懼袁承志，不敢衝進亭來。

溫儀說到這裏，呆呆的出神，低聲緩緩的道：「他這一去，我就沒再得到他的音訊。他手腳上的筋都斷了，已成廢人。他是這樣的心高氣傲，不痛死也會氣死……」

溫方達又叫：「姓袁的，這小賤人說起我們溫氏的五行陣，你已聽到了，有種的就出來試試。」溫儀低聲道：「你走吧，別跟他們鬥。」輕輕嘆了口氣，說道：「金蛇郎君所遭冤屈，終於有人知道了。」

袁承志曾和溫氏五兄弟一一較量過，知道單打獨鬥，沒一個是自己對手，不過他們五人齊上，再加上有個操練純熟的五行陣，只怕當眞難鬥。「五行陣」的陣法與破法，自習了《金蛇祕笈》後，早已了然於胸，無所畏懼，但他五老是青青的尊長，以金蛇郎君所傳之法對付，下手過於狠毒，非己所願，一時頗爲躊躇。

溫方義叫道：「怎麼，不敢麼？乖乖的跟爺爺們磕三個響頭，就放你出去。」溫方施陰森森的道：「這時候磕頭也不成啦。」

袁承志尋思：「須得靜下來好好想一想，籌思善策。」他初出茅廬，閱歷甚淺，不似江湖上的老手，一遇難題，對策立生，於是朗聲道：「溫氏五行陣既然厲害無比，晚輩倒也想見識見識。不過我現下甚是疲累，讓我休息一個時辰，成嗎？」

溫方義隨口道：「一個時辰就一個時辰，你再挨上十天半月也逃不了。」溫方山低聲道：「這小子別使甚麼詭計，咱們馬上給他幹。」溫方達道：「二弟已答應了他，就讓他多活一個時辰，也教他死而無怨。」

溫儀急道：「袁相公，你別上當，他們行事向來狠辣，那有這麼好心，肯讓你多休息一個時辰。這些年來，他們念念不忘的就是那個寶藏。他們要想法子害你，要挑斷你的手筋腳筋，逼你去幫著尋寶。你快和青青一起走吧，走得越遠越好。」

溫方達聽她說穿了自己用心，臉色更加鐵青，冷笑道：「你們三個還想走得越遠越好？哼，念頭倒轉得挺美。姓袁的，你到練武廳上休息去吧。待會動手，大家方便些。」

袁承志道：「好吧！」站起身來，料想若不用強，無法取金脫身。溫儀母女知道五行陣的厲害，心中焦急，但也沒法阻攔，只得跟在他身後，一齊出亭。

到了練武廳中，溫方達命人點起數十枝巨燭，說道：「蠟燭點到盡處，你總養足精神了吧？」袁承志點點頭，在中間一張椅上坐下。溫氏五老各自拿起椅子，排成一個圓圈，將他圍在中間，五人閉目靜坐。在五人之外，溫南揚、溫正等棋仙派中十六名好手，又分坐十六張矮凳，圍成個大圈。

袁承志見這十六人按著八卦方位而坐，乃是作爲五行陣的輔佐，心想：「五行陣外又有八卦陣，要破此陣，更難上加難了。」他端坐椅上，細思師門所授各項武功，反覆思考，總覺在這二十一名好手圍攻之下，最多只能自保，要想破陣脫身，只怕難行，時刻一長，精神力氣勢必不濟，終須落敗。就算以木桑道長所傳輕功逃出陣去，那批黃金又怎能奪回？留下溫儀母女，她二人難免殺身之禍，那可如何是好？除了以金蛇祕笈中所傳祕法破陣之外，更無他法。

當時照本研習，除覺手法太過狠毒之外，又始終不明白武功何以要搞得如此繁複，有許多招數顯然頗爲蛇足。接戰之際，敵人武功再高，人數再多，也決不能從四面八方同時進攻，不露絲毫空隙，而這套武功明明是爲了應付多方同時進攻而創。此刻身處困境，終於省悟，原來金蛇郎君當日誤中奸計，手足俱損，脫逃之後，殫竭心智，創出這套武功來，乃是專爲破這五行陣而用。他當然是想來靜岩報仇，可惜手腳筋脈均吃割斷，使不出勁，所以細細計謀，在秘笈中留下招術，自是爲了今日洩憤而設。承志心下盤算：自己無意中學到了這套武功，既可脫今日之難，又能爲這位沒見過面的恩師一洩當日的怨毒，他在九泉之下，若是有知，也必欣慰，不枉了當年這番苦心。想到這裏，心中大喜，睜開眼來，只見桌上蠟燭已點剩不到一寸。

溫氏五老見他臉上忽憂忽喜，不知他在打甚麼主意，但自恃五行八卦陣威力無窮，也不在意，只是圓睜著十隻眼睛，嚴加防備，怕他乘隙脫逃。

袁承志重又閉眼，將秘笈中所載破陣武功從頭至尾細想一遍，想到最後摧敵致勝那一路「快刀斬亂麻」時，陡然心驚，全身登時冷汗直冒，暗叫：「不好了！」心想：「最後破陣之道，是在自己招數中露出破綻，引得對手來攻，便可尋瑕抵隙，乘虛而入，但必須手有寶刀寶劍護住自身破綻，才不致在敵招來時命喪敵手。金蛇郎君的設想，全從他的金蛇劍著手，但此刻我手頭卻無金蛇劍，這一時三刻之間，卻到那裏找寶刀寶劍去？」

青青在旁邊一直注視著他，驀地裏見他臉上大顯惶急，額頭見汗，心想還未交鋒，已自心怯氣餒，如何得了？不由得代他擔憂。

承志見蠟燭已快燒到盡頭，燭燄吞吐顫動，將滅未滅，但破陣之法，仍未想出，更是憂急。就在這時，一名丫鬟捧了一碗茶走到跟前，說道：「相公請用碗糖茶！」他早已口渴，正自全神貫注的苦思如何在頃刻之間尋把寶劍使用，有茶可飲，恰合心意，隨手接過茶碗，放到唇邊張口要喝，突然手上一震，茶杯給一支袖箭打落，噹啷一聲響，在地下跌得粉碎。承志一晃眼間，見青青右手向後急縮，知道這箭是她所發，心中一驚：「好險，我怎地如此胡塗，竟沒想到他們又會給我喝甚麼醉仙蜜。」

溫方悟見詭計爲青青揭破，怒不可遏，破口大罵：「這樣的娘，就生這樣的女兒！溫家祖宗不積德，儘出些向著外人的賤貨！」

青青嘴頭毫不讓人，說道：「溫家祖宗積好大的德呀，修橋鋪路，救濟窮人，甚麼好事都幹。就是不偷不搶，不殺人放火，決不奸淫擄掠！」

溫方悟大怒，跳起來就要打人。溫方達道：「五弟，沉住氣，留神這小子。」

原來袁承志這時又是滿臉喜色，青青這支袖箭觸動了他靈機：「用暗器！」只見燭火晃動，已有兩支蠟燭熄了，當下站起身來，說道：「好啦，請賜教吧！這次分了勝負之後怎樣？」溫方達道：「你勝了，金子由你帶去。你勝不了，那也不必多說。」

袁承志知道自己倘若落敗，當然性命不保，但如得勝，只怕他們還要抵賴，說道：「你們把金子拿出來，我破陣之後，拿了就走。」

溫氏五老見他死到臨頭，還要嘴硬，心想以金蛇郎君如此高手，尚且爲溫氏五行陣所擒，現下經過十多年潛心鑽研，又創了一個八卦陣來作輔佐，你如何能夠脫逃？這陣勢他們平素練得純熟異常，對付三四十名好手尚自綽綽有餘，實是棋仙派鎮派之寶，向來不肯輕用，以免讓人窺知虛實。這次實因袁承志武功太強，五兄弟個個身懷絕藝，卻均給他三招兩式之間便打得一敗塗地。五人一商議，只得拿出這門看家本領來，也顧不得讓他說以衆欺寡。溫方達吩咐家丁換上蠟燭，對青青道：「把金子拿出來。」

青青早在後悔，心想早知如此，把黃金都還給他也就算了，這時想再私下給他，也已來不及了，只得把一大包金條都捧到練武廳中，放在桌上。想到他在這危急當口，仍不忘爲安小慧奪還黃金，又不禁氣苦。

溫方達左手在桌上橫掃過去，金包打開，啪啪啪一聲響，數十塊金條散滿了一地，燦然生光，冷笑道：「溫家雖窮，這幾千兩金子還沒瞧在眼裏。姓袁的，你有本事破了我們這五行陣，儘管取去！」五老齊聲呼喝，各執兵刃，將袁承志團團圍住。

袁承志突然心中一凜：「他們連屋上也布了人，這陣法可又如何破解？」卻聽得溫方施道：「屋上有人！」大聲喝道：「甚麼人？都給我滾下來！」

只聽得屋頂上有人哈哈大笑，叫道：「溫家五位老爺子，姓榮的登門請罪來啦！」呼喝聲中，屋上躍下二十多人，當先一人正是游龍幫幫主榮彩。

袁承志登時大為寬懷，向青青望了一眼，見她臉色微變，咬住下唇。

溫方達道：「老榮，你三更半夜光臨舍下，有甚麼指教？啊，方岩的呂七先生也來了。」說著向榮彩身後一個老頭子拱了拱手。那老者拱手還禮，說道：「總算老兄弟們個個清健，這可有好幾年不見了哪！」

榮彩笑道：「五位老爺子好福氣，生得一位武功既高、計謀又強的孫小姐，不但把我們的沙老大和十多個兄弟傷了，連我小老兒也吃了她虧。」

溫氏兄弟不知青青跟他們這層過節，平時棋仙派與游龍幫頗有來往，這時強敵當前，不願再旁生枝節。溫方達道：「老榮，我家小孩兒有甚麼對不起你的，我們決不護短，殺人償命，欠債還錢，好不好呀？」

榮彩一楞，心想：「這個素來蠻橫狂傲的老頭今日竟這麼好說話！難道他當眞怕了呂七先生？」一瞥之間見到了袁承志，更是不解：「他們有這樣的一個硬手在此，呂七先生也未必能勝他。我還是見好收篷吧！」便道：「游龍幫跟貴派素來沒過節，衝著各位老爺子的金面，沙老大已死不能復生，總怨他學藝不精。不過這批金子……」眼光向著地下一塊塊的金條一掃，說道：「我們游龍幫跟了幾百里路程，費了不少心血，又有人爲此送命，大家在江湖上混飯吃……」

溫方達聽他說到這裏，便住口不往下說了，知他意在錢財，便道：「黃金都在這裏，你要嘛，都拿去那也不妨。」

榮彩聽他說得慷慨大方，只道是反語譏刺，但瞧他臉色，卻似並無惡意，道：「溫老爺子如肯賜給半數，作爲敝幫幾名死傷兄弟的撫卹，兄弟感激不盡。」溫方山道：「你拿吧。」榮彩雙手一拱，說道：「那麼多謝了！」手一擺，他身後幾名大漢俯身去拾金條。

那幾人手指剛要碰到金條。突然肩頭給人一推，只覺一股極大的力量湧來，站立不定，身不由己的倒退數步，抬起頭來，見袁承志已站在面前。

袁承志道：「榮老爺子，這批金子是闖王的軍餉，你要拿去，可不大穩便。」

闖王的名頭在北方固然威聲遠震，但在江南，江湖人物卻不大理會。榮彩轉頭對呂七先生笑道：「他拿闖王的名頭來嚇唬咱們。」呂七先生手裏拿著一根粗大異常的旱煙筒，吸一口，噴一口煙，慢條廝理，側目向袁承志打量。

袁承志見他神情無禮，心頭有氣，只是他氣派模樣顯是武林中的成名人物，倒也不敢輕慢，作了一揖，說道：「前輩可是姓呂？晚輩初來江南，恕我不識。」

呂七先生吐了口煙，筆直向袁承志臉上噴去，又吸一口，跟著兩道白蛇般的濃煙從鼻孔中射出，凝聚了片刻不散。袁承志還不怎的，青青瞧著卻已氣往上沖，便想開口說話。溫儀在她臂上輕輕一捏。青青回過頭來，見母親緩緩搖頭，才把一句罵人的話忍住了。只見呂七先生將旱煙袋在磚地上篤篤篤的敲了一陣，敲去煙灰，又裝上煙絲。

這時連溫氏五老也有點耐不住了，但知他在武林中成名已久，據說當年以一套鶴形拳打敗過無數高手，手中的煙袋更是一件奇形兵刃，擅能打穴，奪人兵刃，可是到底本領如何，卻誰也沒見過。溫氏五老都盼他與袁承志說僵了動手，他能取勝固然最好，否則至少也可消去袁承志些力氣。

只見呂先生從懷中摸出火石火紙，撲撲撲的敲擊，煙絲還未點著，忽然屋頂上有人大喝：「快還我們金子！」一個少女、一個粗壯少年雙雙躍下，隨後又溜下一個五十餘歲的中年漢子，瞧打扮似是個生意人，左手拿著一個算盤，右手拿著一枝筆，模樣甚是古怪。他慢吞吞的從牆上溜下，也瞧不出他武功高低。

袁承志見那少女正是安小慧，又喜又憂，喜的是來了幫手，但不知另外兩人武功如何。眼下敵人除了棋仙派外，又多了游龍幫與呂七先生這批人。溫儀與青青母女和溫氏五老撕破了臉，已處於絕大危險之中，非將她們救走不可，要是新來的兩人本領都和安小慧差不多，自己反而要分神照顧，豈不糟糕？

這時溫氏弟子中已有人搶上去攔阻喝問。那少年大聲叫道：「快把我們的金子還來！」見金條散在地下，說道：「啊哈，原來都在這裏！」俯身就拾。袁承志眉頭微皺，心想這人行事魯莽，只怕功夫高得有限。

溫南揚見他俯身，飛足往他臀上踢去。安小慧急叫：「崔師哥當心！」那少年側身避開，隨即搶攻而前，雙掌疾劈過去。溫南揚不及退讓，也伸出雙掌相抵，啪的一聲大響，四掌相交，兩人各自退開數步。那少年又待上前，那商賈打扮的人叫道：「希敏，慢著。」

袁承志記起安小慧的話，說有一個姓崔的師哥和她一起護送這筆金子，因兩人鬧了別扭，中途分手，至被青青出其不意的盜了去，料想這少年便是崔秋山的姪兒崔希敏了，難道這個形貌滑稽的生意人，竟是大師哥銅筆鐵算盤黃眞？仔細看去，見他右手中那枝筆桿閃閃發光，果是黃銅鑄成，左手中那算盤黑黝黝地，多半是鐵的，這一下喜出望外，忙縱身過去，跪下叩頭，說道：「小弟袁承志叩見大師哥。」

那人正是黃眞，雙手扶起，細細打量，歡然說道：「啊，師弟，你這麼年輕，眞想不到在這裏見到你。」袁承志道：「請問大師哥，恩師現今在那裏？他老人家身子安健？」黃眞道：「恩師此刻在南京，他老人家很好。」

安小慧過來說道：「承志大哥，這就是我說的崔師哥。」袁承志向他點點頭。安小慧見袁承志背上黏了些枯草，伸手拈了下來。袁承志微微一笑，神色表示謝意。

崔希敏瞧著很不樂意。黃眞喝道：「希敏，怎麼這樣沒規矩？快向師叔叩頭！」崔希敏見袁承志比自己還小著幾歲，心頭不服氣，慢吞吞的過來，作勢要跪。袁承志連說：「不敢當！」雙手攔住。崔希敏也就不跪下去了，作了一揖，叫了聲：「小師叔！」黃眞又罵：「甚麼小師叔大師叔，就算你大過他，師叔總是長輩。我比你老，你又怎不叫我老師父？」袁承志向崔希敏笑道：「你叔叔可好，我惦記他得緊。」崔希敏道：「我叔叔好。」

呂七先生見他們師兄弟、師叔姪見禮叙話，鬧個不完，將旁人視若無物，這時卻輪到他耐不住了，怪目一翻，抬頭望著屋頂，說道：「來的都是些甚麼人？」這一出聲，衆人都嚇了一跳。他說話聲若怪梟，甚是刺耳，沙嗄中夾雜著尖銳之音，難聽異常。

崔希敏踏上一步，說道：「這些金子是我們的，給你們偷了來，現今師父帶我們來拿回去。」呂七先生仍是眼望屋頂，口噴白煙，忽然嘿嘿冷笑兩聲。

崔希敏見他老氣橫秋、一副全不把人瞧在眼裏的模樣，氣往上沖，說道：「到底金子還是不還，你明白說一句。要是你作不得主，便讓作得主的人出來說話。」呂七先生又是磔磔兩聲怪笑，轉頭向榮彩道：「你告訴這娃兒，我是甚麼人。」榮彩喝道：「這位是大名鼎鼎的呂七先生，可別把你嚇壞了。年紀輕輕，這等無禮。」

崔希敏不知呂七先生是甚麼人，自然也嚇不壞，叫道：「我管你是甚麼七先生八先生，我們是來拿金子的。」

溫南揚剛才與他交了手，未分勝負，心中不耐，跳出來喝道：「要拿金子，那很容易，得瞧你有沒有本事。先贏了我再說。」不等對方答話，跳過來就是一拳。崔希敏猝不及防，這拳正中肩頭。他大怒之下，立即出拳，蓬的一聲，打在溫南揚肚上。兩人各自負痛跳開，互相瞪眼，重又打在一起。頃刻之間，只聽得砰蓬、砰蓬之聲大作，各人頭上身上都中了十餘拳。兩人打法一般，都是疏於防禦，勇於進攻。

袁承志暗暗嘆氣：「大師哥教的徒弟怎地如此不成話，要是遇到好手，身上中了一兩拳那還了得，難道崔叔叔也不好好點撥他一下？」

他不知崔希敏爲人戇直，性子頗爲暴躁，學武時不能細心。好在他身子粗壯，挨幾下儘能挺得住。混戰中只見他右拳虛晃，溫南揚向左閃避，他左手一記鉤拳，結結實實的正中對手下顎，砰的一聲，溫南揚跌倒在地，暈了過去。

崔希敏得意洋洋，向師父望了一眼，以爲定得讚許，卻見師父一臉怒色，心下大是不解，暗想我打勝了，怎麼師父反而見怪。小慧見他嘴唇腫起，右耳鮮血淋漓，拿手帕給他抹血，低聲道：「你怎不閃避？一味蠻打！」崔希敏道：「避甚麼？一避就打不中他了。」

呂七先生怪聲說道：「打倒一個蠻漢，有甚麼好得意的？你要金子嗎？」突然拔起身子，站到了兩塊金條之上，右手中的旱煙袋點著另一塊金條，說道：「不論你拳打腳踢，只要把這三塊金條從我腳底下弄了開去，所有這些金條都是你的。」此言一出，衆人都覺得他過於狂妄。適才這場打鬥，大家都看了出來，崔希敏武功不高，膂力卻強。以一根煙管點住金條，料定他無法撥動，也不免太過小覷了人。

崔希敏怒道：「你說話可不許反悔。」呂七先生仰天大笑，向榮彩道：「你聽，他怕我反悔！」榮彩只得跟著乾笑一陣，心中卻也頗感疑惑。

崔希敏道：「好，我來了！」縱上三步，看準了他煙管所點的金條，運力右足，一個掃堂腿橫踢過去。

袁承志看得清楚，估計這一腿踢去，少說也有二三百斤力道，呂七先生功力再高，也決不能以一根煙管將金條點住不動，如非他使甚麼妖法魔術。

眼見崔希敏右腳將到，呂七先生煙管突然一晃，在他右膝彎裏點落。崔希敏一條腿登時麻木，踢到中途，便即軟垂，膝蓋酸彎，不由自主的跪倒。呂七先生連連拱手，一陣怪笑，說道：「不敢當！小兄弟何必多禮？」

安小慧大驚，搶上去把崔希敏扶起，扶到黃眞面前，說道：「黃師伯，這老頭兒使奸，您去教訓教訓他。」崔希敏破口大罵：「你暗算傷人，老傢伙，你不是英雄好漢！」黃眞伸手在他腰裏一捏，腿上一戳，解開了閉住的穴道，說道：「原來你小傢伙中了人家暗算，才是英雄好漢，佩服啊佩服！」他見呂七先生手法如此迅捷，也自吃驚，心想在浙南偏僻之地，居然有這等打穴好手。黃眞使的兵刃左手是把鐵算盤，專門鎖拿敵人的兵器，右手是一枝銅筆，那自然也擅於打穴。他伸手在算盤上一撥，說道：「這筆帳記下了！咱們現銀交易，不放賒帳，呂七先生，你這就還帳吧！」銅筆前指，便要上前給徒弟找回場子。

袁承志心想：「我是師弟，該當先上！」說道：「大師哥，待小弟先來。我不成時，你再接上。」

黃眞見他年紀甚輕，心想他即令學全了本門武功，火候也必不足，未必能勝過崔希敏多少，多半不是這呂七先生對手。師父臨老收幼徒，對他必甚鍾愛，如有失閃，豈不是傷了師父之心。這可與讓崔希敏出陣不同，自己這個寶貝徒兒武功平平，魯莽自大，讓他多吃點苦頭，受些挫折，於他日後藝業大有好處，於是低聲道：「師弟，還是我來吧。」袁承志也放低了聲音道：「大師哥，他們好手很多，這五個老頭兒有一套很厲害的五行陣，待會還有惡鬥。你是咱們主將，還是讓小弟先來。」黃眞見他執意要上，心想初生犢兒不怕虎，不便拂了他少年人的興頭，便道：「那麼師弟小心了。」

袁承志點點頭，走上一步，向呂七先生道：「我也來踢一腳，好不好？」

呂七先生與眾人都感愕然，心想剛才那粗豪少年明明吃了苦頭，怎地你還是不知死活。呂七先生見他比崔希敏還年輕，越發不放在心上，笑道：「好吧，咱們話說明在先，你給我行大禮可不敢當。」一邊說，一邊又伸煙管點住了金條。

袁承志也和崔希敏一模一樣，走上三步，提起右足，橫掃過去。崔希敏看得著急，叫道：「小師叔，那不成，老傢伙要點穴！」

溫氏五兄弟卻知袁承志雖然年輕，可是武功奇高，眼見他要重蹈崔希敏的覆轍，都感奇怪，難道他竟能閉住腿上穴道，不怕人點？眾人眼光都望著袁承志那條腿。黃眞銅筆交在左手，準擬一見袁承志失利，立即出手，先救師弟，再攻敵人。

只見袁承志右腿橫掃，將要踢到金條，呂七先生那枝煙袋又快如閃電般伸出，向他腿上點去，豈知袁承志這一踢卻是虛招，對方手臂剛動，右腳早已收回。呂七先生一點不中，煙袋乘勢前送。袁承志右腿打了半個小圈，剛好避開煙袋，輕輕一挑，已將金條挑起，右足不停，繼續橫掃。

呂七先生也即變招，煙管向他後心猛砸。袁承志弓身向右斜傾，左手在挑起來的金條上一托，那金條向上飛出，同時左足在呂七先生踏定的兩塊金條上掃去，金條登時飛起。呂七先生身子一晃，退步拿樁站定。袁承志雙手各抓一塊金條，向內合攏，啪的一聲，將從空落下的第一塊金條夾住，笑道：「這些金條我可都要拿了，呂老前輩的話，總算數吧？」這幾下手法迅捷之極，衆人只覺一陣眼花繚亂，等到兩人分開，袁承志三塊金條已在手中，這一來，青青笑靨如花，黃眞驚喜交集，安小慧和崔希敏拍手喝采，連棋仙派的人也都不自禁的叫好。

呂七先生老臉紅得發紫，更不打話，左掌颼的一聲向袁承志劈來，掌剛發出，右足半轉，後跟反踢，踹向對方脛骨。這是鶴形拳的怪招，雙掌便如仙鶴兩翼撲擊，雙腳伸縮，忽長忽短，就如白鶴相鬥一般。他將煙管縮在右手袖中，手掌翻飛，甚是靈動。

袁承志從沒見過這路怪拳，也沒聽師父說過，一時不敢欺近，繞著他盤旋打轉，越奔越快。呂七先生見他不敢欺近，心想這小子身手雖然敏捷，功力卻淺，登起輕視之心，哈哈一笑，從袖中掏出煙袋大吸一口，噴了口白煙。

袁承志轉了幾個圈子，已摸到他掌法的約略路子，見他吸煙輕敵，正合心意，忽然縱起，劈面一拳向他鼻樑打去。

呂七先生一驚，舉起煙管擋架。袁承志拳已變掌，在煙管上一搭，反手抓住。呂七先生用力後扯。袁承志早料到此招，乘他一扯之際右脅露空，伸手戳去，正中他天府穴。呂七先生右邊身子一陣酸麻，橫跌在地，煙管脫手。

袁承志一瞥之間，見青青笑吟吟的瞧著自己，心想索性再讓她開開心，倒轉煙袋，放到呂七先生鬍子上。煙袋中的煙絲給他適才一口猛吸，燒得正旺，鬍子登時燒焦，一陣青煙冒了上來。

黃眞叫道：「乖乖不得了！呂七先生拿鬍子當煙絲抽。」袁承志張口在煙管上一吹，煙絲、煙灰、火星、焦鬚一齊飛出，黏得呂七先生滿臉都是。黃眞哈哈大笑，縱身過去，推揑幾下，解開呂七先生穴道，夾手奪過煙管，塞在他手裏。

呂七先生站起身來，楞在當地，見衆人都似笑非笑的望著他，只氣得臉色發青，把煙管往地下一摔，轉身奔了出去。榮彩叫道：「呂七先生！」拾起煙管，追上去拉他袖子，給他猛力甩開，打了個踉蹌。呂七先生腳不停步，早去得遠了。

崔希敏問道：「師父，老傢伙打了敗仗，怎地連煙管也不要了？」黃眞一本正經的答道：「老傢伙戒了煙啦！」崔希敏搔搔頭皮，可就不明白打了敗仗幹麼得戒煙。他不敢再問師父，向安小慧望去，盼她解明，只見她兀自爲呂七先生狼狽敗逃而格格嬌笑。

碧血劍. 1,金劍鐵盒 / 金庸作.　-- 二版.　-- 臺北市：
遠流，2019.04
面；公分. --(大字版金庸作品集；5)
大字版
ISBN 978-957-32-8512-0 (平裝)

857.9　　108003458